연적

연적

김호연 장편소설

나무옆의자

차례

연적

프롤로그

•

안산

재연이 죽었다. 월요일 출근길에 밀린 문자를 확인하다가 그녀의 죽음을 확인했다. 러시아워의 사람들이 무심하게 출근을 견디는 지하철 안에 그녀의 죽음이 던져졌다. 중국어로 다음 정차역이 소개된 뒤 문이 열렸고 나는 가슴이 답답한 나머지 지하철을 내렸다.

플랫폼 의자에 앉아 그녀의 이름으로 보내진 단체 문자를 다시 읽었다. 죽은 이의 연락처로 부고를 전하다니, 참으로 고약한 농담이다. 다시 출근을 해야 할지 집에 가 마음을 추스르고 장례식장으로 향해야 할지 알 수가 없었다. 다음 지하철이 왔고 플랫폼의 사람들이 사라졌다. 몇 번 그렇게 인파가 오가는 동안에도 나는 한동안 의자에 앉아 어찌할 바를 몰랐다.

가까스로 정신을 차린 뒤 출근을 했다. 감정의 닻을 뱃속 어딘가에 떨궈놓고 하루 일과를 소화했다. 주간회의에 참여했고 도서 발주를 확인했고 점심으로는 중국음식을 시켜 먹었다. 오후에는 올라온 원고를 검토했다. 원고 검토가 끝날 즈음 재연의 장례식에 가기로 마음의 결정을 내렸다. 그 정도면 나로서는 빠른 결정이었다. 시간을 보니 오후 다섯시가 조금 지나고 있었다. 사장은 지금 동경도서전에 가 있다. 편집 2팀장은 진즉에 미팅을 나가 돌아오지 않고 있다. 그대로 퇴근할 것이 분명하다. 나는 남은 직원들을 살피곤, 유일한 팀원인 오 대리에게 먼저 퇴근해야겠다고 말한 뒤 사무실을 나왔다. 안산의 장례식장까지 가려면 서둘러야 했다.

출판사가 있는 건물을 나서자 그녀가 이곳에 올 때마다 나를 기다리던 카페가 눈에 들어왔다. 프랜차이즈 카페의 이름을 교묘히 본떠서 지은, 이름이 웃기는 그 카페에서 처음 그녀를 만났다. 이후로도 그녀는 나를 보러 와서는 출판사로 들어오지 않고 그곳에서 기다리곤 했다. 울컥 화가 치밀었다. 씨발. 흔하디 흔하게 망하는 카페도 3년째 건재한데 너는 왜 죽었단 말이냐!

지하철을 타고 가는 길은 멀고 힘들었다. 빨리 나온다고 나왔지만 가는 동안 퇴근 시간에 걸려서인지 사람들이 북적이더니, 종착역에 가까운 고잔역까지 가는 동안에도 자리가 나지 않았다. 서서 가느라 책을 읽기도 힘들어 스마트폰에 뜬 뉴스를 클릭하며 갔다. 이제 모두 그녀와는 상관없는 이야기들을, 살아서 안간힘을 쓰는 세상 이야기들을 지겹게 클릭하며 마음을 다스렸다.

고잔역에 점점 다가갈수록 심박 수가 빨라지기 시작했다. 내가 가도 되는 걸까? 가서 그녀의 영정사진을 볼 면목이나 있을까? 혹시나 나를 알아보는 사람이 있는 건 아닐까? 밥은 먹고 와야 되나 그냥 와야 되나? 부조는 얼마나 해야 하나? 이번 역에서 내려 그냥 돌아가버릴까? 이게 다 멀어서다. 생각할 겨를 없는 가까운 곳이었다면 이따위 상념에 빠지지도 않았을 텐데. 탑승한 지 한 시간이 넘어가 서늘하게 느껴지는 지하철 냉방에도 식은땀이 흐르며 다리에 힘이 풀렸다. 결국 오늘 들어서만 두 번째로 중도에 지하철에서 내려야 했다.

생각이 많으면 소심해진다. 아니 소심해서 생각이 많은 건지도 모르겠다. 소심한 마음으로 생각만 하고 또 하는 내게 재연은 '결정곤란인'이란 판정을 내렸다. 그녀가 내게 말했듯 나는 늘 이러지도 저러지도 못한 채 서성이기만 했다. 그녀의 장례식에 가다 말고 이러고 있는 꼴을 보면, 마지막까지도 나는 그녀 앞에서 우물쭈물하는 놈이다. 그래. 가기로 마음먹은 이상 가는 거다. 가서 아무와도 눈 마주치지 말고 그녀의 영정에 절만 하는 거다. 부조는 평소대로 5만 원. 밥 따위 먹지 않고, 추모하고 바로 돌아서 장례식장을 빠져나오는 거다.

벤치에 앉아 그렇게 결정을 다진 뒤, 간절한 담배 생각을 뒤로하고 새로 온 지하철에 몸을 실었다.

고잔역에서 내려 후끈한 더위를 맞으며 고대병원을 향해 걸었다. 중간에 마음을 다잡은 게 효과가 있는지 발걸음에도 힘이 들어갔다. 재연을 본다는 것, 그녀의 죽음을 직면한다는 것은 결국 두려운 일이었다. 슬프다는 감정보다 앞선 두려움 그리고 그 뒤로 이어질 후회와 쓰라림이 벌써부터 느껴졌다. 8월의 끈 적한 더위처럼 몸을 감싸오는 그런 감정들을 애써 떨치며 나는 병원에 들어섰다.

장례식장에서는 무거운 냄새가 난다. 향냄새도 꽃 냄새도 육 개장 국물 냄새도 모두 무겁다. 나는 무거운 발걸음을 옮겨 그 녀의 방으로 향한다. 검은 옷의 사람들을 지나 분향대 앞에 서 서야 그녀의 영정사진을 마주 본다. 일반 사진에서 얼굴 부분만 확대한 것으로 보이는 그녀의 얼굴은 낮은 해상도로 웃고 있다. 낮은 해상도임에도 초식동물을 닮은 선한 눈동자는 여전히 맑 게 빛나고, 입술 사이로 살짝 보이는 가지런한 치아는 장난기마 저 느껴진다. 서늘한 슬픔이 가슴에 고인다. 그녀의 미소를 더 이상 바라볼 수 없는 나는 몸을 숙인다. 두 번의 큰절을 하고 반 절을 하고 나서 상주인 30대 여성과 마주 선다. 재연과 닮은 듯 다른 생김새의 그녀는 친언니일 것이다. 맞절을 하고 난 나는 그녀가 뭐라도 물을까 지레 겁먹고 몸을 돌린다. 신발을 신는 다. 이제 가자. 어서 이곳을 나가자. 육개장에 소주를 들이켜는 사람들을 뒤로하고 방을 나서며 마지막으로 그녀를 돌아본다. 환하게 웃는 그녀의 얼굴이 너무도 비현실적이다. 갑자기 중력이 무한대로 상승했는지 발이 떨어지지 않는다. 미간에 힘을 주며 발걸음을 옮긴다. 가슴이 무언가에 눌린 것같이 답답하더니 순간적으로 열기가 치밀어 오른다. 애써 숨을 고르며 목을 뜨겁게 만드는 열기를 내리누르고 장례식장을 가로질러 간다.

출구가 있는 아래층으로 향하는 계단을 내려선다. 그때 다시는 그녀를 볼 수 없다는 생각이 후두부를 강타하고 터질 것이 터진다. 끄윽. 터져 나오는 눈물을 막겠다고 질끈 눈을 감는 순간 계단을 헛디딘다. 중심을 잃은 내 몸이 계단 위를 미끄러지며 고꾸라질 찰나, 누군가 나를 붙잡는다. 검정 양복을 입은 건장한 체구의 사내다. 그의 부축을 받아 겨우 자세를 바로잡고선 나는 눈물을 보이기 싫어 고개를 숙인다. 사내는 내 어깨를 툭 치고 가며 말한다.

"거, 조문하러 왔다 황천길 따라가시겠네."

덩치에 어울리는 걸걸한 목소리에 순간 귀가 뜨인다. 급히 고개를 돌려 본다. 사내는 어느새 계단을 올라 장례식장 복도를 가로질러 간다. 그리고 재연의 방 앞 부의함에 서서 봉투를 꺼낸다. 그제야 나는 사내를 기억해낸다.

사내도 나를 알아보았을까? 나는 반갑지 않은 궁금증을 떠올리며 장례식장을 나선다.

주평

미치도록 더운 날이었다. 지옥불 같은 햇살이 두개골을 가마솥으로 만들어 뇌가 다 삶아지는 기분이었다. 나는 주평읍에 도착한 지 삼십 분이 걸려서야 주평추모공원에 가는 버스가 두 시간에 한 대 온다는 걸 알아냈다. 서울에서만 살아온 내게 이런 읍내 풍경은 무섭도록 낯설다. 사람들은 들개처럼 혀를 내밀고 다니고 있고 언제라도 나를 물어뜯을 것만 같다. 나는 약국에 들어가 활명수 하나를 사 먹으며 겨우 주인에게 물었다.

주인은 택시를 권했다. 택시비가 대략 2만 원은 나올 거라는 말에 걱정이 앞섰다. 낯선 택시기사와 2만 원어치 거리를 함께 이동한다니, 그것도 아무도 모르는 이런 깡촌에서. 나는 운전면허를 따지 않은 것을 100번째 후회하며 약국을 나섰다.

시외버스 터미널 앞 택시 승강장으로 가 멈춰 선 택시에 올랐다. 나보다 몇 살 정도 더 들어 보이는 택시기사는 행선지를 말하자 짧게 한숨을 내쉬고는 시동을 걸었다. 불편한 마음에 택시 안은 에어컨을 틀었음에도 덥게만 느껴졌다.

오 분 정도 달렸을까? 미터기가 켜지지 않은 게 보였다. 어떻해야 하지? 원래 이 동네는 미터기를 안 켜나? 아니면 까먹은 걸까? 이대로 그냥 가면 안 될까? 가다가 기사가 뒤늦게 알고 미터기를 올리면 요금이 싸지는 건 아닐까? 아니면 기사가 오히려 미터기 요금 안 켠 걸 빌미로 바가지요금을 받는 게 아닐까? 나는 용기를 쥐어짜야 했다.

"저…… 기사님. 미터기가 안 켜져 있는데요."

"서울에서 오셨죠?"

기사가 눈길 한 번 돌리지 않고 말했다.

"예."

"지역사회는 그냥 거리별로 견적이 다 있습니다. 그냥 맞춰서 내시면 돼요."

그가 나를 힐끗 보며 불량한 미소를 지어 보였다.

난감했다. 그래도 바가지를 쓰긴 싫었기에 나는 다시 한번 용기를 짜냈다.

"저, 그러면…… 얼마 정도 하죠? 아까 제가 약국 주인한테 물어보니 거기까진 2만 원 정도면 간다고……."

"약국 주인이 택시 몬답니까?"

기사가 퉁명스럽게 쏘아 붙이곤 속도를 올려 앞차를 추월했다.

나는 더 뭐라 말도 못 한 채 부글부글 끓는 속을 삭였다. 차 안에 갇힌 기분이 들었다.

그렇게 이십여 분을 일차선 도로를 달려 공장 부지를 지나자 무덤들이 층층으로 즐비한 주평추모공원이 펼쳐졌다. 기사는 공원 입구에 차를 세우곤 3만 원을 불렀다. 이미 기가 꺾인 나는 뭐라 항변은 못하고 불편한 표정으로 그에게 카드를 건넸다. 그가 내 표정을 읽었는지 여기 들어오면 남는 게 없다며 다시 한번 지역사회를 강조했다.

돌아갈 길을 생각해 그에게 미터기를 켜고 기다려달라 하려던 마음은 이미 달아난 지 오래였다. 소심하지만 뒤끝은 있는 나는 3만 원이 결제되고 돌아온 카드를 받고는 있는 힘껏 택시 문을 닫았다.

앙갚음이라도 하듯 먼지를 일으키며 택시는 사라졌다.

공원 입구에 선 채 조감도를 살펴봤다. 주평추모공원은 무덤으로 가득했고 그 중앙에 유골함이 있는 추모관이 자리하고 있었다. 추모관 1-203B. 그곳에 그녀가 있었다.

오늘은 재연의 기일이다. 나는 심호흡을 한번 하고는 공원으로 들어섰다. 뜨거운 햇살은 여전했지만 사자들의 휴양지는 서늘할 따름이었다.

1년 전 재연은 화장장에서 한 줌의 재로 변해 이곳에 자리하게 되었다. 그 모든 내용은 재연의 친구 유나의 페이스북을 통해 생중계되었다. 재연과 함께 몇 번 만난 적이 있던 그녀는 나와도 페이스북 친구였다. 사실 유나는 그리 친하고 싶지 않은 부류의 여자였는데 지금까지도 나는 왜 그녀가 재연과 친했는지 알 수가 없다. 당시 그녀는 재연의 유골함 사진을 올리고는 '나의 소중한 文友 재연아…… 부디 하늘에서는 건필하기를…… adieu!'라는 멘트를 남겨놓았다. 그리고 며칠 지나지 않아 평소대로 달달한 디저트 사진과 볼에 공기를 불어넣은 셀카 사진들이 재연의 유골함을 뒤로 밀어버렸고 나는 역겨움을 느꼈다.

그럼에도 유나와 페이스북 친구를 끊지 않은 건 다행이었다. 계절이 몇 번 지나가도록 나는 여전히 재연을 생각하고 있었다. 그녀의 납득하기 어려운 죽음은 답이 떠오르지 않아 까먹을 수 없는 질문과도 같았고, 그녀와 함께했던 시간은 잊을 만하면 반복되는 꿈처럼 내 무의식을 지배하고 있었다. 재연에 대해 생각하기를 끊지 못하던 날들이 어느새 1년이 다 되었다. 나는 유나의 페이스북을 살펴 그녀가 1년 전 유골함 사진에 링크해놓은 '주평추모공원에서'와 사진 속 유골함 번호 '1-203B'를 확인할 수 있었다.

납골당은 도서관처럼 고요했다. 입구 사무실에선 늙수그레한 관리인과 친구인 듯한 노인이 막걸리를 마시며 장기를 두고 있었고, 내부는 서고마다 빽빽이 책이 꽂혀 있듯 수많은 유골함들이 사각의 관에 놓여 있었다. 그에 비해 추모객들은 전혀 보이지 않아 나는 마치 유령처럼 홀로 그 안을 떠도는 기분이었다.

번호를 살피며 유골함을 지나다 보니 어쩔 수 없이 곳곳에 붙어 있는 상실감이 읽혔다. 어린아이의 사진 옆에 붙어 있는 포스트잇에는 부모의 애절한 그리움이 담겨 있었고, 중년 사내가 아내와 딸과 함께 찍은 사진 옆에는 분홍 조화와 함께 '아빠, 보고 싶어요'라고 또박또박 쓴 메모가 붙어 있었다. 사진 속 유치원생으로 보이는 딸이 초등학생이 되어 쓴 글씨가 아닐까. 그런 상상을 하니 슬픔이 전해져 나도 모르게 발걸음이 느려졌다. 애써 마음을 다잡고 그녀의 유골함을 찾아 한 블록을 지났다.

다음 블록에는 정장 차림의 덩치 큰 사내 하나가 서 있었다. 선 채로 말없이 유리 안의 유골함을 응시하던 사내는 손수건을 꺼내 눈가에 가져갔다. 나는 상처 입은 동물 같아 보이는 그 사내를 지나쳐 계속 재연의 유골함 번호를 살폈다. 빼곡한 죽음의 이미지들 사이에서 그녀의 번호를 찾기가 쉽지 않았다.

다시 한 블록을 돌아보니 이미 번호를 지나친 듯했다. 나는 유턴을 했다. 살피다 보니 방금 전 덩치 큰 사내의 정면이 눈에 들어왔다. '1-203B' 재연의 번호였다.

사내의 추모를 방해하지 않으려 서둘러 지나친 그곳에 재연의 유골함이 있었다. 누구지? 나는 조심스레 사내의 얼굴을 살피곤 놀란 표정을 감춰야 했다. 나를 의식한 사내 역시 고개를 돌렸다. 사내도 놀란 표정으로 나를 바라보았다.

나는 그의 옆에 섰다. 위아래로 나를 훑는 그의 시선을 애써 무시하며 재연의 유골함을 바라보았다. 여기서 밀릴 순 없다. 방금 전 택시기사에게 무시당한 게 떠올랐다. 재연의 앞에서도 그런 바보 같은 모습을 보일 순 없다고 생각했다. 나는 불편함을 느꼈지만 사내 옆에 그대로 선 채 그녀의 유골함을 바라보았다.

사내가 코를 한번 훌쩍이더니 저벅저벅 구둣발 소리를 내며 사라졌다.

놈이다. 1년 전 장례식에서 마주친 그놈.

놈은 재연이 나를 만나기 전 사귀던 남자였다.

불편할 수밖에 없는 마주침을 뒤로하고 재연이 있는 곳을 바라보았다. 놈을 제외하곤 아무도 찾아오지 않은 듯 그저 한재연 이름 석 자가 박힌 유골함만이 창 너머로 보일 뿐이다. 장례식에서도 그랬지만 그녀 부모의 모습은 찾을 수 없었다. 사진과 메모와 꽃이 잔뜩 붙은 다른 유골함과는 너무도 차이가 났다. 그녀는 여기서도 외톨이구나. 꽤나 쓸쓸했던 그녀는 여전히 그대로였다. 여러모로 재연다운 이 모습이 반갑기도 했고 서글프기도 했다. 기분이 묘한 가운데 생각해보니 나 역시 맨손이었다.

그녀가 좋아했던 담배라도 한 대 건네야겠기에 담배 한 개비를 꺼냈다. 불을 붙이고 한 모금 빤 뒤 마치 향이라도 되는 양 그녀의 유골함 앞에 담배를 세워보았다. 다시 담배를 깊이 빨고는, 그녀를 감싸듯 연기를 뿜었다. 그리고 나도 모르게 입술을 살짝 움직여 발음했다.

"재연아……."

대리석 바닥을 때리듯 공격적인 구둣발 소리가 다가왔다. 놈이 분명하다. 왜 다시 오는 거지? 나를 공격하려는 건가? 왜 왔느냐고 물으면 뭐라고 대답하지? 복잡한 심경 속에서 나도 모르게 분하다는 생각이 올라왔다. 이상한 자존심이 발동했다. 나는 고지를 사수하는 전사의 심정으로 발을 딱 붙이고 그 자리에서 움직이지 않았다.

다가온 놈은 내가 그녀의 앞을 비키지 않자 담배 연기를 손사래로 날려버리곤, 내 옆에 바짝 붙은 채로 매점에서 사 온 빨간 장미 송이를 그녀의 유골함에 붙이기 시작했다. 반팔 와이셔츠를 찢을 듯 투실한 놈의 이두박근이 유골함에 조화를 붙이는 작업을 하며(혹은 그 작업을 빌미로) 자꾸 나를 밀치고 있었다. 밀리기 싫었지만 녀석의 기세가 너무나 강해 어쩔 수 없이 옆으로 물러서야 했다. 소심한 나의 저항은 그게 전부였다.

나는 놈의 커다란 등판을 주먹으로 갈기고 싶은 충동을 참으며, 잠시 놈이 하는 짓을 바라보았다. 장미 송이로 재연의 유골함을 도배할 생각인가? 녀석은 조화에 불과한 그것을 테이프를 이용해 성실하게 붙이고 있었다. 가만, 자세히 보니 하트 모양으로 두르고 있다! 크흡, 나도 모르게 실소가 흘러나왔다. 놈이 그 소리를 들었는지 잠시 동작을 멈췄다. 나는 숨이 멎었다. 놈은 어깨를 한번 들썩하더니 다시 몸을 굽혀 장미 송이를 붙이기 시작했다.

웃긴 놈이다. 재연을 두고 바람을 피운 주제에 이제 와 무슨 청승인지 모르겠다. 헤어진 뒤에도 놈은 다시 자기를 받아달라고 그녀를 꽤나 괴롭혔다. 그런 녀석을 딱 한 번 본 적이 있었다. 재연과 사귀던 초창기였다. 그녀의 방에서 함께 〈무한도전〉을 보던 중, 계속 전화가 울렸고 그녀는 잠시만 기다리라며 집을 나섰다. 심상치 않은 느낌에 창밖을 보니 재연이 자기보다 두 배는 큰 덩치의 사내와 마주한 채 대치하고 있었다. 사내는 전형적인 근육돼지 스타일이었다. 헬스장에 가면 꼭 있는, 양어깨를 떡 벌리고 팔자걸음을 걸으며 자기가 이곳의 맹주임을 온몸으로 알리는 그런 사람 말이다. 실제로도 그는 재연이 요가 강사로 알바를 하던 피트니스 클럽(이라고 하지만 그래봐야 조금 큰 헬스장)의 대표였다.

말소리가 들리진 않았지만 상황은 심각해 보였다. 나는 긴장했다. 혹시 놈이 재연이를 때리기라도 하면 어떡하지? 지금이라도 나가서 그녀 옆에 서야 하나? 아니다. 섣불리 나서는 건 아닌 것 같았다. 한편으로 저 근육돼지와 맞서기엔 후천적 근육결핍자인 내 체구가 자신이 없었다. 사실 살면서 누구에게 제대로 주먹을 휘둘러본 적도 없었다. 한마디로 두려웠다. 그렇다고 재연이가 맞기라도 하면 가만있을 수도 없기에 복잡한 심경이 될 찰나, 놈이 갑자기 무릎을 꿇었다. 뭐지? 놈은 꿈쩍도 않고 바위처럼 그렇게 있었고 재연 역시 놈의 앞에 선 채 그대로 있었다. 나 역시 꼼짝도 못한 채 둘의 모습을 바라보고 있었다.

잠시 뒤 재연이 놈에게 한 발 다가가 무릎 꿇은 놈의 상체를 가만히 안아주었다. 그리고 무어라 말하는 듯했다. 놈이 흐느끼는 소리가 들렸다. 더 보고 있을 자신이 없어진 나는 창에서 몸을 돌려 TV를 바라보았다. 박명수와 정준하가 티격태격하고 있었다. 나는 볼륨을 올렸다.

잠시 뒤 재연이 돌아왔고, 나는 애써 그녀의 눈치를 살피지 않았다. 그녀는 아무 일 없었다는 듯 TV를 보며 깔깔댔다. 어느 정도 시간이 지난 뒤 그녀에게 물었다. 그때 어떻게 그 고릴라 같던 놈을 물러서게 했느냐고.

그녀는 빙긋 웃으며 한마디 했다.

"마음 떠난 사람을 어떻게 잡겠어."

8개월 뒤 나도 그녀와 헤어졌다. 그녀의 떠난 마음을 뒤늦게 잡는 게 불가능하다는 걸 그녀의 입을 통해 이미 들어서였을까? 나는 아무 노력도 할 수 없었다. 기회는 이전에 있었다. 그녀는 내게 선택을 요구했지만 나는 우물쭈물하고 있었다. 그녀의 마음이 떠나는 게 노을이 지는 하늘처럼 선명하게 보였지만 어찌할 바를 모른 채 어둠이 내리는 걸 기다렸다.

그녀를 떠나게 한 건 나였다. 정글 같은 세상에서 외로운 초식동물처럼 도망칠 궁리나 하며 살던 내가 어떻게 그녀를 붙잡겠는가. 문제는 붙잡을 용기도 없었지만 떠나게 할 용기도 없었다는 거였다. 나는 우물쭈물했고, 그녀는 자기 길을 갔던 것이다.

생각이 거기까지 미치자 갑자기 식은땀이 나며 그녀의 마지막 모습이 떠올랐다. 나를 바라보던 그 눈빛. 눈물 한 방울 흘리지 않고도 슬픔을 담아 나를 바라보던 그 눈빛에 그때도 어찌할 바를 모르며 가만히 있었다. 놈에게 가려져 있던 그녀가 이제야 보인다. 그녀가 말한다. 잘 지냈냐고, 그런데 여긴 웬일이냐고.

부끄러움에 젖은 나는 돌아서 납골당을 나섰다.

재연을 처음 만난 건 출판사에 보내온 그녀의 소설을 읽고 나서였다. 팀원이 하나뿐인 편집 1팀장이 되고 얼마 지나지 않았을 때였다. 새로 직급을 얻고 나서인지라 빼놓지 않고 투고작들을 읽는 성실함을 발휘했지만, 작품들은 하나같이 실망스러웠다. 이모티콘 가득한 인터넷 소설을 긁어다 붙인 것부터, 만주를 호령했던 고대 한민족의 위대함을 황당한 근거로 설파하는 설교 조의 이야기, 한눈에 보아도 자기 인생을 자서전처럼 정리한 것인데, 소설이라고 이름 붙여 보낸 글까지…… 소설이라고 보기 어려운 작품들이 대부분이었다.

슬슬 투고작 읽는 게 시간 낭비로 느껴질 즈음에 그녀의 소설 「비 마이 고스트」를 읽게 되었다. '비 마이 고스트'는 '나의 유령이 되어줘'로 해석될 수도 있고, 영어 숙어인 '비 마이 게스트(Be My Guest: 뜻대로 하세요)'를 연상시키는 말장난으로도 느껴졌다.

흥미로운 제목만큼 페이지를 넘기는 내 손도 분주해졌다. 문장이 유려하진 않았지만 사건 전개가 빠르고 체계적이었다. 확실히 플롯과 이야기 구조에 대해 훈련된 솜씨였다. 주인공인 고스트라이터(대필 작가)의 글 작업이 그녀와 그녀 주변을 조금씩 바꿔나가며 벌어지는 사건들은 미스터리와 판타지를 적절히 줄타기하며 뒤로 갈수록 긴장감을 고조시켰다. 두 시간여를 쉬지 않고 읽어가자 어느새 이 이야기가 잘 마무리되기를 응원하는 나 자신을 느낄 수 있었다. 이야기라는 비행기가 활주로에 안착하기를 기원하고 있었다. 나도 모르게 이야기의 탑승자가 된 건 참으로 오랜만이었다.

결론적으로 뒷부분의 전개가 지루해 연착이 되긴 했지만 인상적인 비행이었다. 뒷부분을 조금만 교통정리 하고 문장을 더 다듬기만 하면 충분히 시장에 내놓을 만한 작품이었다. 「비 마이 고스트」는 내가 팀장이 되고 검토한 투고작 중 최고였다.

나는 작품을 전체회의에 상정했다. 당시 우리 회사는 영미권과 일본 소설 출간에 집중하고 있었지만 회의가 시작되자 읽고 온 직원들이 대부분 긍정적인 평을 내렸다. 대표도 진행해보라고 바로 오케이를 내렸다.

나는 투고 메일에 남겨진 핸드폰 번호로 전화를 걸었다. 차분하고 조용한 목소리의 여자가 전화를 받았다.

"여보세요."

"안녕하세요. 한재연 작가시죠. 저는 출판사 열린나무 편집 1팀장 고민중입니다. 지금 통화 가능하신가요."

"아, 예……. 말씀하세요."

"저희 회사에 투고하신 작품 「비 마이 고스트」 잘 읽었습니다. 괜찮으시면 한번 만나서 출간 건 얘기했으면 하는데요."

수화기 너머에선 아무 말도 들려오지 않았다.

"여보세요?"

"그렇다면…… 그쪽에서 제 작품을 책으로 내시겠다는 건가요?"

조금은 볼륨이 올려진, 상기된 목소리가 수화기 너머에서 재개됐다.

"예, 저희 출판사에서 작가님 작품을 책으로 내고 싶습니다. 출판사로 한번 오셔서 출간 관련 사항들 논의했으면 해서요."

다시 침묵이 흘렀다. 수화기 너머로 그녀가 사라지진 않았나 걱정이 될 지경이었다. 전화가 의외였는지 그녀에겐 시간이 필요한 것 같았다. 잠자코 기다리자 마침내 볼륨을 낮춘, 차분한 목소리가 들려왔다.

"알겠습니다. 언제쯤 가면 될까요?"

일정을 조율하고는 전화를 끊었다. 사무적으로 잘 설명한 것 같아 스스로에게 뿌듯함을 느꼈다. 팀장이란 직책을 얻은 뒤 처음으로 그럴싸하게 일한 기분이었다.

일주일 뒤 회사 앞 카페에서 그녀와 만났다.

화사한 꽃무늬 남방에 청바지를 입은, 작은 얼굴에 보조개를 파며 인사하는 그녀의 첫인상은 충분히 의외였다. 스모키 화장에 고스-롤리 복장을 즐기는 소설 속 여주인공을 떠올려왔기에, 저자의 완전히 다른 스타일에 놀라지 않을 수가 없었다.

주문한 음료를 마시며 그녀를 살펴보았다. 작은 얼굴의 반은

차지할 법한 큰 눈이 호기심으로 반짝이고 있었고 짧은 단발은 머리를 좀 기른 사내아이 같은 인상을 주었다. 미녀라기보다는 잘생긴 소년을 떠올리게 하는 그녀의 얼굴은 성별에 상관없이 '인상이 좋다'는 표현을 할 때 써먹을 만한 표본 같았다.

이미 소설을 좋게 읽은 상황에서 호감 가는 인상의 그녀를 마주하자니 기분이 묘해졌다. 나는 마음속에 스며오는 훈훈한 기운을 애써 누르고 담담하게 「비 마이 고스트」에 대한 회사의 평가를 이야기했고, 뒷부분의 수정에 대한 동의를 구했다.

그녀는 차분히 내 말을 듣더니 계약과 출간 시기에 대해 물었다. 계약은 당장 할 수 있지만 출간 시기는 회사 라인업을 고려해야 한다고 했더니, 그녀는 바로 수정 작업에 들어갈 수 있다며 최대한 빨리 출간될 수 있었으면 한다고 말했다. 나는 노력해보겠다고 하고는 다음 주에 다시 만나 계약을 하기로 합의를 보았다.

애써 호감을 감추긴 했지만 문제는 그녀가 가고 나서였다. 다음 주에 그녀를 만날 날이 벌써부터 기다려지기 시작했다. 단정한 이목구비와 꾸민 듯 꾸미지 않은 옷차림, 그리고 그런 외모와는 상반되게 거침없는 호흡과 도발적인 상상력을 보이는 그녀의 작품도 좋았다. 그 부조화가 신선했고 과연 그녀의 어디에서 그런 이야기가 튀어나왔는지도 궁금해졌다.

다음 주 회사로 온 그녀는 대표와 인사를 나누고 계약서를 작성했다. 대표도 그녀가 마음에 들었는지 함께 저녁이나 먹자며 주요 필자들이 올 때나 가는 고급 횟집으로 우리를 데리고 갔다.

대표의 관심 덕에 그녀에 대한 내 궁금증도 하나씩 풀려가게 되었다.

"시나리오작가셨다고요? 영화 대본 말이죠?"

전복죽을 퍼먹으며 대표가 물었다.

"예."

"우와, 그래서 이야기가 탄탄했구나. 가만, 쓰신 작품 중에 영화로 만들어진 거 있습니까?"

단도직입으로 말하는 대표의 말투에 그녀가 당황해하는 게 느껴졌다.

"아직 영화로 된 건 없고요……. 그냥 쓰고 있어요."

"그럼 배우 누구 아시는 분 있습니까? 아니면 같이 일하는 감독 중에 유명한 사람 있어요?"

"아뇨. 없어요."

"아, 그러시구먼. 하긴 그쪽도 힘들다고 하더라고요. 잘됐어요. 소설을 쓰세요. 한 작가 내가 보니까 계속 소설에 매진하면 한국의 미야베 미유키가 될 자질이 있어요."

그녀가 어색하게 웃었다. 마침 주문한 사케가 나왔기에 나는 술을 따라주어 대표의 입을 막았다. 대표가 사케의 상표를 언급하며 건배를 청했다. 그녀는 빼지 않고 잔을 비웠다. 만족해하며 대표가 다시 그녀의 잔을 채워주었다.

그녀는 잔을 비우고 반찬으로 나온 생오이를 손으로 집어 먹었다. 그 모습이 도토리를 먹는 다람쥐처럼 예뻐 보였다.

대표는 주변의 시나리오작가들 중에 그녀처럼 소설도 쓸 수 있는 사람이 있다면 소개해달라고 부탁했다. 그녀가 알겠다고 답하자 기분이 좋아진 대표는 새로 사케 한 병을 시켰다. 과음을 하는 대표도 챙겨야 하고 그녀에게도 조심스러운 나머지 나는 잔을 거의 비우지 않았다. 그녀는 신나서 자기와 자기 회사를 자랑하는 대표의 말에 적당히 반응하고 있었다. 과하게 호응하지도 않고, 그렇다고 상대방이 불쾌해하지도 않게 답하는 그녀를 보며 똑똑한 사람이라는 생각이 들었다.

어느새 회를 해치웠다. 매운탕이 끓는 동안 대표가 화장실에 갔다.

둘만 남자 딱히 할 말이 없었다. 어색한 침묵이 흘렀다. 제대로 말도 못하는 바보 같은 남자로 보이지 않을까 하는 두려움과 무슨 말이라도 해서 호감을 좀 사고 싶다는 욕망이 머릿속에서 지루한 샅바 싸움을 해댔다. 그래서 침묵은 더 길어졌고 나는 슬며시 눈치를 보았다.

그녀는 취기가 좀 오른 붉은 얼굴로 스마트폰을 살피고 있었다. 역시 나만 이 침묵을 어색해했던 거야. 그녀는 개의치 않아. 그렇게 생각을 하자 용기를 낼 수 있었다.

"술 괜찮으세요? 대표님이 좀 많이 권하셨죠?"

얼마 안 남은 사케병을 바라보던 그녀의 시선이 내게 옮겨졌다. 취기에 더욱 깊어진 그녀의 눈빛과 마주하자 나도 모르게 시선을 피하게 되었다.

"그쪽은 왜 안 드세요?"

그녀가 또렷한 발음으로 말했다.

"저, 저는 술이 약해서요."

"아닌 거 같은데요. 술 잘 드시는 거 같은데…… 둘이 비워요."

그녀가 잔을 들었다. 반사적으로 나도 잔을 들었다. 노크하듯 그녀가 내 잔에 자기 잔을 부딪쳤다. 나는 복잡한 머릿속을 비우듯 잔을 비웠다.

그녀가 사케병을 들어 자신의 잔을 채우고 내 잔도 채워주었다. 내가 고맙다는 표정을 채 짓기도 전에 그녀가 다시 잔을 들어 보였다. 나는 잔을 뻗어 건배를 했다. 이번엔 내가 그녀보다 빨리 사케병을 들어 둘의 잔을 채웠다.

내가 사케병을 얼음 통에 막 내려놓았을 때 대표가 들어왔다. 그는 젊은 사람들이 갑갑하게 술도 안 먹고 뭐 하느냐며 자기 잔을 들었다. 건배하고 잔을 비우며 그녀와 나의 시선이 오갔다. 즐거운 비밀이 생기자 그녀와 나 사이가 한결 가깝게 느껴졌다.

대표는 자기 후배가 사장인 연남동의 싱글몰트위스키 바로 우리를 데리고 갔다. 그녀는 대표에게 올해 안에 책을 출간해줄 수 있느냐고 물었다. 대표는 그거야 자기 마음이라며 느끼하게 웃고는 건배를 청했다. 그녀는 대표에게 약속이라도 받아내려는 듯 건배를 마다하지 않았다. 앞에 마신 술에 이번 술까지 더

하자 그녀도 적잖이 취한 듯했다.

나도 모르게 걱정스러운 눈으로 그녀를 바라보았다. 그녀는 그런 나를 향해 묘한 미소를 지어 보였다. 자긴 괜찮으니 안심하라는 건지 너는 왜 안 마시느냐고 투정을 부리는 건지 알 수 없는 미소였다.

연거푸 자신의 잔을 비운 대표가 술을 더 시켰지만 사장은 1인당 세 잔만 판매하는 가게의 규칙을 완강히 고수했다. 다행이라 생각하는데, 투덜대던 대표가 대뜸 내 잔을 집어 들어 마셔버렸다. 그리고 얼마 지나지 않아 바 테이블에 머리를 박고 잠이 들어버렸다.

그녀가 이제 어떻게 하면 되냐는 표정으로 나를 돌아보았다. 나는 대표를 깨워야 하나 살폈다. 그녀가 고개를 젓고는 내게 몸을 기울여 나직이 말했다.

"저 먼저 일어날게요. 오늘 즐거웠어요."

그녀가 눈인사를 하고 자리에서 일어났다. 나는 어찌할 바를 모른 채 그녀가 가게를 나서는 걸 바라보았다. 그녀의 모습이 가게 밖으로 사라지는 순간 이대로 그녀를 그냥 보낼 순 없다는 생각이 번개처럼 내리꽂혔다.

나는 일어나 사장에게 대표를 좀 챙겨달라고 하고는 바를 나섰다.

가끔 생각이 난다.

이제 어떻게 하면 되냐고 바라보던 그녀의 표정이 늘 생각이 난다. 대부분 내가 제대로 답하지 못했던 그녀의 호기심과 걱정이 반반 섞인 표정 말이다.

다시 그녀와 마주한대도 나는 자신감 넘치는 답을 지닌 사내의 표정은 짓지 못할 것이다. 그녀가 한 줌의 뼈로 외롭게 자리해 있는 이곳에 와서 나는 그 사실을 다시 확인했을 뿐이다. 그래서 나는 또 도망치듯 그녀에게 등을 돌려 걸어가고 있는 중이다.

추모공원을 나와 무작정 읍내를 향해 걷기 시작했다. 낮술을 마시고 한여름 불볕더위 쏟아지는 길을 걸어본 적이 있는가? 그것도 아스팔트를? 지금이 꼭 그런 상태다. 제대로 걷고 있는지 모르겠다. 스니커스가 쩍쩍 달라붙는 기분은 아스팔트가 녹아서가 아니라 내가 취해서다. 슬픔에 취했거나 부끄러움에 취했거나.

지나가는 차들을 향해 손을 흔들어보지만 낯선 국도변에서 좀비처럼 걷는 남자를 위해 차를 세워줄 사람은 없었다. 택시를 그냥 보내는 게 아니었다. 그렇다고 콜을 부르기도 번거롭다. 나는 대책 없이 그렇게 취해 국도변을 걸어나갔다.

무언가 올라온다. 크어어억, 아스팔트를 노랗게 물들이며 낮에 먹은 카레와 위액을 쏟았다. 한동안 몸을 숙인 채 침을 뱉어댔다. 옛날 여자를 추모하겠다고 설쳐대더니 꼴 참 좋다. 한심한 그 꼴처럼 발아래 흥건한 토사물이 눈에 들어왔고, 뒤에서는 빵빵대며 차들이 지나갔다. 몸은 지치고 마음은 괴로워 그대로 아스팔트에 뻗어버리고 싶은 심정이 들었다.

차 한 대가 내 옆에 멈춰 서는 게 느껴졌다. 돌아보니 군청색 BMW가 햇빛에 빛나는 보닛을 드러내며 서 있었다. 창문이 열리고 선글라스를 쓴 운전자가 나를 살폈다. 부끄러울 것도 민망할 것도 없었다. 나는 살려달라고 외치듯 말했다.

"저기, 주평 읍내까지만 좀 태워주실 수……."

운전자가 선글라스를 벗음과 동시에 내 말끝이 흐려졌다. 방금 전 납골당에서 마주친 그놈이 선글라스를 벗고 태연한 눈초리로 나를 바라보고 있었다. 젠장. 하필 이 녀석 차라니……. 나는 내 말을 철회한다는 뜻으로 손을 들어 보이며 뒤로 물러났다. 그때 철컥, 보조석 문 잠김이 풀리는 소리가 들렸다.

"타쇼."

놈이 싱긋 미소를 지으며 말했다.

"아닙니다."

"서울 갈 거 아닙니까? 태워드릴게."

녀석이 물끄러미 나를 바라보는 가운데 차 안에서 퍼져 나온 시원한 에어컨 바람이 코끝에 스쳐왔다. 그러자 미칠 것 같은 더위에 지친 머릿속에 못 탈 것도 없지 않겠다는 생각이 한 줄기 바람처럼 스쳐 지나갔다.

"그럼 주평 읍내까지만…… 부탁합니다."

놈이 단단해 보이는 하관을 끄덕이며 선글라스를 썼다.

40도에 육박하는 더위에 쩔어 있다가 서늘한 냉기를 품은 차 안에 타고 있자니 머릿속까지 얼어붙었다. 물론 놈과 나의 사이에도 얼음의 벽이 있는 듯 서로 침묵했다. 놈은 묵묵히 운전을 해 나갔고 나는 창밖을 바라보며 읍내에 도착하기만을 기다렸다.

"너무하지 않아요?"

놈이 불쑥 입을 열었다. 나는 잠자코 들었다.

"기일인데 가족이란 사람들은 와보지도 않고……. 꼴이 그동안 한 번도 안 와본 거 같지 않아요?"

나는 여전히 듣기만 했다. 호응과 상관없이 놈의 목소리가 고조됐다.

"게다가 이런 깡촌에 처박아두고 말야……. 어떻게 이럴 수가 있는 거야."

놈의 시선이 내게 향하는 게 느껴졌지만 나는 창밖만 바라보았다.

"재연이가 잘못한 게 뭐 있다고 이런 대접을 받아야 하는지 모르겠어요. 안 그렇습니까?"

하마터면 그렇다고 대답할 뻔했다. 고개를 돌려 보니 놈이 큰 눈동자를 깜빡이며 나를 바라보고 있었다. 그 시선은 마치 자신이 나를 잘 알고 있다고 말하는 것 같았다. 모를 리가 없었다. 내가 그를 아는 만큼 아니 그 이상으로 나를 알고 있을 것이다.

나는 공감한다는 눈빛을 보냈다. 그가 옳거니 하고 말을 이어 나갔다.

"다 내 잘못이죠. 내가 잘못해서 재연이가 이렇게 된 거라고요. 다 나 때문이라고요."

놈이 짧은 탄식을 내뱉었다. 과속방지턱을 지나며 차가 덜컹댔다. 덩달아 내 감정도 들썩이는 게 느껴졌다.

"진짜 내가 신경을 썼으면 이럴 일 없었는데……. 진짜 내가 상병신이지 뭡니까. 다 내 잘못입니다."

"제 잘못도 있습니다."

나도 모르게 말이 튀어나왔다. 자책에도 경쟁심이 있나 보다.

"아닙니다. 당신보다 내가 더 문제였어요. 내가 더 재연일 힘들게 했어요."

"…… 제 말은요. …… 너무 자책하진 말자는 겁니다."

놈이 잠시 골똘히 생각하더니 고개를 꺾었다. 우둑하는 목뼈 맞춰지는 소리가 났다.

"그럼 자책하지 말고…… 어떡해야 합니까?"

괜히 벌집을 건드린 거 같아 나는 난감한 표정을 지어 보였다. 놈도 더 이상 떠들지 않고 운전에만 집중했다.

한적한 국도변에 어느새 식당과 상점이 나타나기 시작하더니 길의 끝으로 읍내 초입이 보였다. 그때 녀석이 다시 입을 열었다.

"근데 정말 너무한 건 말이죠……. 재연이가 거기 갇혀 있다는 겁니다."

"……."

"아시죠? 여행 진짜 좋아했던 거?"

"…… 압니다."

"그런 애가 그 좁은 데 내내 갇혀 있으니 얼마나 답답할까요. 예?"

"그건, 그래요. 나도 마음이 안 좋습니다."

맞는 말이었다. 아까 유골함 앞에 섰을 때 나는 그녀가 죽었다고 느껴지기보다는 갇혀 있다고 느껴졌다. 놈의 말처럼 누구보다 활발하던 그녀가 저 좁은 네모 칸 안에 갇혀 꼼짝도 못하고 있는 것이 안타깝고 서글펐다.

건널목에서 신호가 바뀌고 차가 급정거했다. 정면에 시선을 둔 채 놈이 입을 열었다.

"구해줍시다."

내가 놀라서 돌아보자, 놈이 눈을 마주쳤다.

"재연이, 꺼내줍시다."

무슨 말을 해야 할지 알 수가 없었다.

"거기 진짜 허술하던데, 우리가 재연이 꺼내서 좋은 데 데려다줍시다. 가족들이 버려둔 저런 데 말고 진짜 좋은 데 보내주자고요. 어때요?"

신호가 바뀌고 뒤에서 차가 빵빵대기 시작했다. 녀석은 꼼짝할 기색 없이 내 답을 기다렸다. 놈의 눈에서 간절함이 느껴졌다. 마찬가지로 내 마음속에서도 무언가 뜨거운 것이 올라왔다. 살아 있을 때 그녀는 자유로웠다. 넉넉한 부모님 집에서 나와 혼자 살았던 것도 구속받기 싫어서였고, 애인이 있어도 혼자 여행을 떠나는 걸 더 좋아했다. 그녀가 연고도 없는 시골구석에 박힌 저 좁은 유골함 안에 갇혀 있어야 할 어떠한 이유도 없었다. 그런 생각이 들자 놈의 말이 정말로 그럴듯하게 느껴졌다.

"구해준다면…… 무슨 방법이라도 있나요?"

"물론이죠. 갈 거요? 말 거요?"

놈이 정의에 동참하라는 듯 나를 바라보았다. 나는 지기 싫었다.

"알았어요. 차 돌려요."

"오케이!"

놈이 액셀을 밟으며 운전대를 돌려 불법 유턴을 했다.

국도변에 차를 세우고 놈이 가게로 들어갔다. 나는 머리가 지끈지끈했다. 차 안에서 놈을 기다리며 내가 무슨 짓을 한 건지 정신이 들었다. 나는 지금 절도를 하려 하고 있다! 어째야 하지? 긴장이 되자 배 속이 울렁거리기 시작했다.

놈이 비닐봉투를 든 채 차로 돌아오며 나를 향해 싱긋 웃음을 날렸다. 이러다 정말 다시 토할 것 같았다.

차에 탄 녀석이 구입품을 보여주었다. 막걸리 세 병과 진미오징어, 땅콩, 그리고 십자드라이버였다. 녀석이 시동을 걸며 내게 브리핑을 했다.

"그러니까 내가 한잔하며 관리인들이랑 노닥댈 거라고. 그동안 그쪽이 유골함을 들고 나오면 되는 겁니다. 간단해요."

"그게…… 간단하다고요?"

놈이 왼손으로 운전대를 잡은 채 오른손으로 십자드라이버를 들어 보였다.

"유리 네 귀퉁이 경첩이 볼트로 고정돼 있더라고요. 그러니까 그냥 열고 가져오면 되는 거지. 아주 간단해."

나는 지금이라도 상황을 되돌릴 방법이 없을까 해서 꼬치꼬치 따지기로 했다.

"가져오고 나면 유골함 안이 텅 비는데 의심받지 않겠어요? 그리고 CCTV는 어쩌죠?"

놈은 어리석은 질문을 하는 학생을 바라보듯 나를 바라보았다.

"내가 아까 꽃으로 도배해놔서 안에 뭐가 있는지 코빼기도 안 보입니다. CCTV? 그런 건 경찰이나 와야 살펴볼 텐데……. 보쇼, 여기 아무도 안 옵니다. 길에 차도 없어요. 안 그래요?"

그렇긴 하다. 여기까지 오는 동안에도 겨우 몇 대의 차만 보았을 뿐이다.

"한참 뒤에 알아챘다고 해도 그때 CCTV 돌려봐야 말짱 꽝! CCTV 기록, 그거 얼마 지나면 다 삭제합니다. 그러니까 지금 보는 눈만 가리면 돼. 그건 내가 알아서 할 거고. 예?"

나는 대답을 못 한 채 전전긍긍했다. 그러자 녀석이 입꼬리를 올렸다.

"왜, 자신 없어요? 쫄리면 빠지시든가."

땡 하고 머릿속에 불이 들어왔다. 알량한 자존심이 소심한 두려움을 이겼다.

"누가 안 한답니까. 계획이 맞나 체크한 거예요. 알겠으니까
어서 가요."

미세하게 목소리가 떨렸지만 나름대로 세게 말했다. 녀석이
만족스러운 미소를 지으며 차를 몰아갔다. 나는 지기 싫었다.
놈이 혼자 그녀를 구하는 걸 참을 수가 없었다.

주평추모공원 주차장으로 돌아왔다. 오후 다섯시가 지나고
있었다. 차에서 내리자 놈은 막걸리를 따 한 모금 입안에 넣고
우물거린 뒤 막걸리와 주전부리가 든 비닐봉지를 들고 앞장서
납골당으로 향했다. 나는 십자드라이버를 바지 뒤 호주머니에
찔러 넣고 그를 뒤따랐다.

납골당 입구에 다다르자 놈이 나를 향해 공범의 눈짓을 지어
보이고는 관리실로 들어갔다. 나는 창문 너머로 슬쩍 그 광경을
살폈다.

"아이고. 바쁜데 죄송합니다. 근데 어르신들 제가 진짜 억울
해서 말입니다. 형이란 놈이 또 저를 바람맞혔지 뭡니까? 어떻
게 장남이란 새끼가 단 한 번도 지 아버질 보러 안 오는 겁니까?
예?"

취기 어린 목소리로 놈이 관리실 아저씨들에게 수작을 부렸
다. 관리실 아저씨들은 이런 일이 낯설지 않은지, 아니면 놈이
들고 온 막걸리와 주전부리가 반가운지 "대낮에 젊은 사람이 왜
이래. 이 사람" 하면서도 냉큼 비닐봉지를 받았다.

내 차례였다. 뒤 호주머니에 들어 있는 십자드라이버가 묵직한 권총인 듯 느껴졌다. 그래서인가 비장하기는 서부영화의 총잡이 못지않았다. 총잡이는 최후의 한 방을 날려 악당으로부터 자기 여자를 구한다. 나도 십자드라이버를 돌려 그녀를 구할 것이다. 나는 심호흡을 크게 한 뒤 떨리는 발걸음에 힘을 실어 납골당 안으로 걸어 들어갔다.

여전히 납골당 안에는 아무도 없었다. 복도를 지나 유골함 사이를 살펴 1-203B 앞에 섰다. 놈의 말처럼 그녀의 유골함 유리는 커다란 하트 모양의 붉은 조화가 덮여 있어서 눈여겨보지 않으면 안에 유골함이 있는지 쉽게 알아보기 어려웠다.

십자드라이버를 꺼내 왼쪽 위 귀퉁이의 볼트 하나를 돌려 빼내자, 붙어 있던 경첩이 벌어졌다. 오케이. 놈의 말대로 나머지 세 귀퉁이 볼트를 뽑으면 경첩들이 모두 벌어지고 유리를 치울 수 있다.

십자드라이버로 볼트를 돌리는 와중에도 뒤에서 누가 바라보는 것 같아 수시로 고개를 돌려보았다. 창 쪽 귀퉁이에 있는 CCTV에 내가 찍히는 건 분명한 사실이다. 그런데 녀석의 말과 달리 CCTV 자료를 장기 보관한다면? 그럼 잡히는 건 내가 된다! 혹시 이게 녀석의 함정이라면? 녀석이 날 엿 먹이려고 이러는 거라면? 심하게 조심스러운 내가 대체 뭐에 홀려 놈을 따라온 걸까? 지금이라도 사태를 되돌릴 수 있을까?

다시 소심증이 돋았다. 그래서인지 막 뽑아낸 볼트를 떨구고 말았다. 그것은 또르르륵 굴러가 맨 아래 유골함 밑으로 들어가 버렸다.

눕다시피 몸을 숙여 바닥을 살피곤 십자드라이버를 집어넣어 볼트를 건드려보았다. 가까스로 닿은 볼트를 몇 번의 휘저음 끝에 쳐서 겨우 꺼냈다. 어느새 흐른 땀이 식어 한기가 왔다. 볼트를 줍고는 남은 볼트들을 집중해 뽑으며 나는 마음을 다잡았다.

그래, 이미 엎질러진 물이다. CCTV? 됐다 그래. 지금이야말로 우물쭈물할 때가 아니다. 나는 붉은 조화로 도배가 된 유리를 들어 뺀 뒤 바닥에 내려놓았다. 양손을 안으로 뻗어 그녀의 유골함을 붙잡았다. 차가운 감촉의 도자기 유골함은 상당히 묵직했다.

나는 그녀를 검고 좁은 사각의 방에서 꺼내주었다. 뒤이어 유리와 경첩을 원위치 한 뒤, 그녀를 안고 밖으로 나왔다.

유골함은 그냥 물건일 뿐이다. 다만 그 안에 그녀가 담겨 있기에, 그녀의 뼈가 곱게 빻아져 들어 있기에, 내게 유골함은 그녀와 다를 바 없었다.

차 안에 앉아 더위와 싸우며 그녀를 안고 있었다. 시간이 흐를수록 이러다 잡히는 건 아닌가 하는 두려움이 쌓여갔지만, 놈과 차가 없으면 어딜 갈 수도 없는 노릇이었다.

녀석은 나올 기미가 없었다. 나는 가만히 유골함을 내려다보았다. 그러자 마치 오늘처럼 그녀를 향해 용감히 걸어간 날이 떠올랐다. 취한 대표를 놔두고 먼저 간 그녀를 쫓아갔던 그날 말이다. 내 인생 가장 용기를 냈던 그날을 어쩌면 오늘이 능가할지도 모르겠다.

싱글몰트위스키 바를 나와서 나는 달렸다. 홍대입구역 방향을 향해 걸어가는 그녀를 발견했다. 나도 모르게 그녀를 불러 세웠다. 돌아선 그녀 앞에 서자 갑자기 할 말이 없어졌다.

"저…… 늦었는데…… 택시 타고 가시라고요……."

평소 저자나 역자를 보낼 때 하던 버릇으로 택시비를 꺼내 건넸다.

"아직 지하철 다니는데요, 뭐."

그녀는 빙긋 웃고는 한사코 택시비 받길 거절했다.

"그럼…… 제가 지하철까지 바래다드릴게요."

그녀는 긍정도 부정도 하지 않고 앞장서 걸었다. 나는 그녀 옆으로 가 나란히 걸었다. 그녀는 걸으며 취기를 날려버리려는지 크게 심호흡을 해댔다.

홍대입구역에 도착하자 그녀가 나를 돌아보았다.

"그런데 대표님은 어떻게 하고 오셨어요?"

"대표님요? 거기 그냥 두고 왔어요."

푸핫, 그녀가 웃음을 빵 터트렸다.

"그렇게 버려도 돼요? 나중에 혼나시는 거 아네요?"

"거기 후배네 술집이라 괜찮으실 거예요."

"…… 고마워요. 대표님도 버리고 바래다주셔서."

"고맙긴요. 좋은 원고 주셨으니 오히려 저희가 고맙죠."

"그게요……. 그냥 오늘 다 고마워요. 맛있는 것도 사주시고, 책 계약도 해주시고……."

그녀가 말끝을 흐리며 잠시 머뭇거리는 게 느껴졌다.

"피곤하신 것 같은데 그러지 말고 택시비 받으세요."

"아뇨. 제가 진짜 고마운 건…… 제 작품 발견해주셔서예요. 그리고 이렇게 빨리 책이 나오게 될 거라니 신기해요. 영화는…… 영화는 너무 오래 걸리거든요."

"그렇겠죠. 영화는 아무래도……."

"아니, 사실 오래 걸리는 게 아니라 언제일지 몰라요. 내가 쓴 작품들은 모두 영화가 안 됐어요. 5전 5패예요."

"예?"

"시나리오 다섯 개 써서 다섯 개 다 엎어졌다고요……. 그런데 소설은 이렇게 단숨에 된다고 하니까…… 기분이 너무 이상해서요……. 다 거짓말인 거 같아요. 이거 다 진짜 맞죠?"

그녀가 나를 올려다보며 큰 눈을 깜박였다. 그 큰 눈에 맺힌 눈물이 금방이라도 떨어질 것 같아 나는 있는 힘껏 고개를 끄덕여 그녀를 안심시켰다. 그런데 내 과장된 행동이 놀리는 것처럼 느껴졌는지 그녀가 대뜸 울음을 터트렸다. 지하철로 향하는 사람들이 우리를 쳐다보았다. 여자친구를 울리는 나쁜 녀석이라고 낙인찍는 눈빛을 신경 쓸 겨를도 없이 그녀의 울음이 더욱 커져만 갔다. 나는 그녀를 진정시키려 어깨에 손을 얹었다.

"작가님. 괜찮으세요?"

그녀는 울음을 멈추지 않았다. 이대로 있을 순 없었다. 나도 모르게 그녀의 손을 잡고 차도로 나섰다. 지나가는 택시에 손을 흔들었다. 멈춰 선 택시를 두고 나는 그녀를 돌아보았다.

"타세요. 제가 같이 가드릴게요."

"됐어요오."

대답을 하면서도 그녀는 울음을 그치지 못하고 있었다. 안 되겠다 싶어 문을 열고 내가 먼저 택시에 오르며 그녀를 잡아끌었다. 그녀가 나를 따라 택시에 탔다.

택시에서 행선지를 말하고 나서야 그녀가 진정하기 시작했다. 옆자리에 탄 나를 부끄럽다는 듯 살폈다.

"미안해요. 원래 잘 안 이러는데, 오늘은…… 생각이 많아졌어요."

"괜찮습니다. 저희 대표님이 말투가 좀 공격적이셔서, 닥치는 대로 물어보고 그래서 좀 불편하셨을 거예요."

"그 정도에 이렇게 바보같이 우는 거 아녜요."

그녀가 입술을 지그시 깨물고 나를 돌아보았다.

"오늘 좋은 날이거든요. 글 쓴다고 한 지 4년 만에 제대로 된 계약서에 도장 찍은 날이거든요."

"……."

"사람이 죽을 때 되면 그동안 인생이 주마등처럼 스쳐 지나간다고 하잖아요. 아까 지하철역 가면서 갑자기 죽을 때도 아닌데 지난 4년간 고생한 일들이 하이라이트 필름처럼 막 펼쳐지는 거예요. 그래서 괜한 말을 그쪽한테 하다가…… 그냥 주르륵, 아이고."

민망한 미소와 함께 혀를 쏙 내밀며 그녀가 말했다.

그 모습이 너무 사랑스러워서 이대로 그녀를 보내기가 싫어졌다. 뭐 하나 제대로 결정 못하는 나였지만 그때는 결정하고 자시고도 할 거 없이, 방언 터지듯 말이 튀어나왔다.

"좋은 날이니까 우리 한잔 더 할까요? 제가 살게요."

"아뇨."

그녀가 브레이크를 밟았다. 심장이 덜컹 멎었다.

"택시비 내실 거잖아요. 술은 제가 살게요."

못 들은 척 우리의 대화를 듣던 택시기사가 허허, 하고 웃음을 흘렸다.

우리는 그녀의 집에서 가까운 응암동에 내려 근처의 이자카야에 들어갔다. 정종에 시샤모를 시켜놓고 건배를 하자마자 그녀가 입을 슥 닦고는 나를 바라보았다.

이후로 그녀는 정종에는 입도 안 댄 채 이야기를 하기 시작했다. 그게 나여서 하는 이야기가 아니라 지금 당장 털어놔야 할 이야기여서 아무나 붙잡고 하는 건 아닐까, 서운한 기분이 들 정도였다. 나는 정종을 조금씩 홀짝이며 그녀의 이야기를 들었다.

그녀는 누구라도 부러워할 동네에서 어느 것도 부족하지 않은 부모님의 지원 속에서 막내딸로 자랐다고 했다. 고위공직자 아버지와 대학교수 어머니, 의사 오빠와 플루트 연주자로 자리 잡은 언니에 비해 자신만이 평범한 대학을 평범한 성적으로 졸업했다. 그럼에도 그녀는 아버지 백으로 공기업에 취직해 비교적 어렵지 않게 직장 생활을 시작했다며 이렇게 말했다.

"모든 건 당연한 일이었어요. 알바를 해야 할 필요도, 토익시험을 봐야 할 이유도 없었어요. 공기업에 취직한 것도 시집가기 전에 어디라도 다녀야 해서 아버지가 잡아준 거지 오래 다닐 생각은 없었어요. 다만 취직하고 두 달 지나서부터 선을 보러 다녀야 했어요. 형제 중에 제일 못난 막내딸 하나를 어서 괜찮은 데 보내버려야 부모님 마음이 편하겠다 싶었나 봐요. 하지만 그때부터 저는 제게 당연히 주어진 것들을 의심해야 했어요."

그녀는 허기진 사람이 무언가를 삼키듯 말을 내뱉었고 입술이 말라가기 시작했다. 나는 잔을 들어 보였다. 그녀가 정종 잔을 들어 마른 입술을 축였다.

"사실 부모님 몰래 사귀던 친구가 있었거든요. 대학 동기였는데 걔는 복학해서 자취를 하며 힘들게 살고 있었어요. 먼저 취직한 내가 밥도 사고 데이트비도 주로 냈죠. 걔 모습을 보면서 난 내게 주어진 게 고맙지만 온전히 내 것이 아니라고 느끼게 되었어요. 이후로 나는 나 스스로 사는 것에 대해 고민했어요. 펑펑 쓰던 월급을 모으기 시작했고, 회사를 그만두면 하고 싶은 일이 무언지도 고민했어요. 자연스레 부모님이 내게 준비한 길은 시시해졌고, 선도 보러 가지 않겠다고 했죠. 그러자 부모님이 저를 질책하기 시작했어요. 오빠랑 언니도 뭐 하는 짓이냐고 혼냈어요. 효도는 못할망정 부모 말도 안 듣는다고 힐난이 계속되었고, 내가 집안의 의견을 따르지 않았을 때 어떤 대가가 따를까에 대한 두려움이 생겼어요. 그런 기분 아실지 모르겠지만요…….'

"알 것 같아요. 저는 아직도 부모님이랑 살고 있거든요."

"예. 그때 제 유일한 위안은 남자친구를 만나 걔 자취방에서 요리해 먹고 〈무한도전〉 같이 보며 지내는 거였어요. 둘 다 넉넉지 못해도 음식 사서 해 먹으면 싸거든요. 그리고 한강 같은 데 산책하며 데이트하면 돈도 안 들고……. 아무튼 그 친구가 취업만 되면 부모님에게 인사를 드리게 하려고 했어요. 번듯한 남자친구가 있으면 더 이상 선을 보라고도 하지 않겠지, 라고 생각했죠. 하지만 그건 제 순진한 생각에 불과하다는 걸 금방 알게 되었죠."

"어떻게 됐는데요?"

"어느 순간부터 남자친구가 연락이 안 되는 거예요. 집에 가도 없고……. 그러다가 겨우 학교 도서관에 찾아가서 만날 수 있었는데, 걔가 글쎄 더 이상 절 만날 수 없다는 거예요. 만나기 싫다는 것도 아니고 만날 수 없다고 하니, 그게 대체 무슨 말이냐고요."

"무슨 일이 있었군요."

"제가 따져 묻자 걔가 갑자기 저희 부모님을 만났다는 거예요. 만나서 다신 절 만나지 말라는 말을 들었다는 거예요. 그러면서 울상이 돼서 말했어요. 굉장히 굴욕적이었다고. 그리고 저를 보니까 그때의 불쾌함이 떠오른다면서 가라고 했어요. 정확히는 꺼지라고 했어요. 저는 너무 당황스러워서 걔한테 미안하다는 말도 못하고 돌아서 가야 했어요. 그런데 집에 가기가 너무 싫고 두려웠어요. 그렇다고 딱히 갈 데도 없었어요. 친구도 없고 나만의 공간이 있는 것도 아니고……. 그제야 내가 갈 곳이 없다는 걸 깨달았어요. 그 집은 내 집이 아니구나. 그 집은 부모님이 원하는 나여야 지낼 수 있는 집이구나. 그리고 그건 결혼해도 마찬가지겠구나. 선봐서 결혼하면 또 남편이 원하는 나로 살아야 살 수 있는 집에 살게 되겠구나."

어느새 정종 잔이 새로 채워졌고, 그녀는 이야기를 계속해나갔다.

"마음을 독하게 먹고 집에 들어갔어요. 아무것도 부모님께 묻지도 따지지도 않았어요. 그러곤 독립을 준비했어요. 스스로 사는 법, 혼자 살 공간, 나만의 일, 그런 걸 위해 부모님 말에 복종하며 살았어요. 월급을 모으고, 선보라고 하면 옷을 사 입는다는 핑계로 돈을 받아 모으고, 선은 보지만 계속 거절을 하면서 시간을 벌었어요. 부모님과 함께 저녁을 먹기 싫어 일부러 야근을 하고, 아니면 극장에서 시간을 때우다 들어갔어요. 그거 알아요? 비교적 싸게 시간을 때울 수 있는 곳이 야구장과 극장이라는 거? 야구장은 혼자 가기 그래서 전 틈날 때마다 극장에 가서 혼자 영화를 보며 시간을 때웠어요. 집에 가서는 선본 남자랑 영화 보고 데이트했다고 뻥치고 용돈을 받고요. 그렇게 극장에 가서 영화를 보며 시간을 때우다 보니 그게 제 낙이 되었어요. 그 시절 영화야말로 내게 유일한 위안이 되었어요. 그 안에 담긴 모든 것들이 저를 위로해주었어요. 혼자 사는 것, 부모님으로부터 독립하는 것, 사회의 일원이 된다는 것, 나 스스로 자존감을 지켜야 한다는 것, 누군가를 이해한다는 것, 그리고 사랑한다는 것에 어떤 희생이 필요한지를 알려주었죠. 그렇게 학교에서도 집에서도 배우지 못했던 것들을 영화를 보며 늦게야 깨달았어요. 말하자면 영화가 제 스승이었던 거죠."

"그중에서 특히 좋았던 영화는 뭐가 있어요?"

"〈미스 리틀 선샤인〉? 그거 알아요?"

"잘 모르겠는데요."

"거기엔 엉망진창 가족이 나와요. 근데 그들은 서로 구제불능이란 걸 알기에 한편이 돼요. 우리 집과는 정반대죠. 누군가 못나게 굴면 우리 집에선 추방될 거예요."

"그 영화 한번 찾아봐야겠네요."

"결국 전 추방되었죠. 아니 저 스스로 나왔어요. 1년 반 정도 그렇게 몰래 돈을 모으고 그간 가지고 있던 명품 백과 옷, 구두를 팔아 모은 3천만 원 가지고 집을 나왔어요. 물론 회사도 같이 그만뒀고요."

"집에서 가만있던가요?"

"부모님 전화를 안 받았죠. 그러자 어떻게 찾았는지 언니가 제 자취방에 와서 저를 설득했어요. 제가 거부하자 다음엔 오빠가 와서…… 저를 때렸어요."

"뭐라고요?"

"때려서라도 말을 듣게 하려고 했어요. 그때 맞아서 멍들고 부은 몸 사진을 찍어놨어야 했는데……. 지금도 후회한다니까요."

"심하네요."

"그 정도로 뭘요. 얼마 뒤에 아버지가 사람들과 절 찾아와 차에 강제로 싣고 집에 갔어요. 그리고 머리 깎이고 집에 갇혀 한달 반인가 그렇게 있었어요. 그분들로선 자기 소유인 자식이 말을 안 들으니 어떻게든 꺾어보려고 했던 거죠. 하지만 전 더 이상 꺾이지 않게 됐어요. 어느 날 밤 그들에게 장문의 편지를 써두고 몰래 도망쳐 나왔죠. 이후로 가족들은 더 이상 절 찾지 않았어요."

"뭐라고 썼길래 그랬는데요?"

"그들이 내게 물리적으로 정신적으로 준 상처를 되갚을 정도로 썼어요. 그들도 다쳐야 했어요. 그래야 저를 마음껏 공격할 수 없을 테니까요."

그녀가 정종 잔을 비우고 알 수 없는 미소를 내게 지어 보였다.

"그 편지를 쓰고 나서야, 내가 글로써 내 마음을 정리할 수 있다는 걸 깨달았던 것 같아요."

나는 고개를 끄덕여 그녀의 말에 동의했다.

그리고 그녀는 글을 쓰기 시작했다고 했다. 좋아하는 영화와 글쓰기를 같이 할 수 있는 일이 영화 시나리오 작업이라고 여겨 그녀는 그것을 배웠다고 했다.

그녀는 5년 전 이곳 은평구에 자취방을 얻은 뒤 편의점 알바를 하며 한 사설문화센터의 시나리오 작법 강좌를 들었다. 그리고 6개월 과정의 강좌를 듣던 중에 특강 강사로 초대된 한 감독이 그녀의 습작 아이디어를 좋게 보고는, 함께 작업해보면 어떻겠냐고 제안을 했다.

"나로서는 하늘에서 내려온 동아줄 같았어요. 영화판에 아무 연고도 없는 나한테 그런 제안을, 그것도 이미 데뷔한 감독이 한다는 게 말이에요."

"그래서 그 감독이랑 같이 시나리오를 쓴 거군요?"

그녀가 정종 잔을 비우고 씁쓸한 표정을 지었다.

"같이 쓴 건 아니고 제가 지도를 받으며 썼죠. 제 아이템을 가지고 감독은 이렇게 써라 저렇게 써라 지도를 했죠. 결과적으론 잘 안 됐어요."

"계약 같은 건 어떻게 했어요?"

"그땐 업계에 발을 들여놓을 수 있다는 생각에 계약 같은 건 묻지도 않았어요. 그냥 때 되면 해주겠지 생각했어요. 바보 같죠?"

"어휴, 정말 그렇게들 하는군요. 뉴스로만 봤는데……. 아무
튼 그러면 생활은 어떻게 한 거죠? 쓰는 동안 적어도 먹고는 살
아야 하잖아요."

"전세 3천이 500에 40 될 때까지 은평구를 전전했죠, 뭐."

그녀는 처음엔 불광동의 전세 3천 원룸에서 살았고, 이후로
구산동, 연신내를 거쳐 이제 여기 응암동에서 500에 40 하는 반
지하 방에 살고 있다고 했다. 그녀는 은평구가 물가랑 집값이
싸서 마음에 든다고 했다. 태어나서 한 번도 강남구를 떠나본
적이 없던 그녀는 어느 순간 은평구가 자기 고향처럼 느껴졌을
때 독립했다는 것을 실감했다고 덧붙였다. 그녀와 같은 나이지
만 한 번도 집을 나와 산 적이 없는 나로서는 그 기분을 실감하
지 못했다.

"그래도 대단하세요. 저도 어서 독립을 해야 할 텐데."

"제가 한 가지 조언 드릴게요. 전세금 벌 때까진 부모님이랑
사세요. 월세에 공과금에 의료보험에 국민연금에 그런 거 다 내
다 보면 숨만 쉬어도 한 달에 칠팔십은 나가거든요."

"아, 예."

"숨만 쉬어도 말이에요. 서울에서 살려면요. 예?"

그녀가 나를 똑똑히 바라보며 말했다. 취한 눈동자가 아슬아
슬해 보였다. 나는 잠자코 고개를 끄덕였다. 그녀가 고개를 저
었다.

"아무래도 들어가봐야겠네요. 너무 취했고, 오늘 저 너무 말 많았죠? 미안해요."

"풋."

"왜요?"

"여기 오기 전엔 '고마워요' 연발하시더니 이제 '미안해요'군요."

"그런가요. 미안……."

말하려다 그녀가 입을 막고는 정중하게 고개를 숙여 보였다. 그녀를 단숨에 많이 알게 되어 고마운 나도 맞절하듯 고개를 숙여 인사했다.

한사코 자신이 계산하겠다고 하는 걸 말릴 수가 없었다. 먼저 가게를 나오니 초겨울의 한기가 느껴지는 게 술도 깨고 상쾌했다.

돌아보니 그녀가 나를 바라보며 서 있었다. 아쉽지만 이제 가야 할 때였다. 나는 오늘 반가웠고 수고하셨다고 말한 뒤 눈인사를 했다. 그녀는 눈으로 답하고 움직이지 않았다. 내가 갸우뚱하자 그녀가 수줍게 말했다.

"새벽 두신데 좀 바래다주면 안 돼요?"

"아. 그럴까요."

"저희 집 가는 골목이 좀 음침해서……."

"예. 가시죠."

"라면 먹으라곤 안 할게요."

"예?"

"됐어요. 히."

그땐 그 말이 무슨 뜻인지 몰랐다. 〈봄날은 간다〉도 본 적이 없고 유행어에도 둔감한 센스 없는 남자였으니까.

그날 그녀를 응암동 골목의 어느 양옥집 철제 쪽문 앞까지 바래다주었다. 함께 걸어가자 데이트하는 것 같아 기분이 묘했지만, 그녀를 집에 들여보내고 돌아오며 오히려 안도감이 들었다. 오랜만에 든 설레는 기분이 익숙지 않아 불편했기 때문이었다.

나는 사람들이 흔히 말하는 모태솔로였다. 가뜩이나 소심하고, 결정곤란이 있는 우유부단한 인간인 나로서는 누군가에게 연애를 제안한다는 건 있을 수 없는 일이었다. 친구들이 애써 잡아준 소개팅을 하고 나서도 그 여자가 마음에 드는지 연락을 해야 하는지조차 알 수가 없었다. 고민만 하다 타이밍을 날리기 일쑤였고, 회사에서 마음에 두었던 여직원들은 일에 지장을 줄까 고민한 나머지 어쩌지 못한 채 그대로 다른 남자와 사귀거나 퇴사하는 걸 지켜봐야만 했다. 그래서였을까 그날 늦게까지 그녀와 많은 이야기를 하며 공감을 나눴지만 무언가를 기대한다는 건 내게 어려운 일이었다.

내가 그녀와 사귈 수 있었던 건, 모태솔로인 나로서는 불가능한 그 어려운 일을, 얼마 지나지 않아 그녀가 해치워주었기에 가능했다.

안고 있는 유골함은 마치 과거를 보여주는 마녀 구슬이라도 되는 양 그녀와의 옛일들을 떠올려주었다. 그녀가 용기를 내 사귀자고 하지 않았으면 어떻게 됐을까? 내 인생 첫 연애를, 첫 연인을 가질 수 없었겠지. 그러나 가졌다고 할 수가 없다. 그녀와 언제나 함께할 용기가 없었으니 가질 수 없었다. 그리고 그녀의 부음을 듣고는 영영 가질 수 없게 되었다. 지금 이렇게 '그녀'를 안고 있지만, 역시 가진 게 아니었다.

스스로의 한심함에 한숨이 절로 나왔다. 나는 무거운 짐을 내려놓듯 발치에 유골함을 내려놓았다. 추모공원 주차장은 어느새 어둠이 내렸다. 놈은 여전히 나올 기미가 없었다. 작전에 들어가기 전 교환한 놈의 번호로 유골함을 가지고 차에 있다는 문자를 보낸 지도 한 시간이 넘었다. 적당히 정리하고 나오면 될 것을, 진짜로 술을 처마시고 있는 모양이었다.

그때 관리인 한 명의 배웅을 받으며 놈이 주차장으로 내려왔다. 오면서도 관리인에게 뭐라 지껄이는 녀석……. 만취 상태다. 관리인이 볼까 싶어 나는 의자 아래로 몸을 숙였다.

놈은 관리인에게 꾸벅 인사를 하고 전화로 대리를 불렀다. 그러면서 관리인에게 손을 흔들어 보였다. 놈은 관리인이 사라지자 전화를 딱 끊고 차로 다가와 문을 열었다.

녀석은 차에 오르자마자 내 발밑에 자리한 유골함을 확인하고는 시동을 걸었다. 음주운전인데 괜찮겠냐고 물어도 놈은 취한 척한 것뿐이라며 액셀을 밟아 주차장을 빠져나갔다.

국도에 들어서자마자 녀석이 질주하기 시작했다. 발치에 내려놓은 유골함이 덜덜 떨리기 시작할 정도로 녀석이 속도를 올렸다. 내가 외쳤다.

"속도 줄여요!!"

내가 소리 질러도 놈은 피식 웃기만 할 뿐이었다.

"그러다 경찰에라도 잡히면 어떡할 겁니까!!"

"보아하니 겁이 좀 있으시네. 아까부터 깡촌에서 경찰을 다 걱정하지 않나……."

"예, 나 겁 많습니다. 어쨌거나 조심하잔 겁니다. 만약에 사고라도 나면 우리만 다치는 게 아니잖아요?"

놈이 내 발밑에 놓인 유골함을 살핀 뒤 턱을 두어 번 까딱이고 속도를 줄였다.

나는 발밑에서 유골함을 들어 품에 안았다. 무슨 조화인지 유골함은 아까보다 훨씬 무겁게 느껴졌다. 그 무게감이 내게 무언가를 떠올리게 했다. 어떡해야 하지? 이제 그녀를 어디로 데려가야 하지? 놈은 무슨 생각이나 있는 걸까?

"그런데 우리 어디로 가는 거죠?"

내가 물었다.

"서울. 왜? 주평 읍내에 내려드릴까?"

"내 말은, 어떡할 거냐고요."

놈은 나와 내 품 안의 유골함을 번갈아 바라보고는 갓길에 차를 세웠다.

"일단 구하긴 했는데…… 처리할 바를 생각 안 했네."

처리? 녀석의 사무적인 태도에 화가 치밀었다. 그녀를 구하고 나서 나 역시 아드레날린이 치솟고 있었다.

"처리가 뭡니까? 말조심하세요."

"쏘리. 당신은 어떡하면 좋겠어요?"

순간 말문이 막혔다.

"생각해봐요. 서울 갈 동안."

나는 그녀를 뺏기기 싫었다. 생각할 것도 없었다.

"내가 가져갈게요. 내가 일단 맡아두겠습니다."

말이 끝나기도 전에 놈이 흐흐흐, 느끼한 웃음을 던지며 나를
흘겼다. 보아하니 녀석도 그녀를 포기할 기세가 아니다. 그럼
어쩌자는 거냐고 내가 다시 묻자, 놈이 그 큰 머리를 굴리더니
흡족한 표정으로 나를 돌아보았다.

"반반. 어때요?"

녀석이 정답을 맞힌 학생처럼 좋아했다. 나도 모르게 소리를
질렀다.

"농담해요? 이게 치킨입니까?"

뭐가 문제냐는 듯 녀석이 나를 뚫어져라 바라보았다.

"왜? 성경에도 있잖아요? 솔로몬인가? 그 사람이 엄마들한
테 아일 반반으로 나누라고 했잖습니까?"

"나 참. 그 얘기 핵심은 결국 아이를 못 나누는 겁니다! 아이
를 반으로 가르면 죽잖아요. 안 그래요?"

"그래서?"

"그래서 반으로 가르지 말자고 한 엄마가 진짜 엄만 거고. 알

겠어요?"

"……."

"그러니까 이봐요, 이걸 나누는 게 말이 되느냐고요?"

내가 답답하다는 듯 바라보는데, 놈이 오히려 짜증 난다는 듯 풍성한 머리칼을 넘겼다.

"아니, 그러니까 왜 안 되느냐……. 이건 아이가 아니잖아. 반으로 나눈다고 죽습니까? 예? 형씨야말로 꽉 막혔네."

답답한 나머지 유골함을 발밑에 내려놓고 한숨을 쉬었다. 녀석도 답답한지 운전대를 팡 내리쳤다. 그러고 나서 대뜸 나를 돌아보고 물었다.

"어이, 형씨. 그럼 형씨가 솔로몬 이야기에 나오는 진짜 엄마라는 겁니까? 형씨만 재연일 진짜 사랑했단 거요?"

어이가 없어 놈을 노려보았다. 놈도 눈에 핏대까지 세워 나를 노려보았다. 당장이라도 주먹을 날릴 기세였다.

순간 두려움이 느껴졌지만 애써 평정심을 찾으려 노력했다. 이대로는 안 된다. 주먹질이라도 하면 저 고릴라 같은 놈을 이길 수 없다. 전략을 바꿔야 했다. 나는 문을 열고 밖으로 나갔다. 놈이 따라 내렸다.

담배를 피워 물고 어둠이 깔린 논밭을 바라보는 내 옆으로 놈이 어깨를 건들대며 다가왔다. 내가 담배를 건네자 놈은 고개를 젓고는 다시 들이댔다. 왜 둘로 나누면 안 되는지 설득해보라고 눈을 부라리며 놈이 말했다. 더 이상 물러날 수 없는 나도 녀석의 눈을 피하지 않고 말했다.

"죽었으니 반으로 갈라도 된다라……. 당신은 재연이가 죽었다고 생각해요?"

"죽었지."

"그럼 왜 죽은 재연일 일부러 거기서 데리고 나온 겁니까?"

"그야……. 거기는 너무 후졌잖아. 서울에서도 너무 멀고."

"죽은 건데 거기 있든 어디 있든 뭔 상관입니까? 예?"

"아오, 씨, 그건, 그건 말이지……. 죽어도 내 마음엔 살아 있는 거 아뇨?"

"어쩌죠……. 내 마음에도 살아 있는데. 그래서 같이 재연일 거기서 데려온 거 아닙니까?"

"……."

"이봐요. 우리가 오늘 이 난리를 친 건 재연이가 우리 마음속에선 아직 죽지 않았기 때문입니다. 그건 인정합니까?"

"……."

"죽은 게 아니니까, 우리 마음속에선 죽은 게 아니니까 온전히 지켜줘야죠. 그래서 반으로 나눌 순 없는 겁니다."

"…… 씨바……."

역시 말로 하길 잘했다. 놈이 머리를 흔들며 내게서 떨어지더니 바지 지퍼를 열고 논에 오줌을 갈겼다. 나는 담배를 비벼 끄고 차에 올랐다. 녀석이 차로 돌아와 한마디 했다.

"일단 알겠고, 배 안 고프쇼? 읍내 가서 뭐라도 먹으며 쇼부

봅시다."

놈을 이해시키기가 코끼리 조련보다 힘들었다. 배가 안 고플 리가 있나. 고개를 끄덕이자 놈이 세게 액셀을 밟았다.

읍내 초입의 식당에서 순댓국에 보쌈을 먹으며 우리는 아무 말도 하지 않았다. 일단 너무나 배가 고팠기 때문이고, 그다음 으로는 이것이 금방 해결할 수 있는 문제가 아니란 걸 깨달았기 때문이다. 순댓국에 보쌈을 반주도 없이 먹자니 입이 퍽퍽했지 만 서로 술잔을 기울일 사이도 아니고 해서 우리는 고기와 순대 만 입안에 부지런히 욱여넣었다.

식사를 하며 놈은 계속 스마트폰을 살폈다. 무언가 꼼수를 부 리는 걸 눈치챈 나도 그럴듯한 대안을 내야겠다고 생각했다. 하 지만 딱히 수가 떠오르지 않았다. 다시 납골당에 돌려보내자고 할 수도 없었다. 그렇다고 그녀에게 어디가 좋겠냐고 물어볼 수 도 없는 노릇이었다.

먼저 식사를 마친 놈이 카운터로 향했다. 밥값을 계산하려는 건가? 보쌈을 추가로 시킨 건 녀석이니 녀석이 내려는가 보다. 나로서는 생큐다. 근데 아니다. 놈은 카운터에 놓인 녹말 이쑤 시개를 집어 들고 문 옆 커피 자판기로 향했다. 그럼 그렇지. 덩 치만 큰 좀생이 녀석 같으니라고.

녀석은 내 커피까지 뽑아 들고 와 테이블에 내려놓았다. 그러 고 나서 금방 생각났다는 듯 분당 자기 집 부근에 럭셔리한 추모공원이 있다며, 그곳에 재연을 모셔야겠다고 말했다. 오호라, 스마트폰으로 그새 뒤진 게 그거냐?

놈은 재연이 분당에서 살고 싶어 했다는 말을 덧붙였다. 뺑치시네. 재연은 강남 집에서 나온 뒤로는 한강 이남으로 다리 건너는 것조차 싫어했다. 내가 절대 안 된다고 하자 그럼 어쩌자는 거냐고 놈이 되물었다.

"우리가 재연이를 이렇게 데려온 이유가 뭐죠?"

"거기가 후지니까 아닙니까? 그런 데 재연일 둘 수가 없어서지."

"그렇다면 좋은 곳에 보내줘야죠."

"그러니까 좋은 곳 어디냐고요?"

"재연이한테 좋은 곳은 바로 재연이가 원하는 곳이 아닐까요?"

"그래 좋아 당신 말이 다 맞아. 분당은 아니라 치고, 그럼 재연이가 원하는 곳이 어딘지 어떻게 알지? 유골함에 물어라도 보란 말요? 예?"

나 역시 말문이 막혔다. 놈이 짜증 난다는 듯 뭐라 중얼대고는 일어나 화장실로 향했다. 난감했다. 어쨌거나 운전대 잡은 놈 마음이라고, 일단 분당으로 차를 몰고 가면 놈에게 말릴 수밖에 없는 상황이었다.

초조해하며 시계를 보려 고개를 돌리다 TV 화면에 시선이 멈췄다. 화면에는 계단식 논 앞으로 푸른 바다가 펼쳐져 있고, 이를 배경으로 수다스러운 남녀 리포터가 마을 주민으로 보이는 할머니가 따라주는 막걸리를 마시며 감탄을 연발하고 있었다.

"다랑이논 일이 무지 힘들거든. 그래 막걸리도 훠얼씬 맛나야 하는 기다."

할머니의 설명에 고개를 끄덕이며 막걸리를 맛있게 들이켜던 재연의 모습이 오버랩 됐다. 그날 우리는 바로 저 할머니 댁 평상에 앉아 있었다. 막걸리 장인이신 할머니는 자기는 이제 죽을 건데 딸도 며느리도 막걸리 만드는 기술을 전수받지 않으려 해 아쉽다고 하셨다.

"그럼 제가 배울까요? 저 가르쳐주실래요?"

대뜸 재연이 할머니에게 말했다. 할머니는 그녀에게 막내며느리 삼아 가르치고 싶은데 아들이 더 없어 어떡하느냐며 웃으셨다. "가족들밖에 안 되는구나"라며 재연이 시무룩이 애교 섞인 표정을 지었고 할머니는 새로 담근 장아찌가 있다며 부엌으로 가셨다.

할머니의 장아찌 서비스를 기다리며 평상에 앉아 그녀와 햇살처럼 미소를 나눴던 순간이 기억났다. 우리의 첫 여행, 잊을 수 없는 남해 여행……. 바로 그거였다.

화장실에서 돌아와 자리에 앉은 놈이 용의자를 추궁하는 형사처럼 나를 바라보았다.

"형씨. 이제 어쩔 거요."

"남해로 갑시다."

"남해? 남해 어디?"

"남해. 섬. 모릅니까?"

"남해에 섬 졸라 많거든. 대충 넘어가지 말고 어딘지 정확히 말해보쇼?"

학창 시절 공부 못하는 놈들도 암기 과목은 좀 하는데, 이놈은 지리부도도 한번 안 들여다봤나 보다. 답답한 내가 스마트폰으로 남해를 띄워 보여주며 말했다.

"이 섬, 재연이가 여기 정말 좋아했습니다."

"캬, 그걸 지금 나보고 믿으란 겁니까?"

"그럼 당신은 재연이가 분당에서 살고 싶어 했다는 걸 나보고 믿으란 겁니까?"

둘의 목소리가 커지자 주인아저씨가 다가와 가게 닫을 시간이 되었다고 했다. 시계를 보니 밤 아홉시가 지나고 있었다.

내가 신발을 신으며 시간을 끌자 놈이 계산을 했다. 쌤통이라고 생각하고 있는데 놈이 가게에서 나오며 길 건너 모텔의 네온사인을 향해 턱짓을 했다.

"밥은 내가 샀으니 모텔비는 형씨가 내쇼."

내가 어처구니없어하자 놈이 덧붙였다.

"상행선인지 하행선인지 결판이 안 나는데 어딜 가. 가서 끝장날 때까지 따져보자고."

그래서 그날 밤 나는 경기 남부 지방의 한 모텔에서 옛 애인의 전 남자친구 놈과 테이블을 마주한 채 냉수를 마시며 끝장토론을 벌이게 되었다. 우리 둘 사이엔 그녀의 유골함이 놓여 있었고, 두 시간 넘게 공방을 벌였지만 의견은 좁혀지지 않았다.

'분당'이냐 '남해'냐의 문제는 곧 '유골함을 유지하느냐' '뼈를 뿌려주느냐'의 문제로 변했고, 다시 '자기 곁에 둬야 한다'와 '평생 책임질 수 있느냐'로 변했고, 급기야 '누가 그녀의 유골함을 꺼내 오는 데 더 공을 세웠느냐'의 문제로 확장되었다.

계속된 평행선 끝에 놈이 고개를 두어 번 까딱하고는 나를 꼬나봤다.

"주먹으로 하면 편한 걸 말로 하려니까 차암 힘드네. 민주시민답게 민주주의로 하려고 했는데, 달랑 둘이니 다수결도 안 되고. 아함……."

녀석은 틈만 나면 자신의 무력을 강조했다. 사실 아까 차에서는 조금 무서웠던 게 사실이다. 하지만 같이 있으며 살피니 놈은 안전핀 꽂힌 수류탄에 지나지 않았다. 한마디로 뻥만 심하지 실제로 주먹을 휘두르는 않을 거라 느껴졌다. 약하고 소심하기에 예민하고 민감하다. 녀석의 근육과 허세가 뻥카임을 나는 감지하고 있었다.

한편으로 연애 초창기에 전 남친이었던 놈이 신경이 쓰여 이것저것 그녀에게 물어보았기에, 어느 정도는 놈에 대해 알던 터였다. 놈은 재연이 일했던 피트니스 센터의 사장이었고, 허세로 똘똘 뭉쳤으며, 나중엔 그 피트니스 센터도 말아먹고 나와 생활고를 겪었다고 들었다. 모든 싸움은 정보전이다. 연적으로서 놈보다 더 많은 정보를 가지고 있는 것이야말로 지금의 내게 유리한 점이다. 나는 겁먹을 거 없다고 스스로를 독려했다.

"주먹으로 하면 나야 좋죠. 나 보시다시피 허약해서 당신 주먹 맞으면 전치 4주는 기본일 겁니다. 대신 합의는 이걸로 할 테니 그렇게 아시죠."

유골함에 손을 얹으며 내가 말했다.

놈이 몸 근육 전체로 짜증을 내고는 한숨을 쉬었다. 딴에는 참는 티를 내는데 실제론 때릴 용기가 없다는 걸 증명한 셈이었다.

그녀의 유골함은 우리 가운데에서 토론 사회자처럼 중립을 지키고 있다. 그녀는 아무런 의견을 말하지 않는다. 침묵. 그것이 그녀의 현존이었다. 순간순간 그 모습을 바라볼 때마다 마음속에 차가운 바람이 일었다. 그녀를 앞에 두고 이게 뭐 하는 짓인가. 돌아보니 녀석의 표정도 달라 보이지 않았다. 녀석도 나도 이제 지쳤다. 토론 자리가 오래 버티기 자리로 변한 형국이었다. 올빼미족인 나에 비해 아까부터 하품을 해대던 녀석이 어느새 꾸벅대기 시작했다. 나는 일침을 날렸다.

"이봐요. 이제 어떡할 겁니까? 자는 거예요?"

깨우듯 외치고는 놈의 어깨를 툭 쳤다. 그러자 놈이 잠에서 깨 하마처럼 하품을 하고는 졸린 눈으로 나를 바라보았다. 나는 다시 눈으로 물었다. 놈이 고개를 젓더니 침대로 가 벌렁 누웠다.

"어떻게 할지 끝장을 보자면서요?"

"아함…… 졸려 죽겠으니까…… 그만합시다."

"그럼 남해로 가는 겁니다. 재연이가 좋아했던 해변에 가서, 그곳에 뿌려주는 겁니다."

"그러든가 말든가. 씨……."

어느새 목소리가 작아지며 놈이 득달같이 코를 골기 시작했다. 이겼다. 내가 이겼다.

기쁘고 홀가분한 마음에 그녀의 유골함을 양손으로 붙잡고 살며시 들어 얼굴에 가져갔다. 볼에 유골함을 가져다 대고는 차가운 감촉을 마치 키스하듯 음미했다. 놈은 할리데이비슨 엔진 시동 걸듯 코를 골아대기 시작했고, 나는 테이블에 그녀를 내려놓은 뒤 맞은편 트윈베드에 가 누웠다. 잠시 승리의 기쁨을 만끽하는데 내게도 졸음이 몰려왔다. 불을 꺼야 하는데……. 갑작스럽게 몰아닥친 수마에 눈이 감겨 꿈쩍할 수가 없었다. 놈과 대치하는 동안 잔뜩 가졌던 긴장감이 풀어졌다. 곧 잠이 나를 잠식해갔다.

빛나는 햇살 아래 나와 재연은 남해의 해변을 걷고 있었다. 그녀가 가장 좋아했던 그곳, 소요 해변을 선선한 가을바람이 채우고 있었다. 한여름 더위와 함께 피서객도 사라져 해변은 바다와 하늘 사이에 우리만을 둔 채 분주히 파도를 해변으로 보내주고 있었다.

손잡고 한발 앞서 걷던 그녀가 고개를 돌려 미소를 지어 보였다. 내가 맞장구치듯 미소를 짓는데, 갑자기 그녀의 표정이 변하더니 내 손을 뿌리치고 바다로 향했다. 바다를 향해 가는 그녀를 쫓다가 나는 모래사장에 쓰러졌다. 그녀의 모습이 넘실대는 바닷속으로 사라져갔고, 황망히 바라보는 내 시야로 어느새 따가운 햇살이 쏟아져왔다. 나는 소리를 지르며 늪 같은 모래 속으로 빠져들기 시작했다. 안 돼!!

번쩍 눈이 뜨였다. 환한 형광등 불빛이 따가운 햇살처럼 내리쬐고 있었다. 맞아. 불도 안 끄고 잤지. 놈에게서 그녀를 지켜내고 곧바로 잠이 쏟아져 미처 끄지 못했어. 시계를 보니 새벽 다섯시. 이제라도 불을 끄고 좀 더 자야겠다 생각한 나는 침대에서 나와 스위치가 있는 입구로 향했다. 순간 무언가 이상함을 느꼈다.

선잠이 확 깨며 돌아보니 유골함이 없다! 놈도 없다!! 이런 개쌍놈의 새끼!!!

황급히 창문으로 달려가다 테이블에 정강이를 찧었다. 아플 새도 없이 창문을 열어 주차장을 살폈다. 놈이다. 놈이 유골함을 들고 모텔 주차장을 가로질러 BMW로 향하고 있었다. 나는 단숨에 방을 지나 부술 듯 문을 열고 맨발로 뛰쳐나갔다.

모텔 현관을 나서자 주차장 끝 BMW 앞에 선 놈이 눈에 들어왔다. 놈은 왼쪽 품에 유골함을 끼고 오른손으로는 호주머니에서 차 키를 꺼내고 있었다. 나는 맨발이 찢어져라 달려갔다.

"야 이 새끼야! 거기 안 서!!"

나를 돌아보고 놀란 놈이 급히 호주머니에서 꺼낸 차 키의 문 열림 버튼을 눌렀다. 철컥. 문 잠김이 풀리자 놈이 운전석 문을 열고 거구의 몸을 욱여넣었다. 젠장.

숨이 터져라 달리지만 이미 늦었다고 느끼던 찰나, 픽! 둔기로 무언가를 내리치는 소리가 들렸다. 동시에 놈이 차 안에 몸을 반쯤 구겨 넣은 자세로 꿈쩍 않고 있는 게 보였다. 잡을 수 있겠다는 생각으로 나는 마저 달렸다.

놈 앞에 다다르고 나서야 놈이 꼼짝 않고 굳어 있는 이유를 알아챘다.

나 역시 그 자리에 굳어버렸다.

녀석이 급히 차에 타다가 유골함을 땅에 떨군 것이다.

망연자실. 놈과 나는 차 문 아래로 세 동강이 나 있는, 아이 살점같이 뽀얀 유골함 조각을 바라보았다. 그리고 그 위로 낮게 쌓여 있는 봄눈 같은 재연의 분골을 목격했다.

내가 놈을 죽일 듯이 노려보자, 놈은 나와 발밑의 뼈를 번갈아 보며 말을 흐렸다.

"형씨, 난 말야……. 그게 있지……."

"닥쳐 이 개새끼야!!"

놈을 향해 돌진하는데 바람이 일고 뼈의 일부가 흩날리기 시작했다. 놈이 진지에 떨어진 수류탄을 감당하고 죽으려는 소대장처럼 뼈 위로 몸을 날렸다.

거북이처럼 웅크린 채 뼈를 지키고 있는 놈을 보자 울분이 일었다. 한마디로 빡이 돈 나는 있는 힘껏 놈의 등판에 대고 주먹을 날렸다.

"야 이 새끼야. 혼자 재연일 들고 튀어! 이 양아치 새끼…….
뭐? 민주시민?"

넓디넓은 놈의 등판을 북 두드리듯 때려댔다. 꼼짝 못하고 처맞던 놈이 내게 고개를 돌렸다.

"진정하셔! 뼈 날리잖아."

그 말이 날 더욱 열 뻗치게 했다. 놈의 얼굴에 주먹을 날렸다. 고개가 돌아가게 맞자 놈은 목 집어넣은 거북이가 되었다. 하지만 때리는 것도 힘들었다. 제풀에 지친 나는 놈의 옆에 주저앉았다. 거친 숨과 함께 그녀를 지키지 못했다는 자책감이 올라왔다. 어느새 동이 터오고 있었다.

"…… 형씨."

돌아보자 놈이 불쌍한 표정으로 나에게 턱짓을 했다.

"이거 담아야 할 텐데……. 좀 도와주시지."

놈은 밉지만 정신을 차려야 했다. 나는 몸을 일으키며 물었다.

"어떻게?"

"트렁크에 담을 게 있을 거요."

당장 유골함을 구할 수도 없는 노릇이기에 놈의 말대로 차 뒤로 가 트렁크를 열었다. 예상대로 너저분한 트렁크 안엔 골프채와 골프화, 우산, 잡동사니들, 그리고 비닐에 싸인 스무 개들이 음료 세트가 전부였다. 놈을 돌아보고 어쩌라는 거냐고 다시 물었다.

"거기 보충제 있죠?"

"뭐요?"

"단백질보충제 통이라도 가져오시라고."

트렁크를 다시 살피자 음료 세트라고 생각한 게 놈이 말한 단백질보충제 통이었다. 보충제 통은 뚱뚱한 500밀리리터 캔맥주 크기였다. 그 정도면 뼈를 담기엔 얼추 될 것 같았다. 하지만 단백질보충제 통이라니……. 그래도 되는 걸까? 정녕 여기밖에 그녀를 담을 곳이 없는 걸까?

놈이 다시 재촉을 했다. 나는 손가락에 힘을 주어 보충제 세트를 감싼 비닐을 뜯고는, 통 하나를 집어 들었다. 강화플라스틱의 경쾌한 감촉이 손에 느껴졌다. 어쩔 수 없다. 일단 여기에 담자. 그리고 놈에게 책임을 물어 남해로 가는 거다.

놈은 이제 웅크려 앉아 양팔로 뼈가 날리지 않게 막고 있다. 다가간 나는 보란 듯이 뚜껑을 따고 통 안의 보충제 가루들을 흩뿌렸다. 몸을 숙이고 놈의 팔 아래로 양손을 뻗어 그녀의 뼈를 한 움큼 잡았다. 나는 정성스레 바닥에 떨어진 그녀의 뼈를 통 안으로 옮겨 넣었다. 그러는 동안 놈은 여전히 몸을 웅크린 채 불어오는 바람과, 뭐 하는 미친 짓인지 우리를 살피는 모텔 주인의 시선을 막아야 했다.

그녀가 담긴 보충제 통을 들고 보조석에 오르자 놈이 시동을 걸었다. 다시는 놈에게 그녀를 뺏기지 않겠다는 의지의 표현으로 보충제 통을 내 가방에 넣어 발밑에 내려놓았다.

내비가 켜지자 녀석이 손가락을 가져가며 나를 살폈다. 나는 '남해군'에 들어가 '소요리'를 찾아 찍으라고 했다. 놈은 군말 없이 찾아 찍었고 내비가 경로를 찾는 사이 차는 모텔 주차장을 빠져나갔다. 아까의 유골함 탈취 및 박살 사태로 인해 놈의 허세와 기세도 뼁 터진 풍선 꼴이 되었다.

사태를 수습하고 모텔에 올라와서 녀석은 내게 연신 미안하다고 말했다. 나한테 미안할 게 아니라 재연에게 미안해하라고 내가 일침을 놓자, 녀석은 넋이 나간 표정으로 고개를 끄덕였다. 내가 옷을 추스르고 짐을 챙기는 동안 녀석은 침대에 멍하니 앉아 있다가 입을 열었다.

"재연이 말입니다, 얼마나 그 유골함 안에 있기 싫었으면 이랬겠어요."

"뭐요?"

"형씨 말대로 거기 바다에 뿌려주는 게 맞는 거 같아. 그럽시다."

자기 실수와 체면을 한꺼번에 포장하는 말인지, 진심인지는 모르겠지만 나는 잠자코 고개를 끄덕였다. 어쨌거나 그녀를 남해로 데려갈 수 있게 됐기 때문이었다.

방금 전의 활극이 내게 자신감을 불러일으켜준 것 같았다. 조금 부은 주먹은 아직까지도 얼얼함이 느껴졌다. 태어나 한 번도 제대로 사람을 때려본 적 없던 내 주먹이 녀석의 아구를 날릴 때의 쾌감이 기억났다. 어쨌거나 그녀를 놈에게서 빼앗아낸 것이다. 남자로서의 쟁취감이 내 전신을 휘감은 순간이었다. 내가 저 근육돼지를 주먹으로 쳐 이긴 것이다(물론 그녀의 도움이 있었지만, 그렇게 생각하고 싶다). 놈에게 주먹을 날린 게 아니라 나 자신의 소심함을 날려버린 듯해 기분이 상쾌했다.

한결 홀가분해진 나는 기사 딸린 BMW를 타고 간다 생각하기로 했다. 슬슬 잠이 밀려왔다. 의자를 뒤로 젖히고 새벽의 소동으로 인해 부족했던 잠을 보충하기로 했다.

전화 진동음 소리에 잠이 깼다. 액정을 보니 편집 2팀 김 팀장이다. 젠장. 어제는 월차를 냈다지만 오늘은 미처 생각을 하지 못했다. 놈과 실랑이하느라, 그리고 그녀를 보내주는 데 몰두하느라 회사에 연락하는 일도 잊고 있었다. 옆에서는 놈이 라디오를 들으며 운전 중이었다. 나는 리셋 버튼을 눌러 진동을 막았다. 지금은 받을 수 없다. 무언가 변명이 필요했다.

차는 대전통영고속도로를 달리고 있었다. 놈이 얼마를 운전한 거지? 한 시간이 조금 지났다. 밥도 먹어야 하지 않을까? 어제와 오늘의 난리 블루스를 통해 놈에 대한 거리낌이 줄어든 것 같았다.

"휴게소 나오면 들어가죠. 뭐 좀 먹읍시다."

"안 그래도 뱃가죽 붙어서 휴게소 나오기만 기다리고 있었수다."

"운전 도맡아 하느라 수고가 많아요."

"수고는 뭘. 걱정 마쇼. 내 백만원은 딴 사람한테 안 맡깁니다."

"백만원요?"

"비. 엠. 더블유, 백. 만. 원. 몰라요? 흐흐."

웃기지도 않는다.

"비. 엠. 더블유는 버스. 메트로. 워크. 아닙니까?"

그러면서 나도 받아친다.

"그걸 농담이라고 하쇼? 참나. 흐흐."

녀석과 농담 경쟁을 하다니…… 같이 있으니 수준이 떨어져 간다. 그런데 그리 나쁘지 않다. 아무래도 놈에 대한 거리낌이 많이 줄어든 것 같다.

녀석이 느끼하게 웃다가 새 노래가 나오자 라디오 볼륨을 키웠다.

"이 노래 아쇼? 애들 재연이가 완전 좋아하던 애들인데."

아이돌 노래 같았다. 재연은 아이돌 그룹을 좋아하지 않는다. 그녀는 인디밴드 마니아다. 그것도 빵 뜬 밴드들보다 아직 덜 주목받은 밴드를 발굴하는 걸 좋아했다. 자신과 처지가 비슷하다고 느껴서 그랬을까, 그녀는 늘 듣도 보도 못한 밴드의 팬이었다. 심지어 그 밴드가 뜨고 나면 출세해 자신을 버린 남자 대하듯 관심을 끊곤 했다. 그런데 아이돌이라니, 놈이 또 뻥을 치고 있었다.

놈이 후렴구를 따라 하기 시작했다. 조잡한 발음으로 랩도 따라 부른다. 그녀가 이 노래를 부른 아이돌 그룹을 좋아했다는 말이 더욱 믿기지 않게 되었다. 그것은 놈과 재연의 인연만큼이나 납득하기 힘들다. 재연은 어째서 이렇게 단순무식한 근육남과 사귄 것일까? 그 예민하고 똑똑한 여자가 대체 왜? 아니면 내가 모르는 재연의 모습이 있어 그것이 놈과 잘 맞아떨어진 것일까? 나로선 알 수 없는 일이다. 얼마나 오래 관계했든, 얼마나 깊이 관계했든, 한 사람을 온전히 알기란 불가능한 일이다.

노래를 따라 부르던 녀석이 휴게소 표지판을 보고 기성을 지른다. 마치 밥그릇을 맞이하는 개처럼 좋아한다. 짐승 같은 놈. 어차피 오늘이 지나면 놈을 더 볼 이유도 없다. 조금만 참자. 하지만 그러려면 목줄 정도는 채워야 하겠다.

나는 튀김우동을, 놈은 돈가스를 먹었다. 고속도로 휴게소 음식이 별맛 있겠냐만 놈은 돈가스를 순식간에 비우고는 식판을 들고 가 밥을 더 받아 왔다. 나는 놈이 두 번째 식사를 마칠 때까지 잠자코 기다린 뒤 입을 열었다.

"이름이 정확히 어떻게 됩니까?"

놈이 물컵을 내려놓고 뭘 그런 걸 물어보느냐는 투로 혀를 찼다.

"형씨는 민중 씨. 맞죠? 고민중 씨. 한번 들으면 까먹을 수가 없다니까. 흐흐."

잠깐 당황했지만 표정관리를 하고 따지듯 물었다.

"내 이름, 어디서 들었는데요?"

"뭐, 다 아는 거 아닙니까? 형씨랑 내가 서로의 존재를 몰랐다면 그것이 구라 아뇨?"

사실이다. 나는 놈이 앤디 강이란 이름으로 헬스장을 운영했다는 걸 알고 있다.

"그래요. 그래서 내가 묻는 거 아닙니까? 정확한 이름. 외국 이름 말고."

그러자 놈이 검지를 세운 채 손을 흔들어댔다.

"저스트 콜 미 앤디. 오케이? 글로벌 시대에 이런 건 기본 아닙니까."

"휴. 앤디…… 씨. 그럼 내가 이제 한 가지만 제안해도 됩니까?"

"노 프라블럼."

"계속 영어로 할 거예요?"

"형씨는 사람은 나쁘지 않은 거 같은데, 유머 감각이 참 딱딱해. 알았으니까 말해보쇼."

"우리가 지금 재연이를 보내주러 가는 길인데, 서로 껄끄러울 수도 있으니 앞으로 재연이에 대한 얘기는 나누지 맙시다. 아까 재연이가 아이돌 누구를 좋아했다고 하셨는데, 그런 얘기들은 참아줬으면 합니다."

"뭐, 그러시든가."

"그리고 우리는 친구가 아닙니다. 그렇죠?"

앤디가 빙긋 웃고는 자신의 볼을 주무르고 턱을 까딱까딱 움직여 보였다.

"물론이죠. 친구끼리 그렇게 일방적으로 막 때리고 그러진 않죠. 등판이야 그렇다 쳐도 면상까지 날리는 건 좀 그렇지."

"얼굴은…… 나도 미안합니다."

"됐수다. 뭐 물주먹이라 딱히 아프진 않았으니까."

녀석이 나를 보며 입꼬리를 올렸다.

"어쨌거나 당신이 맞을 짓을 해서 내가 때린 거 아닙니까?"

발끈한 내가 다시 따졌다.

"오케이. 인정. 그래서, 마저 읊어보쇼."

"남해에 재연이 보내주러 같이 동행하는 것뿐이니까, 가서 잘 보내주고 각자 갈 길 가는 겁니다."

"서울도 혼자 돌아가시게?"

"알아서 갑니다. 걱정 마십시오."

자기를 앤디라고 불러달라는 놈이 고개를 끄덕이고는 박수를 딱 쳤다.

"오케이. 쿨하고 좋네. 그래요. 말 나온 김에 나도 하나만 말합시다."

내가 고개를 끄덕이자 앤디가 숨겨둔 쌍피라도 내려놓듯 말했다.

"다른 게 아니라 사람 배만 채우고 갈 수가 있나, 차도 배고프다고 울어댑디다. 고민중 씨 당신이 남해까지 가자 했으니 화끈하게 만땅 한번 채워주쇼."

젠장. 반박을 할 수가 없었다. BMW는 기름을 많이 먹을 텐데……. 내 표정을 읽었는지 놈이 능글맞은 웃음을 보였다. 질 수야 없지.

"기름값이랑 톨비, 남해에서 저녁까지 내가 다 낼 테니 걱정 말아요."

"걱정은 무슨. 난 그냥 그쪽 성의를 보고 싶은 겁니다. 자, 갈까요?"

바닥을 친 BMW의 연료통을 만땅으로 채우는 데 얼마가 드는지는 곧 알게 되었다.

내비에서는 두 시간만 더 가면 목적지란다. 고속도로에 오른 앤디가 다시 질주를 시작했고, 나는 내가 기름값을 낼 거였으면 돌아갈 때 알아서 간다고 하는 게 아니었다고 마음속으로 후회를 했다. 그때 전화가 울렸다. 또 김 팀장이었다. 내가 받지 않자 앤디가 히죽였다. 짜증이 나려는데 곧바로 놈에게 전화가 왔다. 놈도 액정을 슥 보고는 전화를 받지 않았다. 이번엔 내가 입꼬리를 올려주었다. 고약한 심정이 되어 자극을 해보기로 했다.

"헬스장 사업은 잘됩니까?"

"경기가 이런데 잘될 리 있습니까?"

"전에는 헬스장 체인도 운영하지 않았습니까?"

"진즉에 망했습니다. 그러니까 말요, 내 인생은 재연이랑 갈라지고 나서 요 모양 요 꼴이 돼가고 있습니다."

"……."

"재연이만 내 옆에 있었어도 말요…….."

"재연이 얘기 안 하기로 방금 전에 한 것 같은데요."

"오케이. 쏘리. 암튼 헬스장은 저무는 사업입니다. 인생 바닥 치고 내가 새로 재길 노리며 준비하고 있는 게 있는데……, 궁금합니까?"

"뭐죠?"

"글로브박스 열어보쇼."

글로브박스를 열어보니 사업보고서로 보이는 서류철이 있었다.

'노래방? 멀티방? 이젠 승마방이다!'라는 카피와 함께 제목 '승마시대'가 조악한 타이포로 큼지막하게 붙어 있었다. 편집 좀 잘하지, 생각하며 몇 장 넘기는데 녀석이 부연 설명을 하기 시작했다. 스크린골프와 승마의 장점을 합친 걸로 운동 효과만큼은 스크린골프 저리 가라고, 남녀노소 모두 즐길 수 있어 노래방 이상의 대중성을 갖췄단다.

"괜찮네요."

내가 예의상 호응을 해주자 앤디가 기다렸다는 듯 말했다.

"관심 있으면 투자해보실래? 잔돈도 받으니까 걱정 마시고. 내 특별히 배당해드릴게."

이 무슨……. 개소리. 나는 대답 대신 김 팀장의 부재중 전화 다섯 통이 뜬 핸드폰 액정을 보여줬다.

"회사에서 무단결근 추궁하는 전화거든요. 잘릴 판인데, 투자는 무슨 투잡니까."

"오, 그럼 퇴직하실 수도 있다는 거 아뇨? 아, 이거 동업자한테 물어봐야 하는데…… . 에이, 모르겠다. 자, 손."

앤디가 한 손을 내게 들어 보였다. 나는 반응하지 않았다. 앤디는 하이파이브에 실패한 손을 자연스럽게 내 어깨에 올리고는 두 번 툭툭 두드렸다. 내가 뜨악한 표정으로 바라보자 그가 모든 것을 이해한다는 표정을 지어 보였다.

"동업자는 어떻게든 내가 설득할 테니까 퇴직금 가지고 들어오쇼. 내 이사 자리 하나 줄 테니까."

"뭐라고요?"

"투자도 하고, 일자리도 주고, 형씨한텐 일석이조 아닙니까?"

"괜찮거든요."

"이거 진짜 좋은 제안인데…… ."

"됐습니다."

"고민해봐요. 내일까지 기한 드릴게."

나는 기가 차서 더 이상 대꾸하지 않았다. 어서 이 꼴통의 차에서 내리고 싶을 뿐이었다.

오후 늦게야 남해대교에 다다랐다. 서두르면 어둡기 전에 그녀를 보내주고 이 섬을 떠날 수 있을 것이다. 꼴통 앤디와의 길동무도 끝날 때가 된 것이다.

내 생각을 아는지 모르는지 놈은 마냥 즐겁다는 듯 휘파람을 불며 차를 남해대교로 진입시켰다. 언제나 다리를 건널 때면 기분이 좋다. 무언가를 건넌다는 거다. 이제 그녀가 좋아하던 곳으로 건너왔으니, 답답하고 황당한 일은 그만 일어나길 기원했다.

남해

남해대교를 건너자 드디어 실감이 났다.

그때 우리는 고속버스 자리에 나란히 앉아 손을 잡고 넘실대는 바다를 바라보았다. 신나서 창밖을 보다 그녀가 나를 돌아보고 속삭였다.

"로드무비 같아."

여행과 영화. 그녀를 규정하는 두 개의 단어였다.

그녀는 연인과 둘이 영화를 보는 게 정말 좋다고 했다. 시나리오 강좌를 같이 들었던 친구들과 스터디 그룹도 만들고 함께 영화도 보러 다녔지만, 둘이 다니기는 오랜만이라며 그녀가 즐거워했다.

전 남친이랑은 안 다녔느냐고 물었을 때 그녀는 영화 취향이 달라서 같이 보러 다닐 게 별로 없었다며 맛없는 식당의 메뉴를 설명할 때처럼 말했다. 전 남친을 실감하고 있는 지금, 그 말이 더욱 이해가 된다.

그녀와는 참 많은 영화를 보았다. 화제작은 화제작대로 봐야 했고 예술영화는 예술영화대로 봐야 했다. 모두 그녀가 영화를 쓰는 일을 하는 데 필요했기 때문이었다.

"영화 시나리오를 쓰고 나서부터는 온전히 영화를 즐기지 못하게 됐어. 몰입하다가도 어느새 캐릭터를 분석하고 플롯을 가늠하며 보게 돼. 그런데 그게 또 그리 나쁘지만도 않아. 마치 여유 있는 출장 같은 거거든. 여행도 하고 일도 하는 느낌이랄까."

그녀에게 영화가 출장 같은 거라면 여행은 여행 그 자체였다. 온전한 즐거움이었다. 사귀고 나서 우리는 도시 곳곳을 걸으며 데이트를 하고, 영화관에 들어가 어둠 속에서 함께 꿈같은 체험을 하고, 어느 순간 그녀의 자취방에 놀러 가 무언가를 해 먹고 자연스레 사랑을 나누고 아침을 같이 맞이하게 되었다. 사귀고 채 한 달이 지나지 않았을 때였다. 우리에게 남은 건 이제 여행이었다. 그녀와 온전한 즐거움을 함께하고 싶었다.

재연과 함께 떠난 첫 여행지가 남해였다.

그녀는 바다와 산이 겸비된 곳을 사랑했다. 설악산에 오르고 미시령을 넘어 속초에 내려가 1박을 하고, 강화도에 갔다가 마니산에 오르고, 그렇게 산과 바다를 한꺼번에 섭렵할 수 있는 곳을 좋아한다고 내게 말했었다. 그것이 힌트가 되어서 나는 그녀에게 남해를 여행지로 제안했다.

카톡으로 첫 여행지로 어디를 갈까 이야기하던 중 나는 「남해 금산」을 메시지 창에 적어 보냈다. 그녀가 반응했다.

─시 짱 좋다.

─이성복의 「남해 금산」이란 시야.

─시인 이름은 들어본 거 같아.

─제목에서부터 산이랑 바다랑 다 들어 있어. 그러니 자기가 좋아할 듯한데.^^

─작가라면서 정작 나는 이런 거 모르는데…….

─자기야 시나리오작가니까 시 읽을 일이 많진 않잖아, 나야 국문과 나왔으니 아는 거고.

─그렇게 얘기해주니 고맙긴 한데, 위로는 안 된다. 끙.

─차차 읽으면 되지.

─좋아. 시집 있으면 빌려줘. 이번에 여행 가서 읽게.

─남해로 가는 거 좋다는 거지?

─어. 돌 속에 묻혀보지 뭐.

─그럼 난 바닷물 속에 잠기지 뭐.

여행지를 제안한 건 나였지만 이후 남해 여행의 동선과 관광 계획은 재연이 짰다. 그녀는 마치 보물찾기라도 하려는 듯 어디에 뭐가 있고 이곳은 뭐가 좋고 저곳은 뭐가 맛있고 등을 일일이 체크했다. 그리고 여행 당일 A4용지에 그린 남해 지도를 내게 보여줬다. 여행 코스와 주요 지점이 알록달록 색색의 사인펜으로 표시된 지도를 보고 나는 감탄을 금치 못했다.

"보물지도 같네."

"응. 남해는 우리한테 보물섬인 거지."

"진짜 무슨 모험하러 가는 기분이다."

우리는 함께 웃었다. 내려가는 고속버스 안에서 그녀는 내가 빌려준 시집을 읽기 시작했다. 그녀가 내 옆에 앉아 마음속으로 시를 낭독하는 동안 나는 그녀의 보물지도를 재차 확인했다.

그날은 좀 특별했다. 여행을 시작할 때 느끼는 설렘과 흥분이 곧 착 가라앉은 평온한 감정으로 변해가는 게 느껴졌다. 재연은 남해에 도착할 때까지 잘 지은 밥을 꼭꼭 씹어 먹듯 시를 읽고 또 읽었다.

지나고 나서 생각해보면 남해 여행이야말로 우리의 첫 여행이자 최고의 여행이었다. 이후 계절마다 산과 바다가 같이 있는 곳을 찾아 여행을 다녔지만, 첫 여행만큼의 충만한 즐거움을 얻진 못했다. 우리 관계가 점점 식어가서였을까? 반드시 그렇지만은 않은 것 같다.

언젠가 재연과 꼭 다시 오고 싶었던 남해를 이렇게 오게 되었다.

섬에 들어와 해변도로를 달리며 창밖을 바라보자, 그때와는 정반대의 기분이 나를 잠식해가고 있었다. 결국 나는 그녀와 같이 온 것이다. 다만 그녀를 보내주기 위해서, 이상한 놈과 함께,

예기치 않은 상황에서 이렇게 오게 되었다. 도대체 어디서부터 잘못된 것일까?

어느새 나는 고해성사 하듯 그녀에게 연신 잘못을 털어놓고 있었다. 생전에 다시 여기 같이 오지 못한 것부터, 늘 같이 행복하자던 약속을 지키지 못한 것, 그리고 그녀가 병들어 고통 속에서 죽어가는 것도 모른 채 다른 세상을 살았던 것까지 모두 다.

해안도로 옆으로 펼쳐진 하늘색의 푸른 바다가 슬픔에 젖은 그녀의 눈동자 같아 보였다. 영원히 잊지 못할 그녀의 슬픔 어린 눈동자. 내가 외면했던 그 눈빛이 이 바다에 닿아 있는 듯해 가슴이 저리기 시작했다. 그 와중에도 앤디 녀석에게 그 모습을 엿보이긴 싫었기에 애써 태연한 척했다. 나는 어서 차가 소요 해변에 도착하기만을 빌었다.

앤디는 해안도로를 달리며 연신 감탄사를 남발했다. "와, 반할 만하네." "동남아 갈 필요 없다니까." "청정해안 봐라 저거, 저거." 나는 일체 반응하지 않았다.

바보 녀석아, 관광 왔냐? 이제 그녀를 보내줘야 할 때야. 추모의 자세를 갖췄으면 좋겠다. 이 자식아, 라고 속으로만 읊었다. 그런 말을 하는 것조차 재연에게 누가 되는 기분이었다. 아니 재연과 나의 마지막 시간인 만큼 앤디의 존재에 대해선 신경을 끄기로 마음먹었다. 그때 놈이 외쳤다.

"여깁니까? 야, 죽이네. 재연이가 좋아할 만하네."

신경을 안 쓰려야 안 쓸 수가 없게 놈이 입을 놀려댄다. 앤디의 말대로 탁 트인 시야로 아득하게 펼쳐진 소요 앞바다가 눈에 들어왔다. 마지막으로 크게 좌회전 코너링을 하면 소박하고 작은 포구와도 같은 소요 해변이 나올 것이다.

곧 코너를 돌았고, 소요 해변에 다다랐다.

모든 것이 엉망이었다.

소요 해변은 없었다.

적어도, 내가 아는 그녀와 나의 기억 속 소요 해변은 사라지고 없었다. 해송이 방풍림으로 펼쳐져 있는 사이로 오솔길처럼 뻗은 하얀 모래의 길을 지나면 나타나는 백사장과 하늘색 물빛이 조화롭던 곳. 해변을 지키는 장승처럼 오롯이 서 있는 빨간 등대와 그 너머로 넘실대는, 경계를 알 수 없는 바다와 하늘이 펼쳐진 곳. 작은 가게 두어 개와 민가가 전부인 단정하고 곱던 해변. 가끔씩 오가는 주민들과 동네 개가 뛰어노는 모습이 평화롭던 해변. 그 소요 해변은 더 이상 없었다.

방풍림을 잡아먹고 들어선 직사각형의 콘도 두 동은 관광지임을 강조하려는 듯 노란색과 분홍색으로 알록달록 페인트칠을 해 주변 경관을 망쳐놓고 있었고, 주위로 들어선 횟집과 낚시, 해수욕 관련 상점들은 이곳을 뻔한 피서지로 만들어놓았다. 게다가 휴가철인지라 사람들 역시 바글거려 한창 때의 한강 야외 수영장처럼 물 반 사람 반이었다.

재연과 함께 왔던 가을의 정취에 젖은 소요 해변을 상상한 것은 완전한 나의 착각이었다. 불과 3년 사이에 이렇게 무지막지하게 개발이 되어버릴 줄도 전혀 예상하지 못했다. 하기야 건설 개발 공화국 사람들이 이곳을 가만둘 리가 없었다. 재연과 나의 기억 속 소중한 느낌들도 포클레인 삽질에 파헤쳐지고 오색찬란한 콘도에 깔려버렸다.

망연자실 해변을 바라보고 있는 내 옆으로 앤디가 다가왔다.

"죽이네. 해변도 아담하고 콘도도 있고, 보라카이 저리 가라네."

"……."

"어디다 뿌려줄 거요? 저기 등대 어때요? 등대에 올라가 뿌려주는 것도 좋겠는데……."

"……."

"형씨, 뭐라고 말 좀 해봐요. 빨리 뿌려주고 상경해야지."

"여기선 안 되겠어요."

"뭐라고? 여기 당신이 오자고 그랬잖아. 재연이가 좋아했다고. 안 그래요?"

"3년 전이랑 너무 다릅니다. 재연이가 좋아했던 그 해변이 아네요."

"아니 해변이 그게 그거지. 다르긴 뭐가 다르다고 그래요? 거참."

앤디가 내게 얼굴을 들이대고 불평하는 바람에 그의 콧김이 느껴졌다. 나는 담배를 빼어 물고 한 대 피웠다. 답답하다는 듯 그런 나를 보며 앤디가 눈알을 부라렸다.

"대체 뭐가 불만이쇼? 바다가 뭐 달라졌어? 방사능에라도 오염됐나? 후쿠시마야? 아님 사람들이 많아서? 그럼 차라리 배 타고 나가뿌리시든가!"

나는 피우던 담배를 땅에 떨구고는 놈을 향해 똑똑히 말했다.

"당신 가슴에 손을 얹고 생각해봐요! 당신이 아는 재연이가 이런 델 좋아했어요? 이렇게 사람들 북적이는 관광지를 좋아했냐고?"

앤디가 성수기의 워터파크 같은 해변을 살피며 코를 킁킁거렸다.

"걔가 사람 많은 델 질색하긴 했지."

"게다가 3년 전이랑 완전히 달라진 해변입니다. 지금 와 이곳에 재연일 그냥 뿌리면 답니까? 그러려고 재연일 데리고 나왔어요?"

흥분한 내 목소리의 데시벨이 올라갔다. 우리를 향한 주위의 눈길이 느껴졌다. 앤디가 주변을 살피고는 내게 눈으로 물었다. 그래서 어쩌자는 거냐는 놈의 시선에, 딱히 할 말이 없었다.

낭패감에 젖은 나는 등대가 있는 방파제 쪽으로 무작정 걸었다. 앤디가 뒤따라오는 게 느껴졌다. 나는 앞만 보고 계속 걸었다. 옆으로 펼쳐진, 변해버린 해변의 모습이 치가 떨리게 싫었다.

해변의 반대편을 돌아보며 고개를 들었다. 울창한 숲 위로 우뚝한 바위들이 박힌 금산의 자태가 보였다. 변함없이 자리한 건

산이었다. 그녀와 함께 오른 저 산, 저 산 위에 그녀를 두고 온다면 어떨까? 아니다. 진짜로 돌 속에 묻을 수는 없다. 돌 속에 들어갈 수는 없는 노릇이다. 그럼 대체 어떻게 해야 할까? 답 없는 나는 등대를 향해 걷고 또 걸었다.

뒤따르는 앤디를 떨치려 걸음은 점점 빨라지고 땀은 뚝뚝 떨어져 내렸다. 낭패감에 폭염이 더해지니 피가 끓는 물처럼 뜨거워지는 듯했다. 억울했다. 우리의 추억이 뭉개진 게 억울하고, 그녀를 제대로 보내줄 수 없음에 서러웠다. 왜 세상은 그녀에게 한 번도 너그럽지 않은 걸까? 죽은 그녀에게조차 편히 누울 기회 한 번 주지 않는 건 대체 무슨 잔인함일까?

자책감이 최고조에 올랐다. 무엇이든 떨쳐내려 나는 달리기 시작했다. 그러나 곧 후끈한 열기에 머리가 어지러워지며 한순간 발이 꼬여 슬라이딩하듯 앞으로 고꾸라졌다. 무릎이 깨졌는지 다리 쪽에서 얼얼한 고통이 올라왔다. 콘크리트 길바닥을 짚은 손바닥에선 비릿한 피 냄새가 났다. 터져 나오는 신음을 흘리며 바닥에 몸을 웅크리고 괴로워했다. 울고 싶은 심정이었으나 눈물 한 방울 나지 않았다. 그냥 이대로 확 바다에 빠져 죽어버렸으면 싶기도 했으나 그녀를 보내주지 못하고 죽을 수도 없는 노릇이었다. 같이 빠져 죽어도 이 바다는 아닌 거다. 진짜. 으아아아.

막막한 심정에 누운 채로 고함을 질러댔다. 그런 나를 한심하다는 눈빛으로 앤디가 내려다보는 게 느껴졌다. 그럴수록 나는 짜증이 더해져 누운 채로 발로 허공을 차고 바닥을 주먹으로 내리쳐댔다. 한마디로 지랄을 해댔다. 앤디는 묵묵히 팔짱을 낀 채 그런 나를 바라보았다. 놈의 눈빛이 한심함에서 불쌍함으로 옮겨가는 게 느껴졌다.

지친 나머지 온몸이 축 처졌다. 앤디가 양손을 내 겨드랑이에 넣고 단숨에 일으켜 세웠다. 나는 저항할 힘도 없이 놈에게 부축된 채 그곳을 벗어났다.

앤디에 의해 차 보조석에 태워지고도 한동안 미동을 할 수 없었다. 멍한 머릿속으로 반복된 질문만이 떠올랐다. 어디로 갈까? 어디로 가야 하는 걸까? 제발 내게 말해주지 않을래?

그녀의 목소리가 들릴 리 없다. 마치 보복을 당하는 기분이었다. 같이 있을 때 그녀의 말에 귀 기울여주지 못했던 것이 생각나 가슴이 저려왔다. 아픔을 누르려고 나는 몸을 웅크렸다.

그때 보조석 아래에 놓인 가방이 눈에 들어왔다. 앤디도 없다! 나는 다급히 발치에 놓인 가방을 집어 들어 지퍼를 열었다. 다행히도 보충제 통은 가방 안에 들어 있었다.

가방과 보충제 통은 내 손바닥에서 흐른 피로 범벅이 되었다. 그제야 손바닥을 살펴보니 빨간 목장갑을 낀 것같이 붉었고, 청바지 왼쪽 무릎 부분도 깨지고 찢어져 있었다.

손을 대는 곳마다 피가 묻는지라 어찌할 바를 모르겠는 찰나, 앤디가 문을 열고 운전석으로 들어왔다. 그가 물티슈를 건넸고, 나는 그것으로 피 묻은 손을 닦았다. 앤디는 내가 대충 수습하자 연고와 밴드를 건네고, 차의 시동을 걸었다.

앤디는 내 상처를 치료할 것을 가지러 해변에 다녀온 것이었다. 대놓고 의심부터 한지라 왠지 머쓱해진 내게 그는 아무런 눈치도 주지 않고 차를 몰아 소요 해변을 빠져나갔다.

나는 사고를 치고 양호실에 온 학생처럼 잠자코 손바닥을 치료했다.

삼천포대교를 지나 섬을 빠져나온 우리는 사천 포구의 한 횟집에 도착했다.

아까부터 어른스러운 태도를 보이던 앤디는 앞장서 파라솔이 드리운 그늘 아래 테이블에 앉고는 소주와 회를 주문했다. 머릿속이 텅 비어버린 나는 잠자코 그가 하는 대로 따랐다.

그가 찬으로 나온 생오이를 씹고는 내게 소주를 채운 잔을 건넸다. 녀석이 처방약 건네듯 내민 소주잔에서 올라온 알코올 향이 순식간에 코안을 점령했다. 아직 늦은 오후였다. 이대로 마시면 가버릴 거 같아 나는 잔을 받기만 하고 앞에 내려놓았다. 앤디가 자기 술잔을 비운 뒤 나를 바라보고 말했다.

"마음 안 좋은 거 압니다. 한잔하고 씻어버리쇼."

앤디가 자기 잔에 소주를 채우고 내게 건배를 청했다. 이 잔을 비우면 나는 오늘 맛이 갈 것이다. 그럼에도 앤디가 유골함을 들고 혼자 튀지는 않을 거라는 묘한 믿음이 생겼다. 아까 구급약을 챙겨다 준 것 때문일까? 아니면 번갈아 바보짓을 하면서 자꾸 유대감을 느끼는 걸까?

"영원한 게 있습니까? 영원하면 추억입니까? 다 사라지고 변하고 그러는 거지. 자, 마시고 잊어요."

그래. 다 사라지고 변하는 거지.

이 여정에서 처음으로 앤디의 말이 옳다고 느꼈다. 나는 술잔을 든 채 턱짓을 하는 그의 잔에 내 잔을 부딪쳤다. 비웠다. 쌉싸래한 액체가 식도를 타고 들어와 위장을 적셨다. 금세 두 번째 잔을 채워 비웠다. 좋았다. 머리가 맑아지면서 앤디의 말이 또렷이 들렸다. 녀석은 모처럼 조리 있게 말하고 있었다. 녀석과 나 사이 파라솔 의자엔 보충제 통이 그녀 대신 자리하고 있었다.

나는 밴드가 덕지덕지 붙은 손으로 잔을 드는 족족 원샷을 했다. 자연스레 말이 많아졌고, 그는 내 심정을 이해한다는 듯 묵묵히 들으며 회를 집어 먹었다. 나는 소요 해변이 얼마나 아름다웠는지에 대해 말하기 시작했다. 그녀와 함께 왔던 그곳의 풍광에 대해 묘사하려고 노력했다. 더위와 취기에 혀가 자연스럽진 않았지만 앤디는 용케 알아들으며 고개를 끄덕였고, 잔을 비울 때마다 꼬박꼬박 채워주었다. 놈의 호의에 힘입어 나는 더욱 그녀와의 여행에 대해 떠들었고, 녀석은 그때마다 눈을 크게 뜨고 이야기를 들어주었다.

생각해보니 그녀에 대한 이야기를 자제하자고 한 건 바로 나였다. 이러면 안 되는데 하면서도 오후 포구의 햇살과 횟술은 내 정신과 육체를 분리하는 듯했고, 나 자신이 역겨운 나머지 그렇게 스스로 분열되는 느낌을 유지하고 싶었다. 다행히 앤디가 환자를 간병하듯 내 행동을 받아주었다.

어느덧 남해 바다로 노을이 지고 있었다. 앤디가 붉게 물드는 하늘과 물의 경계를 물끄러미 바라보며 탄성을 지르고, 소주잔을 비웠다. 그런 녀석의 모습이 멋져 보였다. 한때 연적이었던 놈과 술잔을 기울이며 놈을 멋있게 여기고 있다니, 더럽게 황당했다. 그럼에도 탄탄한 몸으로 테이블에 기대앉아 낙조를 감상하고 있는 그의 모습은 듬직해 보였다. 키만 껑충하고 말라비틀어진 내게는 없는 남자다운 풍채는 여자라면 누구라도 호감을 느낄 법했다. 재연이 어떻게 저런 녀석을 사귀었을까 하는 의문도 부질없는 거라는 걸 그때 느꼈다. 딱 봐도 남자로서의 매력은 나보다 녀석이 있어 보였다. 단순무식하다고 느낀 성격도 소심하고 우유부단한 나에 비하면 여자들이 선호할 타입이다. 갑자기 열등감이 몰려왔지만 그런 감정조차도 술기운에 넉넉하게 풀어지고 있었다. 그 순간 녀석에게 내내 궁금했지만 입에 담기 주저했던 질문이 내 입에서 터져 나왔다.

"재연이, 어디가 그렇게 좋았던 거요?"

앤디가 나를 돌아보았다. 그는 기다렸던 요리가 나온 사람의 표정을 지어 보였는데, 또 그걸 당장 먹겠다는 의욕은 보이지 않았다.

"형씨가 오늘 내 술맛을 제대로 부추깁니다. 예."

앤디가 잔을 비웠다. 그리고 내가 따라주기도 전에 스스로 잔을 채우고는 소주가 무슨 비싼 와인이라도 되는 양 들어 살폈다. 시간을 끄는 것 같아 내가 재촉했다.

"왜 당신 같은 사람들, 쭉쭉빵빵한 여자 좋아하지 않아요? 재연이처럼 마르고 작은 애가 뭐가 좋다고 무릎까지 꿇고 그런 거요?"

무릎까지 꿇었다는 말에 앤디가 나를 돌아보았다. 그는 무언가 안다는 표정을 짓고는 잔을 비웠다.

"사람은 다 자기가 가지지 못한 데 끌리는 거 아뇨?"

"그렇죠."

"재연인 내가 만난 제일 똑똑한 여자였습니다. 그리고……."

"그리고요."

"똑똑한 게 매력이라는 걸 알게 해준 것도 걔가 처음이고요."

똑똑하고 고집 세고 자기 주관 강하고 무엇보다 자기 자신에 대해 잘 아는 그녀였다. 앤디가 그걸 알아봤다는 게 약간은 신기했다. 앤디는 소주잔을 비우고 세게 내려놓았다.

"얼핏 보기에만 말랐지 요가를 오래 해 코어근육이 좋아요. 키는 작지만 비율도 좋고."

음……. 그런가.

"피부도 얼마나 고운지 압니까? 하긴, 아시겠네."

알다마다. 녀석은 점점 말이 많아지기 시작했고, 괜한 말을 꺼낸 건 아닌가 걱정이 솟았다.

"그리고 말예요 재연인 거짓말을 안 해요. 그동안 내가 만난 여자들, 그래요. 다 쭉빵하고 같이 다니면 누구나 쳐다보는 그런 애들이었죠. 근데 걔들 중에 내 뒤통수 안 친 년 하나 없었습니다. 나도 나이가 들다 보니까 그런 도둑년들보다는 믿음이 가는 사람이 좋더라고요. 솔직하고 또 나보다 똑똑해서 믿을 만한 여자 말입니다."

고개를 끄덕이자 녀석이 담배를 달라고 손짓했다. 나는 담배를 건네고 불을 붙여주었다. 녀석은 오랜만인지 한 모금 빨고 한참을 음미한 뒤 천천히 연기를 내뱉었다.

"어차피 도둑년들은 그냥 만나는 거였습니다. 나 걔들한테 안 빠졌어요. 적당히 놀다 헤어졌죠. 근데 재연인 달랐죠. 달랐어요. 나 걔랑 결혼하려고 했습니다. 내 마지막 여자였다고요. 알아요?"

앤디가 큰 눈을 껌뻑이며 나를 바라보고 말했다.

"몰랐습니다."

"형씬 내가 바람 피워 재연이랑 헤어진 줄 알겠지? 그거 재연이 오햅니다. 나 바람 피우지 않았어요. 않았다고요! 그거 알아주고 재연이가 갔으면 내가 이렇게 억울하지도 않습니다. 예?"

"그랬습니까? 난 몰랐습니다."

"내가 당신한테 이런 말 할 줄 몰랐는데 정말 창피해서 말요. 암튼 난 바람 피운 적 없어요. 적어도 재연이 만날 땐 말입니다!"

"알겠어요. 예."

"오해를 풀었든 못 풀었든 어차피 내가 상처 준 건 변하지 않습니다. 그렇게 가버린 사람한테 이제 와 용서해달라는 것도 웃기잖아요? 우린 진짜 어떻게 해야 하는 겁니까?"

"잘 보내줘야죠."

"그럼요. 어떻게든 자알 보내줘야죠."

"그런데 정말 어떻게 잘 보내줘야 할지 모르겠군요."

자연스레 나와 앤디의 시선이 보충제 통으로 쏠렸다. 우리는 무슨 말도 꺼내지 못한 채 한동안 유골함 속의 그녀를 살펴보았다. 앤디가 잔을 비운 뒤 나를 쏘아봤다.

"형씬 왜 헤어진 거요? 형씨도 재연이한테 차인 겁니까? 아니면 뭘 잘못한 겁니까? 대체 무슨 상처를 개한테 준 겁니까?"

대답을 잘못하면 때릴 것 같은 기세로 그가 물었다. 하지만 내게는 몇 마디로 재연과 헤어진 이유를 진술할 능력이 없었다. 그래서 대답 없이 술잔을 비우고 회를 한 점 집어 먹었다.

내 담담함에 앤디가 김이 빠졌는지 회를 집어 먹고는 일어나 화장실로 향했다. 나는 담배를 꺼내 물었다. 이미 어둠이 내린 바닷가의 검은 공기 위로 부육한 담배 연기를 뿜어대며 그녀에게 내가 저지른 잘못을 떠올려보았다.

갑자기 번개가 꽂히듯 한 단어가 떠올랐다.

미필적 고의.

그녀에게 저지른 내 잘못은 알면서도 모른 척한 것이었다. 사태가 그리 진행될 걸 알면서도 방치한 거였다. 그녀가 떠나겠다는 경고를 주었음에도 그걸 경고로 인정하지 않은 것이었다. 결정곤란인이라 스스로에게 변명딱지를 붙이곤 그녀에게 결정을 떠넘겼다. 마치 나는 모르고 있었는데 너는 왜 그러느냐는 투로 일관했던 것이다.

앤디가 돌아오더니 테이블 위의 내 담뱃갑을 집어 들었다. 술 담배 모두 안 하던 그가 밀린 숙제를 하듯 퍼마시고 피워대기 시작했다. 나는 잠자코 술잔을 비웠다. 콧김으로 담배 연기를 뿜고 앤디가 취조를 재개했다.

"그리고 그거, 재연이가 쓴 거, 당신네 출판사에서 나왔나요?"

나는 고개를 저었다. 앤디가 담배를 재떨이에 비벼 껐다.

"왜 안 나온 거요? 안 낸 겁니까, 못 낸 겁니까? 그것 때문에 재연이가 상처받은 거 아닙니까?"

따지듯 내게 묻는 앤디의 눈빛을 바라보며 나는 아무 말도 할 수 없었다. 머릿속으론 수많은 기억들이 두통을 일으키고 있었지만, 아무 말도 할 수 없었다.

그녀를 사귀고 나서 내 삶은 많은 것이 바뀌어가고 있었다. 내게는 첫 연인이었고 매일매일이 데이트와 같았다. 하지만 그녀는 늘 시간과 돈에 쫓겼다. 소심한 나는 약속이 취소되고 그녀가 연락에 답을 안 하면 금방 삐치고 짜증을 냈다. 서른이 되어 첫 연애를 하는 남자의 안달이니 오죽했겠는가. 그럼에도 그녀는 성마른 나를 받아주었다. 더 어른스럽고 더 잘 참았으며 좀처럼 화내는 법이 없었다.

그녀를 알아간다는 건 그녀가 얼마나 힘들게 사는지를 알아가는 것이었다. 장을 볼 때 그램 수를 따져서 음식을 사야 한다는 걸 알게 되었고, 4대보험이 없는 게 얼마나 피로한 일인지도 알게 되었다. 프리랜서의 가장 큰 고충이 수금이란 것도 그때 알았고 무엇보다 글 쓰는 일만으로 살기가 정말 어렵다는 것도 깨닫게 되었다.

출판사 편집자 생활을 하며 작가와 번역자들과 함께 일하면서도 그들이 그렇게 힘들게 사는지 알지 못했다. 강의도 하고 다른 원고 청탁도 받고 하며 다 살겠지, 라고만 여겼다.

심지어 재연은 무명작가였다. 강의나 원고 청탁이 있을 리가 없었다. 그래서 그녀는 대학 때부터 꾸준히 배운 요가로 자격증을 따 강사 생활을 했고, 그 일이 없으면 닥치는 대로 알바를 했다. 하루는 그녀가 푸념처럼 이렇게 말했다.

"알바하느라 글 쓸 시간이 없어. 알바해 번 돈으로 시간을 사는 거야. 글 쓸 시간을. 근데 알바로 버는 최저시급으론 넉넉히 글 쓸 시간을 살 수가 없어. 아무래도 프리랜서는 프리한 시간에 돈을 버는 게 아니라, 프리한 시간을 사기 위해 돈을 버는 사람인 거 같아."

소설이 나와 히트 치면 괜찮아질 거라고 나는 그녀를 위로했다. 속으로는 출판 시장의 사정을 알기에 문학상 딱지도 달지 않은 신인 작가의 소설이 쉽게 잘될 거라 생각하지 않았지만 그렇게밖에 말할 수 없었다. 그녀는 내 마음을 안다는 듯 그런 위로를 건넬 때마다 손사래를 쳤다.

"책은 나와주기만 해도 돼. 많이 팔리지 않아도 좋아. 그냥 내 이야기를 사람들이 읽을 수만 있으면 되는 거야."

오랜 시간 습작을 하며 견뎌서인지 그녀는 당장 자기가 히트 작가가 되고 돈을 많이 벌고 하는 것에 큰 기대를 하지 않았다. 다만 다음 작품을 쓸 시간을 그 책으로 벌 수 있기를 희망했다.

그런 그녀의 태도가 어느 정도 존경스러웠다. 자기 일에서도 삶에서도 나는 그녀를 결코 따라가지 못했다. 그럼에도 나 역시 그녀를 돕기 위해 노력했다. 데이트비도 더 내고 좋은 책이나 영화도 구해주었다. 무엇보다 제일 중요한 건 편집자로서 그녀의 소설을 잘 만들어 파는 것이었다. 소설의 뒷부분을 어떤 방향으로 고칠 것인지로 카페와 술집을 전전하며 의견을 나눴고, 그녀는 합의한 방향으로 작업을 해 원고를 다시 보냈다.

나는 조금은 거친 그녀의 문장을 다듬고 또 다듬었다. 그러다 보니 문장을 너무 많이 손본 게 아닌가 하는 걱정도 들었다. 그녀가 자존심 상해 하면 어떡하지? 그래도 이렇게 손보니 훨씬 잘 읽히고 표현도 좋아지지 않았나? 걱정을 뒤로하고 그녀에게 편집본을 보냈다.

그녀는 내가 고친 자신의 글을 이해했다. 이대로 책이 나오기만 해도 행복할 거라고 재차 말하며 내게 고마워했다. 내가 편집자로서, 애인으로서 그녀에게 도움을 줄 수 있는 건 결국 그녀의 책을 잘 출판하는 것이었다.

그녀도 그걸 기대했고 나도 그걸 알고 있었다.

하지만 대표와 마케팅팀에서는 출간을 미루자고 했다. 나는 펄쩍 뛰며 반대했지만 여름 시장의 주력상품들을 출간하고 나서 가을이나 겨울쯤으로 그녀의 작품은 밀려버렸다.

책 출간이 미뤄졌다는 말에 그녀는 실망한 표정을 감추지 못했지만 올해 안에는 내주는 거지? 라며 되물었다. 그녀의 작품을 떡하니 빨리 내주지 못해 나는 자존심이 상했다. 오히려 그녀가 나를 위로해줬다. 그리고 남은 시간 동안 조금이라도 더 손봐서 작품 속에 보석을 더 박겠다고 했다. 그녀는 그런 여자였다. 자기보다 남을 더 생각하고, 그러면서도 자기 삶의 빛나는 순간을 만들기 위해 분주히 움직이는 사람이었다.

문제는 여전히 돈이었다. 소설 출간이 미뤄지자 그나마 받을 작은 인세마저 미뤄졌고 그녀는 생계를 유지하기 위해 방송 작가 일을 하기 시작했다. 시나리오작가 스터디 그룹에서 만난 친구의 소개로 들어간 외주업체에서 종편의 예능 프로를 구성하는 보조작가 일을 했다.

그녀는 더 바빠졌다. 알바를 하며 자기 시나리오를 쓸 때보다 돈은 더 벌었지만, 야근이 계속됐고 수시로 불려 갔다. 어쩌다 저녁을 먹으며 데이트를 하게 된 날, 그녀를 위로한답시고 이렇게 말했다.

"자기 이제 시나리오작가에 소설가에 방송 작가까지, 3관왕이다. 3관왕."

그녀가 고기를 뒤집다 멈추곤 나를 흘겼다.

"작가는 무슨, 어제는 섭외 전화만 50통 넘게 돌렸고, 오늘은 메인작가 아줌마 일하는 동안 집에 가서 애 봐주다 왔어. 나 작가가 아니라 잡가야. 잡가."

그녀의 표정이 어두워졌다. 나는 화제를 바꾼다고 더 악수를 두었다.

"참, 시나리오 다시 돌렸다며. 그거 이번엔 투자되겠지."

"아니. 절대."

"왜? 시나리오 거절당하다가 극적으로 투자돼서 대박 난 영화들 뉴스에 나오고 하던데."

"뉴스에 나오는 건 신기한 일이라 그런 거지. 한번 까이면 끝난 거야. 죽은 자식 뭐 만지는 꼴이라고."

그녀가 정성껏 구운 소금구이를 입에 넣고 씹었다.

"그럼 넌……."

"소설이라도 나와야 어디 가서 작가라고 말할 수 있겠네. 그렇지?"

맥주잔을 비우고 그녀가 말했다.

"내가 참 면목이 없다."

나는 두 손으로 공손하게 그녀의 빈 잔에 새 맥주를 따라주었다.

"괜찮아. 예금 찾으러 은행 가 번호표 뽑고 기다리는 기분이니까, 즐겁게 기다릴게."

기분이 좀 풀렸는지 그녀가 환한 표정으로 잔을 들었다. 우리는 건배했다.

그때만 해도 그해 안에 반드시 그녀의 책을 낼 수 있을 거라 생각했다. 그녀도 나를 믿어주었고 나 역시 회사에서 출간을 더 미루는 걸 두고만 보진 않을 거라 다짐했다.

결과적으로 앤디의 말이 틀리지 않았다. 해가 지나도 책을 내지 못했다. 결국 그녀가 그렇게 될 때까지도 책은 나오지 못했다. 그녀는 무명작가로 생을 마감했다.

"대체 왜 안 나온 겁니까? 왜 내준다고 했다가 안 내준 거냐고?"

앤디의 닦달이 계속되었다.

"책 내는 게 그렇게 쉬운 일이 아닙니다."

"무슨 팀장 아니었어요? 그 정도 결단 못 합니까?"

"그만합시다. 나도 노력했어요."

앤디가 다시 술잔을 비우고 탕 내려놓았다.

"진짜 노력한 거 맞습니까? 그게 재연이한테 얼마나 소중한 건지 알잖아요! 책만 나왔어도 걔가 그렇게 허무하게 죽지는 않았다고! 안 그래요?"

"재연이가 죽은 건 책 때문이 아닙니다."

"뭐?"

"책이랑은 상관없다고. 재연인 갑상선이랑 폐가 안 좋아 죽은 거라고."

"뭐? 이 새끼가!"

놈이 테이블을 밀치며 벌떡 일어섰다. 회를 담은 접시가 땅으로 곤두박질쳤다. 나는 쓰러진 테이블 뒤로 한 발짝 물러났는데, 앤디가 박치기라도 할 듯 머리를 들이대오며 물었다.

"그렇게 좆같게 변명할래?"

나는 말없이 앤디를 노려보았다. 놈이 멱살을 잡고 나를 흔들었다. 허수아비가 바람에 휘청대듯 내 몸이 심하게 흔들렸다.

"너 혹시 재연이가 헤어지자 그래서 책 안 내준 거 아냐?"

기가 차서 말도 안 나왔다. 나는 핏발이 선 눈동자로 놈을 노려보았다.

"그렇네, 진짜네, 이 새끼 재연이한테 삐쳐서 그렇게 분풀이 한 거지? 어?"

나는 있는 힘을 다해 녀석이 쥔 멱살을 뿌리치고는 놈을 밀쳤다. 중심을 잃고 쓰러진 놈이 일어서 나를 먹잇감 보듯 흘겼다.

"좋아. 해보자는 거지."

"재연이가 내지 말자 그랬다."

"뭐라고?"

"재연이가 못 내게 했다고."

놈이 이해할 수 없다는 듯 나를 바라보았다.

"출간 앞두고 재연이가 책 못 내겠다고 했다고. 알아?"

"……."

"그 원고는 재연이한테만 중요했던 게 아냐. 나한테도 중요했던 거라고! 나는 원고도 잃고 재연이도 잃었어. 2년 전이야. 그리고 1년 뒤에 재연이가 죽었다고 그녀 이름으로 장례식에 오라는 문자를 받았다고! 얼마나 막막했는지……. 알아?"

앤디가 멍하니 나를 바라보다가 몸을 돌리고는 "아아악" 외마디 고함을 질렀다. 나는 담배를 빼 물고 자리에 걸터앉았다. 한 모금 빨았다. 술이 깨는가 싶더니 다시 훅 취기가 올라왔다. 놈이 테이블을 바로잡고는 자리에 앉았다. 억울함과 궁금함이 반반 섞인 표정으로 놈이 나를 바라보았다.

"걔는 왜 그랬는데? 정말……. 어?"

"나도 모릅니다."

담배를 비벼 끄고 답했다. 앤디가 의자에 놓인 보충제 통을 처연하게 바라봤다. 그러고는 보충제 통이 놓인 의자 앞으로 가 무릎을 꿇었다. 놈은 고개를 숙여 보충제 통 앞 의자 모서리에 머리를 박아대기 시작했다. 쿵. 쿵. 쿵. 108배를 하듯 고해성사를 하듯 앤디는 그녀를 코앞에 두고 머리를 박아대고 있었다. 그러면서 짐승이 웅얼거리는 듯한 소리를 내기 시작했다.

나는 그러거나 말거나 술을 마셨다. 취하지 않으면 잠들 수 없는 밤이었다.

깨어나 보니 민박집 방바닥이었다. 머리맡에는 다행히 보충제 통이 놓여 있었다. 선풍기가 돌고 있었지만 찐득한 땀에 늪에라도 빠졌다 나온 것 같았다. 옆에선 앤디가 저음으로 코를 골아대고 있었고 문에 난 반투명 창으로 햇살이 비치고 있었다. 무엇보다 머리가 빠개지게 아팠고 오줌보가 터져라 부풀어 있었다. 나는 엉거주춤 일어나 밖으로 나갔다.

마당으로 나와 보니 이곳이 어제 술을 마신 포구 횟집의 안채임을 알 수 있었다. 공동화장실에서 오줌을 누고 수돗가에서 찬물을 받은 대야에 몸을 쪼그려 머리를 담갔다. 찌잉 하는 차고 묘한 기운이 머리를 감싸 안았다. 그 자세로 눈을 뜨자 마당과 민박집이 거꾸로 보였다. 모든 게 혼란스럽고 모든 게 어지러웠다. 그렇게 대야에 머리를 박은 자세로 이제 어찌해야 하나를 생각했다. 아무 생각도 나지 않았다. 몸을 일으켰다.

앤디를 깨웠다. 우리는 함께 횟집으로 나가 서더리탕으로 해장을 했다. 앤디는 어제 무슨 일이 있었냐는 듯 먹는 데 집중했다. 나 역시 별다른 할 말이 없어 땀을 흘리며 해장에 집중했다. 그때 전화가 울렸다. 김 팀장이었다. 여전히 대책은 없었지만, 덜 깬 술에 기대 전화를 받았다.

"여보세요."

잠시 뜸을 들이곤 칼칼한 여자 목소리가 말했다.

"미쳤어요?"

"왜요?"

"대표님 내일 돌아오시는데 내가 보고할 거 같아요? 안 할 거 같아요?"

그러고 보니 사장이 동경도서전에 간 것도 잊었다. 사장이 없어서 일부러 농땡이 친 꼴이 된 셈이었다. 하지만 주눅이 들기보다는 될 대로 되라는 심정이 들었다.

"알아서 해요."

"지금이라도 나한테 사정을 빌어봐요. 그럼 내가 눈감아줄 테니까."

느긋한 목소리로 김 팀장이 이죽거렸다. 예전 같았으면 또 이 여자에게 말렸을 거다. 하지만 오히려 가벼운 코웃음이 나는 건 내 쪽이었다.

"있잖아요, 나 내일도 일 있어 출근 못 합니다."

수화기에서 잠시 실소가 들렸다.

"고 팀장. 힘들었구나. 그러게 맞서질 말아야죠. 대표님이 결정하기 좋게 생겼네."

"됐고. 전화 끊습니다."

"고 팀장. 당신 그러다가 진짜……."

나는 전화를 끊어버렸다. 언제나 김 팀장 말을 자르고 싶었지만 우물쭈물하며 그 잔소리를 다 듣곤 했다. 다시 전화가 울렸다. 나는 받지 않았다. 그러니 더 통쾌했다.

식사를 마치고 담배를 피우는데, 앤디가 상체를 벗고 마당에 나왔다. 밥을 먹고도 배가 많이 튀어나오지 않는 게 역시 단련된 몸은 단련된 몸이었다. 녀석이 장독대 단에 다리를 올리고는 푸시업을 하기 시작했다. 홋, 홋, 홋, 홋, 일정하게 내려갔다 올라가는 모습이 다시 봐도 경쾌했다. 들어오던 민박집 아주머니가 앤디의 부푼 상체를 보고 놀라 부엌 쪽으로 사라졌고, 아랑곳없이 그는 100개의 푸시업을 마쳤다. 땀이 흥건한 앤디가 흡족한 표정으로 상체를 세우며 수돗가로 향하더니 내게 손짓을 했다. 나는 담배를 끄고 다가가 수돗가에 다시 엎드려뻗쳐 한 앤디의 상체에 물을 끼얹었다. 으하~ 하아~ 우후~ 놈이 물을 뿌려줄 때마다 물개가 노래하듯 감탄사를 터트렸다.

"비누칠 좀 해보쇼."

차마 손대기 싫지만 놈의 등에 비누를 문지르며 거품을 냈다. 문지르다 보니 등뼈에서부터 나뭇잎맥 퍼지듯 펼쳐진 등근육이 탄탄했다. 등근육 만들기가 그렇게 힘들다는데……. 이 녀석 이쪽으로는 확실히 프로가 맞는 것 같다. 마지막으로 물을 뿌려주면서도 손을 대서 거품을 씻어줘야 했다. 남들이 보면 영락없이 사이좋은 친구로 보일 것이다. 녀석의 생큐 소리를 듣고 나서야 나는 물 뿌리기를 멈추고 빨랫줄에서 수건을 걷어 그에게 던져주었다.

내게도 등목을 권하는 그를 뒤로하고 방으로 들어갔다. 선풍기가 공허하게 돌고 있는 방 안 구석에 보충제 통이 놓여 있었다. 나는 양반다리로 앉아 보충제 통을 집어 들었다. 더위에 찐득한 열기와 기운이 통에 묻어 있었다. 그 온기와 흔적마저 반가웠다.

나는 기도하는 심정으로 보충제 통을 안은 채 고개를 숙였다. 하얀 보충제 통 뚜껑을 내려다보다가 문득 호기심이 일었다. 나는 힘주어 천천히 뚜껑을 따고 안을 들여다보았다. 3분의 2가량 차 있는 그녀의 뼈가 일률적이지 못한 크기로, 마치 하얀 모래처럼 촘촘히 담겨 있었다. 이게 정말 그녀의 뼈란 말이다. 정말이다. 어느새 나도 모르게 엄지와 검지가 통 안으로 향했다.

닿았다. 뼈의 감촉이 느껴졌다. 이상한 기분을 느끼며 손가락을 뼈 안에 묻은 채 헤엄치듯 천천히 움직여 보았다. 그녀와의 접촉은 따뜻했다. 그래서인지 더욱 애잔했다. 그때 문이 덜컥 열리고 수건으로 머리를 털며 앤디가 나를 바라보았다.

"거, 먼지 들어가게 뚜껑은 왜 열고 그래요?"

"그냥 잘 있나 봤습니다."

"사람…… 싱겁긴. 갑시다."

나는 수건을 내려놓고 와이셔츠를 입는 앤디를 바라만 봤다. 어딜 가자는 거지? 혹시 내가 어제 술이 취해 놈이 가자는 대로 가기로 한 거 아닌가? 그렇다면 어떻게 거절해야 하지? 술 취해서 기억이 없다고 우겨야 하나? 가자고 하는 게 단순히 민박집을 나가자는 것일지도 모른다.

걱정을 뒤로하고 그녀의 뼈를 들고 방을 나섰다.

"아니 BMW가 에어컨이 안 되는 게 말이 됩니까?"

"고장이 외제차라고 피해 가는 줄 아쇼?"

앤디가 안 되겠는지 뜨거운 바람만 나오는 에어컨 작동을 멈추고 창문을 열었다. 고장 난 외제차 몰 바엔 멀쩡한 국산 경차 몰라고 한마디 하려다 말았다.

창문을 열고 해안 국도를 달리자 불어오는 바람이 제법 시원했다. 앤디는 이쪽 길을 잘 아는 듯 내비도 켜지 않고 차를 몰아갔다. 나는 잠자코 있을 수 없어 물었다.

"어디로 가는 겁니까?"

앤디가 음흉한 미소를 지으며 나를 돌아보았다.

"여기서 제일 가까운 공항이 여순니다. 여수에서 제주가 자주 있진 않은데 검색해보니까 내일 아침에 한 대 뜨더라고. 그러니까 오늘은 여수에서 1박 하고 가는 겁니다."

"제주? 제주는 왜……?"

"기억 안 나쇼? 어제 술 마시며 제주도에서 보내주기로 한 거?"

예상대로다. 필름이 끊겨 뭔 소리를 한 거야. 이럴 땐 무조건 잡아떼기다. 그것도 강경하게.

"차 좀 세워봐요."

"차 세우면 덥습니다. 달려야 바람을 맞지."

"갓길에 세우라고요!!"

앤디가 마지못해 차를 세웠다. 나는 그를 똑바로 바라보며 말했다.

"어제 제주도가 어째요? 난 그런 말 한 적 없습니다."

더운지 짜증이 나는지 그가 손부채를 얼굴에 대고 흔들었다.

"거, 잡아떼지 말고 그냥 술 취해 실수했다고 하세요. 그렇다고 무를 수는 없지만……."

"안 그랬다니까! 내 기억에 없는데 어떻게 그렇게 하겠어? 하여간 제주도, 난 못 갑니다. 당신이랑 비행기까지 같이 타고 내가 거길 왜 갑니까?"

앤디가 부스럭대더니 라이터를 꺼냈다. 어제부터 밀린 술담배를 하더니 또 담배를 피울 셈인가 하는데, 그가 라이터 아랫부분의 무언가를 눌렀다. 순간 라이터 어딘가에서 녹음된 내 목소리가 흘러나왔다. 그것은 라이터 모양의 녹음기였다. 녹음된 자기 목소리는 참으로 낯설다. 그 목소리에 알코올 함량이 높다면 더욱.

"…… 산도 있고 바다도 있는 곳이란 말이지……. 여기 남해가……. 재연이가 그런 곳을 좋아했어……."

"그러니까 제주도야말로 딱이네. 우리나라에서 제일 높은 산도 있고, 바다도 죽이고."

"에이, 제주도는…… 당신이랑 간 데 아냐?"

"남해는 당신이랑 간 데 아뇨? 거기 한번 갔으니까, 나랑 간 데도 가야지. 그게 공평하지. 암."

"…… 그게 말은 되는데, 맞지 않아."

"왜 안 맞는다는 거요?"

"…… 재연인…… 제주도 싫어했어……. 싫어했다고……."

"와, 개뻥. 얼마나 좋아했는데. 제주도에서 살고 싶다고 했는데 무슨 뻥을 치세요. 예?"

"싫어했다니까⋯⋯."

"좋아. 그럼 여기, 여기 재연이 뼈에 대고 말해봐. 여기 손 얹고 말해보라고, 예?"

"⋯⋯ 이게 무슨⋯⋯. 어쩌라고⋯⋯."

"제주도에도 재연이가 엄청 좋아했던 곳 있거든. 오름 알아요? 오름? 그 오름에서 재연이가 무덤 발견하고는 자기도 죽으면 이런 데 묻히고 싶다고 했던 거 내가 똑똑히 기억한다고."

"뻥까시네. 그걸 지금 나한테⋯⋯ 믿으란 거예요?"

"말하다 보니 진짜 제주도가 딱이네. 내일 가는 겁니다. 비행기 타고 후딱 갔다 옵시다."

"나 내일 서울 가야 돼요. 안 그럼 회사 잘려. 그리고 돈도⋯⋯ 없습니다!"

"돈, 내가 다 냅니다. 그리고 회사가 걸립니까? 출근이 재연이보다 중요해요? 그럼 출근해요. 나 혼자 갈 테니까."

"이 사람이⋯⋯. 내가 언제 출근이 중요하댔어요! 알았어. 나도 간다고⋯⋯. 가면 되잖아!"

"오케이, 그럼 같이 가는 거요! 내일 말 바꾸면 안 됩니다. 자, 약속!"

"약속. 그래 약속⋯⋯. 자, 약소옥! 손가락 꼬옥."

녹음은 거기까지였다. 동상처럼 굳은 나의 옆얼굴로 땀이 조르르 흐르고 있었다.

앤디는 내 답도 듣지 않고 시동을 걸고 차를 다시 출발시켰다. 어떻게라도 반박을 해야 하는데……. 취기 가득한 내 목소리가 귓가를 맴돌아 꼼짝도 할 수 없었다. 앤디가 라디오에서 나오는 노래를 흥얼거렸다. 나는 무거운 입을 열었다.

"저기요, 앤디 씨. 다시 한번 생각해보면 안 될까요?"

앤디가 한숨을 푹 쉬고는 나를 돌아봤다.

"어제 말요. 형씨 버리고 그냥 가도 됐어. 녹음 들어봐서 알죠? 기억도 안 나죠? 나 그냥 당신 민박집에 재우고 보충제 통 들고 갈 수도 있었다고."

"……"

"근데 내가 왜 이렇게 같이 가는 줄 아쇼? 의리. 의리 때문이라고. 재연이에 대한 의리. 형씨에 대한 의리 모두 말요. 그러니…… 형씨도 의리를 지켜야죠. 약속 말요."

의리 좋아하네. 그렇게 의리가 있어서 그때 모텔에서는 시커먼 새벽에 도망쳤냐? 더 이상 말하기도 힘들었다.

에어컨이 고장 난 BMW는 조금 빨리 달리는 달구지 같았다. 후끈한 바람이 창문을 넘어왔고 기분도 더러웠다. 라디오에서 나오는 유치한 사연을 들으며 코웃음 치는 앤디 녀석이 짜증 났고 내 발치에 놓인 보충제 통 속 그녀가 안쓰러웠다.

사실 앤디의 말이 맞다. 그녀는 제주도를 무척이나 좋아했다.

이렇게 된 거 이제 내가 할 수 있는 일은 그녀를 잘 보내주는 것뿐이다. 조금만 더 참자고 나는 다짐했다. 창밖으로 푸르디푸른 남해 바다가 넘실거렸다. 야속하게 넘실거렸다.

여수

앤디가 제주행 비행기가 많은 부산으로 가지 않고 여수로 차를 몰고 온 이유를 알게 되기까지는 그리 오랜 시간이 걸리지 않았다. 차가 여수 시내로 접어들자 그는 내비도 켜지 않고 골목길로 접어들어 자유자재로 차를 몰아갔다. 여수는 앤디의 고향이었다.

녀석은 수산시장 부근의 성인오락실 주차장에 차를 댔다. 아는 밥집이 있다며 점심부터 해결하자는 놈을 따라 차에서 내렸다. 그때 오락실 직원으로 보이는 젊은 사내가 우리를 향해 팔자걸음으로 다가왔다.

"어이, 아저씨. 누구 맘대로 여따 차를 댄다요?"

앤디가 어이없다는 듯 놈을 바라봤다.

"머냐 닌?"

"존 말 할 때 차 좀 빼이다."

"백곰 와라 해라."

"백곰 형님은 니가 왜…… 찾는디요?"

"빙신 같은 놈 짤라불라고 할란디…… 왜?"

그제야 뭔가 눈치를 챈 놈은 소극적인 목례를 하고 돌아갔다. 앤디가 목뼈를 꺾고는 시장으로 걸어갔다. 역시 고향 바닥에서 좀 논 모양이었다. 나는 잠자코 앤디의 뒤를 따라갔다.

여수 수산시장은 평일임에도 붐볐다. 중국 관광객인지 일본 관광객인지 단체로 몰려다니고 있었고, 여름 시즌이라 피서를 온 가족 단위 손님들도 많았다. 좁은 시장통 양쪽으로 손님을 받는 횟집들이 있었고 앞에는 커다란 빨간 고무대야 안에 갖가지 물고기와 해물이 담겨 있었다.

앤디는 가뜩이나 벌어진 어깨를 건들대며 불도저처럼 시장통을 밀고 나갔고, 마주 오던 사람들은 알아서 앤디를 피해 몸을 움츠렸다. 호객행위를 하던 아줌마들은 앤디를 보곤 너 나 할 거 없이 떠들어대며 아는 척을 했고, 그때마다 앤디는 팬 미팅 현장에 온 연예인처럼 손을 들어 보이며 눈인사를 건넸다.

"아따, 이모. 여전하요?"

"나가 바빠 와볼 새가 없었구먼요. 내려오면 볼쎄 들러부렀지."

"거시기, 잘 있지요잉?"

앤디의 사투리가 짙어지고 있었다. 나는 몰리는 관심과 그에 따른 앤디의 오지랖이 심히 부담스러운 나머지 1미터 정도 그에게서 떨어져 걸어가야 했다.

앤디가 우리식당이라는 횟집 앞에 다다르자 호객행위를 하던 아줌마가 깜짝 놀라 멈춰 섰다. 앤디는 반가운 표정으로 아줌마에게 양손을 뻗어 보였고 아줌마는 앤디의 가슴을 손으로 치며 뭐라고 말했다. 앤디가 아줌마와 대거리하며 가게로 들어갔다. 나는 불편한 마음에 식욕이 없었음에도 별수 없이 앤디를 따라 식당으로 들어갔다. 앞서 들어간 호객 아줌마가 주방을 향해 외쳐댔다.

"여그 누가 왔는지 나와봐라."

그러자 식당 안쪽에 앉아서 스마트폰을 보던 30대 후반의 여자가 앤디를 보고는 놀라서 일어났다. 여자는 집 나간 개라도 본 듯 급히 슬리퍼를 신고 앤디에게 다가왔다.

"도련님. 갑자기 뭔 일이다요!"

"아따, 형수. 잘 있었당가?"

"엄니랑 형한테 연락은 한 거요?"

"근방에 일 있어 왔다 들렀지다. 장사 잘된다요?"

"잘되긴……. 도련님 없은께 늘 썰렁하당께."

형수가 나를 살피곤 말을 아끼는 게 느껴졌다. 그녀는 앤디가 한 상 봐달라고 하자 밥도 못 먹고 다니며 뭐 하는 거냐고 타박하곤 주방으로 향했다.

우리는 자리에 앉았다. 식탁에 밑반찬이 차려지자 없던 허기가 솟구쳐 올랐다. 나는 당근과 메추리알을 씹으며 회가 나오길 기다렸다.

푸짐한 모듬회가 나왔고 앤디가 내게 술을 권했다. 술이 덜 깨서인지 이어 마시는 것도 나쁘지 않겠다는 생각이 발동했다. 내가 잔을 들자 그가 소주를 따라주고 자신도 한 잔 채웠다.

새 술을 들이켜니 머리에 홧홧함이 올라왔다. 그럼에도 두툼한 우럭 한 점을 씹고 나니 새 잔을 바로 비울 수 있었다. 진정한 술꾼이란 술로 숙취를 누르는 경지에 이른 자라더니……. 어제의 폭음으로 한동안 자제하던 술 욕심이 다시 모터를 단 듯했다.

잔을 비우고 내려놓자 앤디가 골똘히 나를 바라보았다.

"왜요?"

"생각이 나서 그럽니다."

나랑 말하자 녀석은 다시 표준말을 구사했다.

"무슨 생각요?"

"그게 말요. 재연이가 술 좀 먹지 않았습니까? 그리고 주사도 좀 있었고."

"주사까진 아니고……. 술 마시면 좀 활달해졌죠. 말도 많이 하고."

"내 말이 그거요. 형씨도 술 마시면 말 많아지던데. 어제 보니 그쪽이 재연이랑 술버릇이 비슷한 거 같더라고."

"무슨 말이 하고 싶은 거요?"

"그냥, 그렇다는 게요."

"제주는 언제 갑니까?"

"내일 아침 비행기 끊어놨다니까. 3년 만에 온 고향인데 이참에 하룻밤 자고 가야지. 예?"

"나는 어쩌라는 겁니까? 내일은 어떻게든 서울 가야 합니다."

"걱정은……. 내일 아침에 제주 가 재연이 보내주고 오후 비행기로 올라가면 되겠네."

대수롭지 않다는 듯 말하는 녀석의 모습에 짜증이 팍 올라왔다.

"당신이랑 오늘도 같이 있으면 벌써 3박이오. 이게 무슨 동원 훈련도 아니고……."

"아따, 누군 형씨랑 이렇게 동고동락하고 싶은 줄 아쇼? 나도 참고 있으니까 혼자 생색내지 마시지."

나는 더 이상 놈의 면상을 마주하기 싫어 화장실로 향했다. 좁고 더러운 횟집 화장실에서 오줌을 누며 취기가 오른 거울 속 내 얼굴을 살펴보았다. 바보 멍청이 같았다. 어쩌다가 놈에게 이끌려 재연의 뼈를 훔치고, 놈의 고향까지 내려와 술에 취해 비틀대고 있는 걸까? 애초에 재연의 뼈를 거기서 가지고 나오는 게 아니었다.

내 인생에 이렇게 엄청난 짓을 저지른 적이 있을까? 앞으로도 없을 것이다. 그럼에도 될 대로 되라는 생각이 마음 한구석에서 새싹 자라듯 자라나고 있었다. 아니 새싹이 아니라 이미 묘목으로 성장한 듯했다. 핸드폰을 보니 집에서도 세 통이나 전화가 와 있다. 예전 같으면 안절부절못하며 답 전화를 어떻게 할지 걱정했겠지만, 지금은 그냥 그렇다. 한번 샛길로 빠지자 원래 궤도는 그리 중요하지 않았다. 다만 이 길의 끝에 뭐가 있는지 궁금할 따름이었다.

화장실을 나와 보니 앤디가 자리에 보이지 않았다. 가게를 살피니 그는 카운터 쪽에 선 채 형수라는 여자와 이야기하고 있었다. 형수가 불편한 표정으로 계산대에서 현찰을 꺼내 앤디에게 건넸다. 5만 원권과 만 원권 몇 장이 전부였고, 앤디는 더 달라는 표정이었다.

그때 밖에서 발소리가 나더니 건장한 사내 셋이 가게로 들어왔다. 앤디가 서둘러 뒤로 물러났다. 가운데 건장한 사내가 앤디를 향해 천천히 다가왔다. 딱 봐도 앤디와 같은 유전자였다.

"어이, 강병균. 먼디 쥐새끼처럼 살 기어들어와쌌냐?"

"아따, 쌍……. 심장 디비지겠소. 잘 지냈소?"

사내는 앤디의 손에 들린 현찰을 빠르게 눈으로 훑고 코웃음을 쳤다.

"3년 만에 와서 기껏 가게 돈이나 삥 쳐 가려는 거여? 이 좆탱이만 한 동생 놈아."

"뭔 소리다요. 이거 형수한테 현찰로 밥값 내는 거랑께. 자, 형수. 현금영수증은 됐시다."

앤디가 현찰을 건네자 형수가 엉겁결에 받아 들었다. 사내가 형수를 추궁의 눈빛으로 돌아보는 사이에 앤디가 몸을 돌려 화장실이 있는 뒷문, 즉 내 쪽으로 달려오기 시작했다. 내게 '어서 튀어'라는 눈빛과 함께.

쫓아오는 남자들을 뒤로하고 우리는 수산시장을 미친 듯이 달려 나갔다. 시장통을 나와선 골목으로 접어들어 계속 달렸다. 앤디는 길을 꿰고 있는지 요리조리 잘 앞서나갔고, 나는 그의 뒤를 쫓아 달리기에 급급했다.

놈의 등판을 보고 달리며 방금 전 상황을 복기했다. 아까의 사내는 앤디의 친형임이 분명하다. 그리고 앤디는 집에 민폐를 끼친 동생인 것이고……. 근데 강병균이라고? 앤디가 왜 영어 이름을 쓰는지 이유를 알 것도 같았다.

본명이 강병균인 앤디 강과 함께 도망쳐 다다른 곳엔 어마어마하게 큰 한옥 건물이 자리하고 있었다. 공터에 털썩 주저앉은 앤디가 건물을 살피는 나를 올려다보았다.

"이게 진남관이라고, 이순신 장군이 살던 데요."

앤디는 태연하게 나를 여기 구경시켜주려고 온 것처럼 굴었다. 어쨌거나 진남관의 위용은 서울의 어느 고궁 못지않게 크고 장엄했다. 내가 관심 있게 건물을 살피자 앤디가 덧붙였다.

"그거 아쇼? 거북선이 여수에서 처음으로 출동한 거?"

"거북선이 무슨 경찰차요? 배니까 출항이죠."

"잘난 척하시긴. 암튼 여수 왔으니 이거랑 돌산대교 야경이랑 오동도는 꼭 보시고 가셔야지."

"수산시장은 이미 관광했고. 그렇죠?"

"아이 씨, 몇 점 먹지도 못했는데 말야."

앤디가 아쉽다는 듯 나를 보며 웃어 보였다. 그 모습이 말썽쟁이 어린애를 떠올리게 했다. 누구나 집안 문제는 숨기고 싶게 마련이다. 그는 낮엔 형이 없을 거라 생각하고 형수에게 돈을 꾸러 갔다 딱 걸린 거다.

"여기부터 오동도까지 다 내 나와바리였지."

"근데 왜 자기 나와바리에서 그리 쫓겨 다니는거요?"

"뭐, 사소한 오해라고 해둡시다. 우리 형이 좀 지랄맞거든."

"이제 어쩔 건데요? 강병균 씨."

앤디가 눈을 치뜨며 나를 노려봤다.

"고민 중이거든, 고민중 씨."

반격이 만만치 않았다. 나도 지지 않고 물었다.

"제주도 갈 돈, 없는 거죠?"

"…… 돈이야 백곰한테 땡겨도 되고……. 형씨는 사람이 돈만 있으면 다 되는 줄 아쇼?"

"그럼 지금 뭐가 또 필요하단 말입니까?"

"내가 3년 만에 고향에 와 이리 찐따 취급 당하고 환영도 못 받고……. 마음이 썩어요. 기가 죽는다 이 말입니다. 이런 기분으로 재연일 잘 보내줄 수 있을 거 같습니까?"

"있잖아요, 몸 근육만 강화하지 마시고 마음 근육도 강화하세요. 보기보다 멘탈이 약하시네."

내가 비꼬자 앉아 있던 앤디가 몸을 일으켰다. 내 덩치의 두 배 되는 인간이 나를 15도 각도로 내려다보자 위압감이 드는 게 사실이었다. 애써 태연한 척을 하자 앤디가 예의 그 굵은 목을 까딱대곤 내 어깨에 손을 얹었다.

"그래서, 그쪽은 멘탈이 강하신 분이라서 어제 그리도 술주정이셨소?"

툭툭 두 번 어깨를 두드리곤 앤디가 앞장서 걸었다. 나는 어디 가느냐고 물었다.

"두 시간만 주쇼. 믿어주면 보답하리다."

앤디는 마을 사람들에게 침탈하는 적을 응징하겠다 안심시키고 석양을 등지고 떠나는 보안관처럼, 오후의 대로를 향해 나섰다. 어쩔 도리가 없는 나는 다시 그를 뒤따랐다.

다시 차를 몰고 여수 시내를 빠져나가며 앤디가 이곳저곳 전화를 걸어댔다. 다들 고향 친구들로, 걸쭉한 사투리로 묻는 내용은 중고차 시세와 판매처에 대한 정보였다. 에어컨이 나오지 않는 BMW를 팔 심산이었다. 그는 몇 차례 통화를 마치고는 차를 몰아갔다.

한참을 차를 달려 어둑어둑해진 가운데 도착한 중고차 거래처에는 각종 중고차와 폐차가 성냥갑처럼 빼곡히 늘어서 있었다. 앤디는 차를 세우고 내게 기다리라고 한 뒤 사무실로 들어갔다.

나는 보충제 통이 든 가방을 들고 차에서 나왔다. 담배를 빼물고 주인 없는 차들의 광장을 배회했다. 이런 곳이면 으레 키

우는 똥개 한 마리가 나를 향해 크게 짖어댔다. 목욕을 시켜주지 않아 회색 털이 되어버린 백구였다. 내가 더 이상 다가가지 않았음에도 녀석이 쉬지 않고 맹렬하게 짖어댔다. 기분이 상한 나는 그놈을 제압하지 않으면 인생이 꼬이기라도 한다는 듯 두 눈을 부릅뜨고 놈과 눈싸움을 해댔다. 사람도 개도 눈이 생명이다. 똥개 앞에 꼿꼿이 서서 안광을 내뿜자 놈은 마침내 짖기를 멈추고는 나를 피해 개집 쪽으로 돌아가 주저앉았다. 이겼다.

똥개에게 이긴다고 기분 좋을 리 없다만, 이겨도 병신 져도 병신이면 이기는 병신이 되라는 말이 떠올랐다. 그리고 나서 생각해보니 지난 3일간 앤디와의 동행이 그랬다. 놈도 바보지만 나도 병신이었다. 놈에게 편승해 정신줄을 놓고 여기까지 와버렸다. 어느 정도 자포자기한 마음이었지만, 방금 전 똥개와의 눈싸움에서 나는 깨달았다.

지지 말자.

이기는 병신이 되자.

앤디 녀석에게 말리지 말고 녀석을 압도하자. 앤디의 거추장스러운 근육 따위 두려워할 필요 없다. 내겐 스마트한 뇌가 있지 않은가. 그리고 똥개도 제압하는 눈빛이 있지 않은가!

소란스러운 소리에 돌아보니 BMW 앞에서 앤디와 중고차 업주로 보이는 사람이 언성을 높이고 있었다. 주차장 입구의 불빛만으로 부족한지 랜턴을 켠 채 차를 꼼꼼히 살피는 업주와 괜한 트집 잡지 말라는 앤디의 설전이 이어졌다. 앤디는 걸쭉한 사투리로 업주에게 잽을 던지듯 말하고 있었다. 그 모습이 너무도 집요해서 너구리같이 생긴 중년의 업주가 오히려 밀리고 있었다. 역시 앤디의 공격력은 강해 보였다. 방금 전 다짐은 어디로 가고 다시 소심함이 고개를 들었다.

고향 사투리로 흥정을 하는 앤디를 보며 생각했다. 그는 서울에서 헬스장을 열고 헬스장 체인사업을 하면서 어떻게든 표준어를 쓰려 했을 것이다. 이름을 영어로 바꾸고 사투리를 교정하고 곧 죽어도 강남과 분당에 살며 서울의 부유층에 들려 했겠지. 지금처럼 조금이라도 제값을 받기 위해 노련한 중고차 업주와 밀당을 하듯 악착같이 서울 생활을 했을 거다.

앤디는 전형적인 일 벌이기 형이다. 그리고 무식하리만치 과감한 추진력으로 밀어붙이고 살았을 거다. 반면 나는 서울에서 평범하게 자랐고, 지나치리만치 신중해 대학을 졸업하고 취직한 출판사에서 가늘고 길게 버티며 살아가는 중이다. 나이만 같지 고향과 성격, 생활환경까지 완전히 다른 녀석과 나의 동행도 이제 곧 끝날 것이다. 분명한 점은 녀석을 통해 나 자신을 돌아보게 되었다는 거다. 녀석을 포함해 이 세계는 내가 절대로 경험할 수 없는 것들이었다. 이 여정이 끝나면 나는 어떻게든 바뀌어 있을 것이다.

골똘하게 그런 생각을 하다가 조용해진 협상 테이블을 보니, 앤디가 업주에게서 현찰을 받아 세고 있었다. 업주와 악수를 하고는 돌아선 앤디가 자신의 BMW 보닛을 손으로 통통 치고는 내게 다가오며 돈을 흔들어 보였다.

앤디가 주차장을 나서며 이죽거렸다.

"날강도 새끼. 도다리 형님 소개로 왔다는데도 후려치고 지랄이야."

"그래서, 손햅니까?"

"그래도 서울에서 판 거보단 낫네요. 자, 갑시다. 택시!"

이 밤에 또 어디로 가자는 건가. 나는 물을 타이밍을 놓치고 놈을 따라 택시에 올랐다. 앤디는 기사에게 순천 NC로 가달라고 했다. 거기가 어디냐고 묻자 녀석은 내게 코를 들이대고는 개처럼 쿵쿵거리더니 그거 보라는 듯이 손가락을 들어 보였다. 그녀를 보내주는데 거지꼴로 갈 순 없지 않냐며 녀석이 잘난 척했다. 아닌 게 아니라 3일째 같은 옷을 입고 지낸지라 티셔츠는 땀에 찌들고 청바지는 무릎 부위가 찢어져 있었다. 앤디의 와이셔츠와 검정색 정장바지도 다를 바 없었다.

"여수는 백화점이 아직까지 없당께요. 하긴 여수서 벌어갖고 순천서 쓰는 게 맞이지."

순천 NC는 백화점이었다. 택시에서 내린 우리는 부근 중국집에서 짜장면을 먹은 뒤 백화점으로 들어갔다.

남성 의류 코너를 몇 군데 들르고 나서야 녀석은 휴고보스 반팔 와이셔츠와 같은 브랜드의 검정 바지를 구입했다. 유니폼이라도 되는 양 같은 스타일의 옷을 사는 걸 혀를 차며 보고 있는데, 그가 내게도 같은 걸 추천했다.

"나는 그런 스타일 안 좋아하거든요."

"나는 뭐 좋아서 여름에 검은 정장인 줄 아시나. 이거 상복이에요. 내일 식 안 치를 겁니까?"

"글쎄, 나는 장례식장에도 상복 따로 안 입습니다. 그냥 짙은 계열이면 돼요."

"형씨, 그 아무 옷이나 입고 온 거 장례식 때도 좀 그랬고, 엊그제 납골당에서도 영 아니었거든. 내가 쏜다니까요."

녀석은 역시 장례식 때 나를 기억하고 있었다. 울먹이며 고꾸라질 뻔한 나를 기억하고 있었던 것이다. 녀석이 장례식까지 들먹이자 내 자존심도 발끈했다.

"싫습니다. 돈 낸다고 내가 당신 시키는 대로 입어야 하는 건 좀 아닌 거 같네요."

"에이, 내가 언제 시켰다고 그래요. 내 부탁입니다. 부탁 한번 들어주쇼. 구두까지 싹 다 쏠 테니까."

구두까지라는 말에 자존심이 녹아내렸다. 마침 새 구두가 필요했기에 마지못해 동의하는 척했다. 내가 동의하자 놈이 좋아하며 여점원에게 자기와 같은 옷을 내 사이즈로 내와달라고 했다.

그런데 구두 매장에서 녀석은 더 까다로웠다. 도대체 몇 개의 매장을 거치려는 건지 모르겠다. 매장마다 들러 구두를 신어보고, 모델처럼 워킹을 하며 생쇼를 한다. 시간은 점점 흘러 쇼핑은 질색인 나는 점점 짜증이 올랐다.

나는 구두 매장을 나와 에스컬레이터 옆 의자에 앉았다. 평일

여덟시가 넘은 시각……. 경제는 힘들다는데 매장은 여전히 붐비고 있었다. 다들 어디서 돈이 솟아나 저리들 쇼핑백을 들고 다니는지 모르겠다.

생각이 났다. 주변에서 패션 센스가 떨어진다고 나를 놀려도 재연은 괜찮다고 했다. 남자가 너무 꾸미고 쇼핑에 유난 떠는 거 꼴불견이라며, 그녀는 전 남친이 딱 그런 케이스라고 했다. 전 남친. 바로 저기서 일곱 켤레째 구두를 갈아 신고 있는 놈 말이다.

여정 내내 앤디를 통해 그녀를 떠올리고 있었다. 찝찝했지만 어쩔 수 없는 노릇이었다. 이 여정은 앤디와 나를 모두 아는 그녀가 꾸민, 우리 둘에게 주는 맞춤형 형벌인 듯했다. 맞다. 술 먹고 필름이 끊기는 내 주벽을 응징하기 위해 그녀가 앤디를 시켜 내 실언을 녹음했던 것이다. 그 덕에 나는 빼도 박도 못하고 오늘 하루 종일 아니 내일까지 앤디의 꽁무니를 따라다녀야 하지 않는가.

이번엔 내가 그녀의 명을 받아 앤디를 응징할 차례였다. 녀석의 쇼핑 욕구에 찬물을 끼얹고자 구두 매장으로 가보니, 놈은 새 구두를 가져온 여점원에게 농담을 던지고 있었다. 여점원은 과하게 웃고는 미소를 지으며 앤디의 발에 신발을 신겨주었다. 몇 번 신발을 신겨주고 골라주고 하며 친분을 텄는지, 앤디는 여점원과 편하게 말을 주고받았다. 젠장, 누가 보면 여자친구가 구두 골라주는 걸로 오해하겠다. 여점원도 앤디가 싫지 않은지 수시로 아이컨택을 하며 하얀 치아를 드러내 보였다. 순간 사위가 낯선 여자에게 추파를 던지는 걸 본 장인어른이라도 된 것 같은 묘한 기분이 들었다. 나는 인상을 찌푸리며 앤디 앞에 가 그를 내려다보았다. 의자에 앉아 새로 신은 신발을 살피던 앤디가 무슨 일 있냐는 듯 나를 올려다보았다.

"대체 언제까지……."

녀석이 말도 끝나기 전에 일어나 내 앞에 섰다. 굽이 높은 구두였는지 한 뼘은 더 높아진 키로 나를 내려다보았다.

"마지막. 짠. 어때요?"

놈이 신은 구두를 보았다. 그 구두는 이상한 장식이 있고 굽도 높아 정장구두로는 애매해 보였다. 한마디로 별로였다. 나는 골탕을 먹이기로 했다.

"걸어봐요."

앤디가 모델이라도 된 것처럼 활보하며 나를 살폈다.

"지금까지 중에 최곤데요. 키도 완전 커 보이고."

녀석은 내 말이 마음에 드는지 엄지손가락을 들어 보이곤, 여점원에게 말했다.

"아가씨. 나 이걸로 할라요. 이분도 같은 걸로 하나 주시고."

젠장. 여점원이 내게 와 발 사이즈를 물었다.

이후로도 양말과 속옷, 반바지와 편한 티셔츠에 여행용 트렁크까지 하나 사고 나서야 쇼핑은 끝났다. 모두 고급 제품이었고 두 벌 세트였다. 앤디는 마치 할렘의 마약상처럼 현찰 뭉치를 반으로 접어 계산을 했다. 백화점에서만 줄잡아 100만 원은 넘게 쓴 거 같았지만 녀석은 아랑곳하지 않았고, 마치 가난한 친구에게 선심을 베풀듯 여유를 부렸다.

쇼핑을 마치고 택시를 잡아 여수로 향했다. 돌아오는 택시에서 앤디는 다시 '형님이라 부르는 누군가'와 통화하더니 기사에게 호텔명을 알려주었다. 삼십여 분을 더 달린 뒤 택시는 오동도가 마주 보이는 해변에 우뚝 선 고급 호텔에 멈추었다. 우리는 스위트룸에 투숙했다.

한창 휴가철임에도 앤디는 전화 몇 통화로 스위트룸을 아주 싼 값에 제공받았다. 신기하게도 '친형'을 제외한 '형님'들은 너나 할 거 없이 앤디에게 호의를 베풀고 있었다.

내가 먼저 샤워를 하고 나왔고, 뒤이어 앤디가 들어갔다. 애인과 묵어야 할 스위트룸에서 앤디와 교대로 샤워를 하고 있자니 영 찝찝했지만, 백화점에서 산 새 속옷과 반바지, 티셔츠를 입고 나니 상쾌한 기분이 들었다. 며칠간의 폭염에 쩐 옷을 입고 지내다가 샤워를 하고 새 옷을 입은 것이니 그럴 법도 했다.

창가로 가 보니 전망이 무척이나 훌륭했다. 화려한 조명으로 빛나는 돌산대교와 해변공원의 야경이 답답했던 마음을 탁 트이게 해주었다.

내일이면 제주도에서 재연을 보내주고 서울행 비행기를 탈 것이다. 그녀를 잘 배웅해주기 위해서라면 이 정도 고생은 감수해야 할 일이다. 어쨌거나 같이 다니며 앤디의 도움을 받은 것도 사실이다. 같이 다녀보니 앤디는 허세가 있고 저돌적이라 부담되긴 하지만 영악한 놈은 아니었다. 처음 불편했던 마음도 어느 정도 정리됐다. 우리는 그저 한 여자를 다른 시기에 좋아했다는 공통점을 지닌 사람들일 뿐이다. 누군들 같이 여행하는 게 쉽겠나. 나는 마음을 편히 먹기로 했다.

"밤바다. 죽이죠?"

돌아보니 앤디가 목욕타월로 하체를 두르고 상체는 내놓은 채 수건으로 머리를 닦고 있었다. 가뜩이나 반팔 티셔츠를 찢을 듯 위협하던 놈의 맨살 대흉근이 드러나 보이자 심히 부담스러웠다.

"여수 밤바다. 랄라라랄라. 아름다운 얘기가 있어. 라라랄라 라라라……."

모르는 가사는 라라라로 대신하며 앤디가 노래를 흥얼거리기 시작했다. 정말 여러 가지로 부담스러운 놈이 아닐 수 없다.

"옷 좀 걸치시죠. 근육 자랑 너무 하시는 거 아닙니까?"

"자랑은 무슨……. 요새 운동 못 해 근육 다 흘러내렸습니다."

말과는 반대로 앤디는 성난 헐크처럼 양팔을 아치형으로 만들며 가슴근육을 모았다. 나는 창밖으로 고개를 돌렸다.

"어때요? 나가서 여수 밤바다 제대로 느끼며 캔맥 하나 깝시다."

맨 정신으로 방 안에 둘이 있느니 차라리 그게 나을 듯했다.

호텔을 나와 택시를 타고 해변도로를 달렸다. 십 분이 채 되지 않아 우리는 만성리 검은모래 해변이란 곳에 도착했다. 밤 열시가 다 되어가는데도 젊은 사람들과 가족 단위 휴가객들이 해변에 돗자리를 깔고 앉아 치킨에 맥주를 먹고 폭죽을 터트리며 놀고 있었다.

앤디는 이곳이 〈여수 밤바다〉 노래의 배경이라며 자부심을 숨기지 않았다. 나는 그의 관광가이드 모드를 뒤로하고 바다 쪽으로 향했다. 다가가면 갈수록 베이스 리듬처럼 낮게 깔려 들려오는 파도 소리가 듣기 좋았다. 간간이 시원한 바닷바람이 불어와 더위를 잊게 만들었다. 나는 검은모래 해변의 검은 바다를 바라보며 서 있었다.

앤디가 두툼한 비닐봉투를 들고 내 옆으로 왔다. 우리는 해변에 앉아 보온병만 한 캔맥주를 땄다. 꿀럭꿀럭 녀석이 캔맥주를 숨도 안 쉬고 마셨다. 나도 지기 싫어 캔맥주에서 입을 떼지 않은 채 눈길을 돌려 놈을 살폈다. 내가 계속 캔맥주를 원샷 할 분위기로 마셔대자, 놈도 더 빨리 먹기 위해 캔맥주 바닥의 각도를 더욱 세웠다. 졌다. 나는 반쯤 마시던 걸 내려놓았고, 녀석은 다 비우고는 캔을 빠직 우그러트림으로 승리를 자축했다.

"해변에선 역시 캔맥이지. 느낌 알겠습니까?"

"여기 자주 왔나 봐요?"

앤디는 대답 대신 씨익 웃고는 우그러트린 캔을 수류탄 던지듯 바다로 던졌다.

곧 이런 몰상식한 놈을 봤나, 라는 주위의 불쾌한 시선들이 우리를 감쌌지만 민소매 티 양옆으로 산맥처럼 솟아 있는 앤디의 어깨와 등세모근을 보고는 저마다 눈길을 돌렸다.

이 사내는 행동에 거리낌이 없다. 자기 하고 싶은 대로 다 한다. 자신감과 허세가 넘친다. 하지만 그 뒤에 가려진 모습을 본 나로서는 속내의 상처도 보인다. 소심한 나는 처음부터 상처받지 않으려 웅크리고 있는 데 반해, 그는 일단 들이대고 부딪치는 스타일이다. 당연히 내상도 만만치 않을 것이다. 나처럼 심하게 예민하진 않아도 그도 상처를 받을 것이다. 근육은 단단하게 만들 수 있지만 내장은 그럴 수 없다. 그리고 내장에는 위장도 있지만 심장도 있다. 동행 내내 그의 심장박동을 들었던 것 같다. 덩치를 지탱하기에 그의 심장박동은 약해 보였다.

두 번째 캔을 따는 그에게 내가 물었다.

"괜찮아요?"

"뭘요?"

"돈도 많이 썼고……. 형이랑도 편친 않아 보이던데……."

"그깟 거 얼마 썼다고……. 나 아직 계 탈 것도 있고 승마시대도 곧 론칭한다니까. 지금 잠시 가물 때라 돈이 말라서 똥차 팔았지만, 재연이 보내주는 길 노자 마련했음 된 거 아뇨."

앤디가 목을 우둑거리곤 캔맥을 마셨다.

"글고 세균인 나랑 만날 그라요. 원래 연년생이 많이 싸우고 풀리고 그라는 거요."

"세균?"

"우리 형. 나는 병균, 갸는 세균."

나는 웃음이 터지려는 걸 애써 참으며 물었다.

"왜 그렇게 잡아먹을 듯 형이 덤비는 거죠?"

"지난번에 내려왔을 때 집 돈을 내가 좀 빌렸거든요. 그거 얼마 한다고 안 갚는다 난릴 부리니 나라고 보고 싶겠소."

"얼만데요?"

"한 5천 되나?"

"난리 날 만한데요."

"돈 그거…… 어차피 내 몫의 유산이거든, 뭐."

"아버지 돌아가셨어요?"

"돌아가진 않고, 산송장."

"예?"

"개만도 못한 인간……. 그거…… 어서 안 죽나 몰라."

앤디가 갑자기 핏발 서린 말투로 내뱉었다. 나는 딱히 할 말이 없어 가만히 있었다. 그가 성에 안 차는 듯 계속 내뱉었다.

"지 자식 이름에 세균이 뭐고 병균이 뭡니까? 돌림자 남은 거 없어 그랬다곤 하는데……. 이거 미친놈이지. 내가 몸뚱이 불리고 싸움 늘은 게 다 그것 때문이라고. 초등학교 때부터 놀림감이니 원……. 쌍 진짜 생각하면 내 열불이 나서……."

앤디는 다시 캔맥으로 분노의 원샷을 하고는, 내게 되물었다.

"왜? 당신 아버지는 인자하신가 보지? 하긴, 연희동 산다면서요? 부잣집에서 곱게 자라 공부도 많이 하고 출판사 들어가

책도 만들고……. 엄친아 같은 거요? 좋네. 좋아."

"그쪽만큼은 아니어도 나도 이름이 편하진 않아요."

"형씨는 이름은 괜찮지. 민중. 좋잖아. 근데 성이 고씨니 그렇긴 하네. 흐흐."

"여동생은 고민주."

"응?"

"민중. 민주. 통일. 자식 셋을 낳아 그렇게 이름 붙이려고 했답니다. 근데 그 똑똑하신 우리 아버지께서 왜 성을 합체해 읽을 생각을 안 했나 모르겠어요. 고민중이 뭡니까? 그래서 내가 맨날 소심하게 갈팡질팡 고민만 하다 이 지경입니다."

"크아. 그쪽도 정상은 아니네."

"근데 나랑 여동생만 낳았지. 셋째를 못 낳았어요. 통일을."

"그래서 우리나라가 통일이 안 되나?"

"통일을 위해 요새도 어디서 셋째 낳으려고 하는지 바쁘시긴 합니다."

"크하하핫!!"

앤디가 몸을 뒤로 젖히며 큰 소리로 웃어댔다. 말해놓고 보니 황당해 나도 웃었다. 앤디는 내 어깨를 잡고는 낄낄댔고, 전염된 듯 나도 웃음을 참지 못하고 킥킥댔다. 이젠 아예 어깨동무를 하고 앤디가 내게 건배를 권했다. 녀석의 불타는 통나무 같은 팔이 주는 열기와 무게를 느끼며 건배를 했다. 함께 맥주를 마시다 놈이 먼저 분수처럼 맥주를 뿜었고, 뒤이어 나도 폭죽

터지듯 뿜었다.

그날 밤. 여수 밤바다에 대고 아버지 욕을 나누며 그와 나는 조금 친해졌다. 우리 사이에 그녀가 아닌 다른 공통점이 생겨서 다행이라는 생각이 들었다. 재연에 대해 이야기하면 우리 둘 다 신경이 곤두서지 않을 수 없었다. 우리는 그녀에게 사무치도록 미안한 마음을 가진 남자들이었고 미련하게 뒤에서 질척이는 애인들이었고 그녀의 죽음을 원망할 자격도 없는 놈들이었다.

캔맥 한잔 하자던 게 어느새 열두 캔이 되어버렸다.

"그런데 앤디는 어디서 튀어나온 이름입니까?"

"원래 피트니스 트레이너는 영어 이름 쓰는 게 유행입니다. 전문성도 있어 보이고."

"내 말은 알렉스도 있고 제임스도 있고 한데 왜 앤디냐 이 말입니다."

앤디가 너 잘 걸렸다는 식으로 나를 살피고는, 가슴을 앞으로 쑥 내밀고 팔은 뒤로 펼친 채 고함을 지르듯 입을 벌리며 눈을 감았다. 이 뭔 개폼인가 갸우뚱하는 내게 녀석은 그 포즈 그대로 한껏 감정을 잡은 채 말했다.

"떠오르는 거 없소?"

"뭐요?"

김빠졌다는 듯 자세를 풀고 녀석이 외쳤다.

"〈쇼생크 탈출〉 몰라요? 쇼생크 탈출!"

앤디가 다시 아까 자세로 개폼을 잡았다. 녀석은 〈쇼생크 탈출〉 포스터에 나오는, 탈옥 후 비를 맞으며 자유를 만끽하는 팀 로빈스의 모습을 흉내 내고 있었다. 마르고 긴 팀 로빈스가 아닌 근육돼지가 그 자세를 취하니 알 턱이 있나.

"〈쇼생크 탈출〉이야말로 내 인생 베스트 오브 더 베스틉니다."

자세를 풀고 옆에 앉으며 놈이 말했다. 나는 스티븐 킹의 원작을 읽었기에 팀 로빈스가 맡은 배역의 이름을 정확히 떠올렸다.

"앤디 듀프레인. 그래서 앤디군요?"

"그치 앤디 듀……. 암튼 앤디. 천신만고 끝에 탈옥해서 쏟아지는 비를 맞는데 우르르 쾅쾅 번개가 치고……. 암튼 자유를 만끽하는 그 장면, 죽이지 않아요?"

"좋은 영화죠."

"형씨. 왜 그러시나. 이걸 단순히 좋은 영화라고만 할 수야 없지. 세계 최고의 영화라고. 세계 최고! 진짜 우리나라 인간들은 왜 그런 영화 못 만드는지 몰라. 그게 돈이 많이 들어? 뭐 로봇이 나와? 공룡이 나와? 외계인이 나와? 그냥 감옥 하나 만들어 놓고 그 안에서 다 찍으면 되잖아. 아니 감옥 하나 빌려서, 죄수들 말야 실제로 인상 더러운 죄수들 몇 데려다가 엑스트라 시키고 그럼 되잖아?"

앤디가 답답하다는 듯 목청을 높였다. 나는 논쟁하기 싫어 수긍한다는 눈빛을 보냈다.

"그렇지? 그렇게 생각하죠? 재연이한테도 내가 이렇게 말했더니, 걔 말이 그게 다 시나리오가 후져서 그렇다고 하더라고. 그래서 내가 그럼 재연이 니가 〈쇼생크 탈출〉 같은 거 한번 써 봐라, 그럼 대박 난다 그랬더니 재연이가……. 가만 내가 무슨 말을 하는 거지?"

"재연이가 뭐랬는데요?"

"아따. 됐수다. 우리 재연이 얘기 안 하기로 했잖아요."

"이미 잔뜩 털어놔놓고 뭔 소리예요. 말해봐요. 어서."

"재연이가…… 갑자기 우는 겁니다. 당황스러워서 혼났어요, 그때. 그때 처음으로 우는 거 봤거든."

앤디가 남은 캔맥주를 땄다. 혼자 비우려는 녀석의 어깨를 내가 툭 쳤다. 돌아보는 그에게 내 캔맥주를 가져갔다. 우리는 건배했다.

취기 속에서 긴장이 풀렸는지 서로에 대한 경계의 울타리가 허물어졌다. 앤디는 처음 납골당에서부터 나를 알아봤다고 했다. 그리고 국도변을 홀로 걷는 나를 보았을 때 곧바로 함께 납골당에서 그녀를 구해주자는 생각이 들었다고 했다. 나는 납골당에서 그녀의 뼈를 꺼내 들고 나올 때 얼마나 떨렸는지를 이야기했다. 앤디가 자기도 새벽에 모텔에서 그녀의 뼈를 들고 혼자 빠져나오며 떨렸다고 이야기했다. 나는 주먹으로 놈의 어깨를 때렸다. 그러자 앤디가 그때도 안 아팠고 지금도 안 아프다며 나를 물주먹이라 놀렸다. 뭐야 이 근육돼지? 근육만 있지 실속은 없을 거라고 하자 앤디가 발끈하고는 팔씨름을 제안했다. 팔

씨름을 하면 100퍼센트 질 거 같아서 나는 되레 씨름을 제안했다. 어릴 적부터 씨름은 발재간이 있어 좀 했던지라 그나마 해볼 만하다 생각했다.

우리 둘은 해변의 검은 모래를 딛고 섰다. 취한 숨결을 내뿜으며 서로의 반바지 윗부분을 붙잡았다. 주위 사람들의 시선이 느껴지자 승부욕은 더욱 자극되었다.

시작하자마자 나는 야무지게 안다리를 걸었다. 하지만 앤디는 꿈쩍하지 않았고 곧 내 몸이 후욱 들리더니 그대로 모래사장에 내동댕이쳐졌다. 끄응. 술이 확 깼고 엉치가 아파 일어설 수도 없었다. 그냥 팔씨름이나 할걸 하는 후회가 들었다. 킥킥거리며 앤디가 내 옆에 벌렁 누웠다. 일방적인 승부였지만 마치 일합을 겨룬 뒤 과거를 회상하며 우정을 다지는 무림의 고수들이 된 기분이었다.

"형씨. 우리 말 놓읍시다. 개띠 맞죠?"

"당신도 개요?"

"개지. 82 개. 왈왈."

취중이라 만사가 귀찮았고 그동안 존댓말과 반말을 오가느라 짜증 난지라 나도 수긍했다.

"그럽시다. 왈왈."

"왈왈왈."

"왈왈왈왈."

밤하늘에 그렇게 짖어댔다. 사람들이 우리를 개무시했다.

"아따. 인나라. 제주 안 갈 거냐?"

숙취에 골골대는 나를 앤디가 깨웠다. 아침 일곱시였다. 비행기 놓친다며 녀석이 반말로 재촉해댔다. 지난밤 말을 트기로 한 게 떠올랐다. 반말로 전라도 사투리를 들으니 좀 함부로 대해진다는 기분이 들었다. 녀석이 고향을 뜨는 대로 사투리를 자제해주길 바랄 뿐이었다.

어제 산 와이셔츠와 정장바지에 새 구두를 신고, 기존의 옷과 신발들은 트렁크에 넣었다. 앤디는 트렁크를, 나는 보충제 통을 담은 가방을 메고 호텔을 나섰다.

택시를 타고 해장국집으로 향했다. 들어가자마자 앤디가 쎄미탕 2인분을 주문했다. 다시 관광가이드 모드가 된 앤디가 쎄미는 쑤기미라는 생선이라며 못생긴 게 해장에는 죽인다며 자신 있어 했다. 잠시 뒤 나온 쎄미탕 한 사발을 비우고 나니 정신이 들었다. 아구도 그렇고 곰치도 그렇고 역시 못생긴 생선이 해장에는 으뜸이다.

다시 택시를 타고 여수공항으로 달렸다. 앤디 덕에 잘 자고 잘 먹고 여수를 떠나게 되었다. 하지만 마음이 불편한 건 사실이었다.

누가 쏜다고 좋아하지 마라. 그거 다 빚이다. 철두철미하신 아버지께서는 그렇게 말하셨다. 그래서 본인도 남에게 쏘거나 호의를 베풀지 않으셨다. 아버지의 학원은 아무리 매출이 올라도 강사들과 직원들에게 보너스 한 번 없었다. 아버지는 탐욕스러웠다. 어린 내가 볼 때도 그랬다. 내 과외 선생이었던 아버지 학원의 강사는 대놓고 아버지의 뒷담화를 내게 해댔다.

자식들 이름을 자기 가치로 지을 만큼 민주화 운동을 그리 열심히 하셨던 분이, 정작 자기 학원의 강사들과 직원들에게는 아프리카 독재국가의 국왕처럼 굴었다. 아버지와 함께 학생운동을 했고 학원의 초창기부터 참여해 이사로 재직했던 친구분이 떠오른다. 고교 시절 아무 생각 없이 아버지 학원의 수업을 듣고 나오다 그가 교무실에서 나오며 아버지를 향해 고함치는 소리를 듣고 말았다.

"그냥 너 혼자 잘 먹고 잘살려고 차린 학원이라고 솔직히 말을 하든가. 이 씨발놈아!"

강사들이 모여 선 채 그분의 일갈을 바라보고 있었고, 아버지는 표정관리를 하며 상황을 수습하고 있었다. 그분의 고함이 더 들려왔고 친구들이 수군대기 시작했다. 나는 서둘러 먼저 학원을 나가야 했다.

"뭘 그리 골똘히 생각하쇼?"

'너 땜에 자꾸 아버지 생각이 난다. 이놈아'라고 말할 순 없고 그냥 창밖만 바라보았다.

여수공항에서 앤디가 끊어 온 표를 받아보니 비즈니스다. 잠깐일 텐데 뭘 비즈니스까지 끊었냐고 물으니, 자긴 덩치 땜에 원래 이코노미 안 탄단다. 정말 화끈하고 고마운 친구가 아닐 수 없었다.

생전 처음 타본 비즈니스석은 매우 마음에 들었다. 비행시간이 한 시간도 안 되는 게 서운할 지경이었다. 이것도 이리 좋은데 일등석은 또 얼마나 좋을까? 아서라. 일등석 바라기보다 10년에 한 번 타는 비행기나 자주 탔으면 좋겠다.

비즈니스석은 스튜어디스도 더 예뻤다. 이마가 반듯하고 귀여운 강아지상 미녀였다. 그래서 그녀가 설명하는 대로 열심히 따랐다. 구명보호대 사용법을 경청하고, 스마트폰을 에어플레인 모드로 돌렸다. 시간을 보니 오전 아홉시가 조금 지나 있었다.

이제 출발하면 열시에는 제주도에 도착할 것이고, 공항을 나와 차를 렌트하고 바로 그녀가 좋아했다는 오름으로 가면 된다. 늦어도 해가 지기 전에는 그녀를 보내주고 서울로 갈 수 있을 것이다.

자꾸 실패를 거듭해서인지 난감하게도 그녀를 보내주는 것이 해치워야 하는 일처럼 되어버린 게 사실이었다. 그래. 어떤 면에서는 일이었다. 갑작스럽게 절도행각을 벌여, 며칠간을 불편한 사람과 동행하며, 직장을 작파하고 돈을 써가며, 그녀가 정말 좋아하는 곳을 찾아야 했던, 무척이나 힘든 일이었다.

누군가를 사랑하는 순간만큼은 그 사람 없이 살 수 없지만, 늘 그럴 수는 없는 법이다. 사랑은 일상이 될 수 없다. 인간은 주인만 보면 언제나 기뻐하고 같이 있는 내내 주인을 갈구하는 강아지가 아니다. 인간은 사랑을 지속하는 힘을 지닌 동물이 아니다. 하물며 죽은 애인이야 어찌하겠는가? 그래서일까 나도 모르게 지쳐가는 여정 속에서 그녀를 보내주는 이 일을 감당하는 게 무리인 듯해 계속 마음이 불편했다. 그저 오늘의 마지막 순간까지 최선을 다해 그녀를 보내주는 것만이 내가 그녀에게 속죄하는 길이라는 생각이 들었다.

비행기가 활주로에서 이륙했다. 척추가 뻐근해지며 몸이 가벼워지는 기분이 느껴졌다. 창밖으로 보이는 집들과 들판, 바다가 한순간에 작아지며 고요해졌다.

내가 창밖을 보는 동안 앤디는 별말이 없이 잠들어 있는 듯했다. 아침부터 서둘러댔으니 그럴 법도 하다. 하지만 곧 앤디가 나직한 목소리로 무어라 말하는 게 들렸다. 고개를 돌려 보니 앤디는 음료수를 가져온 스튜어디스의 귀에 대고 작게 말하고 있었다. 이륙 전 구명보호대 사용법을 알려주던 강아지상의 미녀 스튜어디스는 환한 미소로 앤디에게 답하고 있었다. 감정노동으로 보이지 않는, 호감 어린 미소가 앤디에게 전해지는 걸보자 짜증이 났다. 무슨 개소리로 또 여자에게 껄떡대는 거냐.

기분이 더러워진 나는 고개를 돌려 창밖을 주시했다. 뭐지? 이 과한 짜증은. 생각해보니 나 역시 미녀 스튜어디스의 첫인상에 호감을 가졌던 것 같다. 그렇다고 나는 뭘 어쩔 사람이 아니다. 지금 그녀를 보내주러 가는 마당에 더욱 그럴 수는 없는 거다. 그런데 앤디 저놈은 내가 결코 하지 못할 행동을 천연덕스럽게 해치우고 있다. 질투는 부러움에서 나온다. 그리고 놈과나는 원래 연적이 아닌가. 우리 둘 사이에 질투는 옵션이 아니라 필수항목이다. 저런 놈이랑 어제 함께 취해 말을 트고 친구를 먹었다니, 다 술이 원수다. 다시 숙취가 몰려드는 기분에 물을 마시려고 스튜어디스를 불렀는데, 하필이면 방금 그 스튜어디스다.

잠시 뒤 그녀가 물을 가져다주었다. 한 모금 마시고 숨을 고르는데 앤디가 툭 옆구리를 찔렀다. 돌아보니 앤디가 손에 쥔 무언가를 흔들며 한쪽 입꼬리를 올렸다. 쪽지였다. 여자의 필체로 전화번호와 이름이 남겨진. 앤디는 방금 지나간 스튜어디스 쪽을 눈짓하며 이번엔 입을 한껏 찢는 웃음을 보였다. 더 이상 참을 수가 없게 된 나는 놈의 귀에 대고 작지만 힘 있는 목소리로 말했다.

"너 지금 재연이 보내주러 가면서 이게 무슨 짓이야?"

앤디가 몸을 뒤로 빼며 외계인 보듯 나를 바라보았다.

나는 할 말 있으면 해보라는 듯 녀석을 뚫어지게 노려보았다. 놈이 몸을 내게 기울여 말했다.

"그럼 지가 알아서 주는데 안 받아? 내가 뭘 어쨌다고?"

"아니 땐 굴뚝에 연기 나? 니가 아까 저 여자한테 작업 건 거잖아."

"진짜 억울하네. 딱 두 가지 물었다. 제주 사느냐고. 제주 살면 렌터카 업체 좀 추천해달라고. 짜샤. 가서 빨리 렌터카 구해야 하니까 그것 좀 물은 걸 가지고 뭐가 어째? 나 안 껄떡댔거든!"

우리는 입을 가린 채 서로의 귀에 교대로 단검 같은 말을 나직이 찔러댔다. 다시 내 차례였다.

"그러기만 했는데 쪽지로 번호를 줬다고? 만약 그랬더라도 아이컨택 하고 근육에 힘 빡 주고 허세 부렸겠지. 그러니까 줬지."

"와, 이 자식 이거 진짜 생사람 잡는 데 뭐 있네……. 불러와? 저 언니 불러와 함 물어볼까? 내 말이 맞나 안 맞나?"

나는 녀석이 스튜어디스를 향해 손을 드는 걸 겨우 제지시켰다. 남부끄럽게 어쩌려고. 진짜 꼴통 새끼가 아닐 수 없다.

앤디는 여전히 억울하다는 듯 볼이 나와 있었다. 마치 볼에 근육이 있기라도 한 것처럼 탱탱해 보이는 게 거기다 따귀를 날리면 참으로 시원할 것 같았다. 나는 따귀를 날리는 대신 따지기를 이어갔다. 2차전이 시작됐다.

"그럼 찢어버려."

"뭘?"

"그 쪽지. 번호 적힌 거."

"그걸 왜?"

"거봐."

"보긴 뭘 봐?"

"안 버린다는 건 연락한다는 거잖아."

"그거야 준 사람 성의가 있으니까 그런 거 아니야. 연락은 뭔 연락."

"연락 안 할 거면 버려. 아님 나한테 넘겨. 내가 버려주지."

앤디가 혀를 차며 나를 살폈다.

"너 혹시 샘나서 그러냐? 너야말로 저 여자 번호 따고 싶은 거냐?"

나는 어이가 없어 입이 떡 벌어졌다.

"미친놈. 너 말야, 잘 봐. 넌 지금 재연일 보내주는 건 관심도 없고 저 스튜어디스한테 관심 있는 거 맞거든. 봐봐. 너 아까 번호 딴 거 자랑했잖아. 작업 성공한 거 자랑하는 거지. 한마디로 의도가 있었던 거야. 너 자신은 원래 바람둥이라 몰랐을 수도 있겠지만, 결과적으로 너 작업한 거 맞다고."

"와. 독심술 쩐다. 너 심리학 박사냐? 암튼 먹물들은 말야 이상한 논리로 사람을 병신 취급 한다니까……. 마음대로 생각해라. 깐돌이 같은 새끼야."

"뭐?"

나도 모르게 목청이 높아졌다. 스튜어디스가 우릴 향해 다가왔다. 문제의 그녀였다.

"손님. 무슨 일이라도……."

미처 반박하기도 전에 앤디 녀석이 내 말을 가로막았다.

"얘가 오늘 비행기 처음 타거든요. 기내식 왜 안 주느냐고 물어서 내가 없다고 하니까 짜식 놀라서 그런 겁니다. 흐흐."

"아하하, 예."

그녀가 웃음으로 맞장구치고는 나를 돌아보았다.

"손님 물이라도 더 드릴까요?"

나는 대답 대신 손만 들어 사양을 표하고는 앤디를 불같이 노려보았다. 앤디는 눈썹을 치키며 뭔 일 있었냐는 듯 시치미를 뗐다. 아, 불같은 분노가 단전 깊숙한 곳에서 올라오기 시작했다. 당장이라도 여길 뛰쳐나가고 싶었다. 역시 적과는 한배 아니 한비행기를 타는 게 아니다.

내가 화난 걸 눈치챘는지 앤디가 내 눈치를 살피는 게 느껴졌다. 이대로 간다면 자기도 편하지는 않을 것이다. 나는 신경 쓰지 않고 창밖만 바라봤다. 그러자 앤디가 내 어깨에 살짝 손을 얹었다. 분노를 감추지 않고 돌아보자 앤디가 눈썹을 팔자로 만들고는 내게 무언가를 건넸다. 쪽지였다.

"가져. 친구가 원한다면 까짓것."

뭐야. 이 자식은 진짜 내가 이 번호를 원해서 그런 거라 여겼단 말야? 순간 나는 화가 나기는커녕 막막함을 느꼈다. 고릴라와 대화를 해도 이것보단 낫겠다. 오냐 이 자식아, 말이 안 통하면 행동으로 보여주마.

나는 고릴라가 바나나 낚아채듯 놈이 건넨 쪽지를 낚아챘다.

그리고 입으로 가져가 잘근잘근 씹어 꿀떡 삼켜버렸다.

녀석의 입이 떡 벌어졌다. 역시 놈에겐 동물의 언어를 사용할 필요가 있었다.

제주

제주공항을 나오자마자 앤디는 트렁크를 끌고 맨 끝 게이트
로 향했다. 나는 말없이 뒤를 따랐다. 게이트를 나서자 마을 앞
장승처럼 야자수들이 떡하니 서 있어 이곳이 제주임을 상기시
켜주었다. 앤디는 사람들이 줄 서서 타고 있는 셔틀버스로 향했
다. 살펴보니 렌터카 업체 전용 셔틀버스였다. 우리는 셔틀버스
에 올라 자리에 앉았다. 앤디는 여기서 렌터카 업체 셔틀버스
타라고 알려준 게 아까 그 스튜어디스라며, 자기는 그런 것만
물은 거라고 다시 구시렁댔다. 역시 구린 놈이 말이 많은 법. 나
는 그 얘긴 그만하자고 했다.

셔틀버스는 부근의 렌터카 회사 주차장으로 향했다. 그곳은
마치 중고차 시장처럼 차들이 종류별로 주차되어 있었다. 앤디
는 렌터카 직원에게 원하는 차종을 요청했다.

나는 후텁지근한 제주의 더위에 와이셔츠 단추를 하나 더 풀었다. 고개를 드니 새파란 하늘을 태평양에서 몰려온 구름 더미들이 잠식해가고 있었다.

그리고 한라산이 보였다. 중턱에 턱시도처럼 구름을 두른 채 크고 느긋하게 섬 위에 군림하고 있었다.

앤디의 말이 사실이다. 재연은 제주도를 사랑했다. 남해에도 산이 있고 바다가 있지만 제주도는 스케일이 다르다. 그녀는 내게 제주도에 가자고 몇 번이나 말했다. 나는 늘 시간이 없다 비행기 타기가 번거롭다 등을 이유로 거절했지만, 사실은 그녀가 전 남친과 제주도를 여행했다는 걸 알고 있었기에 그랬을 뿐이다. 그때의 전 남친, 바로 지금 내 뒤에서 보험 안 해도 되니 보험료는 빼달라고 렌터카 직원에게 우기고 있는 저놈 말이다.

그녀가 내게 마지막으로 제주도 여행을 제안한 건 우리 둘 사이가 얼마간 경직되어 있던 시절이었다. 바로 그녀가 내게 책을 낼 수 없다고 한 시점이었다.

무슨 이별통보도 아니고 갑자기 책을 안 내겠다는 그녀에게 나는 계약까지 들먹이며 낼 수밖에 없다고 했다.

"미안해. 그냥 자기가 잘 정리해줘."

그 말뿐이었다. 말은 그렇게 하지만 진심이 담긴 표정에 대고 화를 내기도 힘든 상황이었다. 나는 숨을 고르고 그녀에게 물었다.

"이유가 뭔지 말해줄래. 나를 납득시켜줘야 나도 회사를 설득하지."

"설명할 수가 없어. 책을 내면 안 되게 되었을 뿐이야. 설명할 수 없으니 어려운 부탁이란 거 알아. 하지만 나를 위해서 더 묻지 말고 계약을 파기해줬으면 해."

"……."

"계약금은 이번 월급 들어오면 바로 돌려줄게."

"지난달 월급도 못 받았잖아. 너."

"이번 달엔 수금된다고 피디가 말했어. 일단 한 달 치라도 준다고 했으니까 갚을 수 있을 거야."

"알았어. 왜 안 내는지 묻지 않을게. 근데 너…… 진짜 그 작품 안 내도 후회 안 해?"

"그런 것도 묻지 말아줬으면 좋겠다. 내가 좀 힘들어."

"애인이라면 힘든 거 나눠야지. 안 그래? 나 너한테 그냥 출판사 직원인 거야?"

그녀는 대답 대신 미안함과 서운함이 섞인 표정으로 나를 바라보았다. 그때 나 자신의 마음속에서 무슨 감정이 솟았는지 모르겠다. 분명한 것은 더 몰아붙이지 않았어야 했다는 거였다.

"알았어. 내가 어떻게든 처리할게. 대신 앞으로 다시는 나한테 책 내잔 말 하지 마라. 알았어?"

내가 말했다.

그녀가 돌아서 갔다. 나는 그녀를 잡지 않았다.

나는 회사에 저자 사정으로 책을 내지 못한다고 말했다. 대표는 그럼 그렇지라는 표정으로 나를 훑고는 대뜸 헤어졌느냐고 물었다. 눈치 백단인 대표는 이미 알고 있었다. 그러고 나를 위로한답시고 애도 작품도 별로니까 잘 정리하라고 했다. 헤어지지도 않았지만 밝힐 필요도 없었고, 그렇다고 그녀를 변호할 수도 없었기에 기분은 더욱 나빠졌다.

나는 회사에서 계약 파기에 동의했다는 내용을 알리려고 그녀에게 문자를 보냈다. 일주일 만이었다. 사귀고 1년 동안 그렇게 오래 연락을 끊은 건 처음이었기에 무척 낯설었다. 그녀는 고맙다는 답과 함께 주말에 만나자고 덧붙였다.

주말의 만남에서 그녀는 어색함을 지우려 밝은 표정으로 내게 제주도에 가자고 했다. 나는 돈도 없고 그럴 마음도 아니라고 거절했다. 그녀는 어제 피디와 담판을 지어 밀린 월급을 받았다며 계약금도 반환하고 여행비도 자기가 댈 테니 걱정하지 말라며 다시 한번 졸랐다.

나는 계약금은 천천히 반환해도 좋고 여행비 댈 돈은 생활비로 모아두라고 했다. 내 옹졸한 반응에 그녀가 마음이 상한 게 느껴졌다. 그럼에도 나는 그날 마음을 풀지 못했다. 우리는 숙제하듯 개봉영화를 보고 커피를 마시고 헤어졌다.

얼마 뒤 그녀는 홀로 제주도를 다녀왔다. 홀쩍. 그때 이 섬에서 그녀는 어떤 생각을 했을까? 돌아와 만난 자리에서 그녀는 올레길 코스를 걷고, 다시 찾아가보고 싶던 오름을 오르고, 가보지 않은 한라산 등반 코스에 올랐다고 했다. 많은 여자들이 혼자 여행하는 이유에 '정리'라는 단어를 썼다고 한다. 그녀는 육체를 지치게 하며 마음을 정리했겠지. 그리고 나라는 우유부단한 인간에게는 자신이 결정을 내려줘야 한다고 생각한 거였겠지.

"선물."

그녀가 주먹 쥔 손을 펼치자 엄지손톱만 한 붉은 돌 하나가 눈에 들어왔다.

"이게 뭐야?"

"화산송이. 제주도잖아."

"…… 제주도 하면 감귤초콜릿 뭐 그런 거 아닌가?"

그녀가 내게 눈을 흘기곤, 화산송이를 내려다보았다.

"누구 선물 같은 거 챙길 생각 안 했어. 집에 돌아와 제주 여행 내내 신었던 운동화를 벗다가 보니까 바닥에 뭐가 박혀 있는 거야. 그러니까 신발 바닥에 이게 박혀 있더라고. 그것도 모르고 계속 녀석이랑 같이 걸은 거지 뭐야. 잘 봐. 적당히 닳아서 붉게 빛나고 있다고. 보석 같지 않아?"

나는 고개를 숙여 화산송이를 살펴보았다. 재연의 말대로 당장이라도 붉은빛을 뿜어낼 것 같았다.

"신고 다니는 동안 불편하진 않았어?"

"아니, 생각해보니 이 녀석이 유일하게 여행에 동행해준 거잖아. 오히려 고맙더라고."

"…… 그렇구나."

"자, 받을 거야 안 받을 거야."

나는 손을 뻗어 그녀의 손에 놓인 작고 붉은 화산송이를 받았다. 생각보다 가벼운 그것을 살짝 움켜쥐어보았다.

"아끼는 녀석이니까 잘 간직하도록 해."

"사연 듣고 보니 특별한 거네. 고마워."

나는 그녀의 선물을 외투 호주머니에 넣어두었다.

얼마 뒤 그녀는 내게 헤어지자고 말했다. 화산송이는 준비된 마지막 선물이었다.

앤디가 고른 자동차는 정체를 알 수 없는 외제 오픈카였다. 리드미컬하게 운전대를 돌려 렌터카 주차장을 빠져나오며 앤디는 이 차의 장점에 대해 늘어놓았지만 나는 잘 모르는 얘기였고, 다만 한 가지를 짚고 넘어갔다.

"우리 지금 놀러가는 거 아니잖아. 왜 이런 화려한 차를 빌려야 했는지 잘 모르겠지만……."

"왜 그러냐면 말야……."

앤디가 내비를 찍으며 뜸을 들였다.

"이 차가 그때 재연이랑 같이 타고 다녔던 차거든."

뭐라 할 말이 없었다. 앤디가 찍은 내비에는 무슨 식당의 이름이 찍혀 있었다.

"그럼 지금 가려는 저 식당도 재연이랑 같이 간 데냐?"

"물론이지. 갈치조림 진짜 맛있게 먹었거든. 재연이가."

"……."

"왜? 배 안 고파? 이왕 밥 먹고 가야 하는 거 그때 재연이가 좋아하던 데 가주고 가면 좋잖아."

뭐라 할 말이 없었다. 그의 말에 동의해야 할지, 아니면 반박하고 이 차에서 뛰쳐나가야 할지. 적어도 차가 비행기보단 뛰쳐나가기 쉬워 보였다.

내 표정이 좋지 않자 앤디가 입을 열었다.

"야. 내가 제대하고 광주 살 때 말야, 프로야구에 빠져 동호회 활동을 했거든. 타이거즈마니아라고. 기아 경기 있으면 맨날 무등경기장에서 단관했다고."

"단관?"

"단체 관람. 암튼 그때도 기아는 성적이야 개판이었지만 이겨도 좋고 져도 좋은 게 응원이라고. 그리고 타이거즈마니아를 줄여서 타마라고 했는데, 타마 회장 누나가 갑자기 교통사고로 죽은 거야. 나보다 나이도 두 살밖에 안 많았는데. 진짜 그 누나가 열정이 넘치고 야구 엄청 해박하고 동호회 애들 잘 챙겨주고…… 진짜 좋은 누나였는데 말야……."

"그 얘길 지금 왜 하는데?"

"들어봐라, 좀. 암튼 그 누나가 그렇게 죽고 우리가 누나 보내줄 때 어떻게 했는지 알아? 우리가 늘 함께 응원하던 무등경기장 1루 응원석 우측 블록 거기로 누나 유골함을 가져갔어. 가져가서 같이 마지막으로 기아 경기 보고 누나 보내줬다고. 물론 그날도 기아가 져서 기분이 좆같긴 했지만, 우린 누나가 좋아했을 거라 믿는다. 왜냐고? 누나는 그날그날 승부에 연연하지 않았거든. 누나는……."

"그래서 지금 그 누나한테 했듯이 재연이도 제주도 같이 다녔던 곳 다 도장 찍고 보내자는 거야? 내 말이 맞지?"

"똑똑하긴, 짜식."

"싫다. 이건 너랑 재연이 추억이야. 내가 왜 끼어들어 그래야 하는데?"

신호대기에 걸렸고 차가 멈췄다. 앤디가 목을 까딱거렸다.

"그게 그렇게 되네……. 니랑은 아니다 이거지……. 그렇긴 한데……."

"나 남해 가서 재연이랑 같이 간 식당 찾아가고 다랑이논 가서 막걸리 먹고 금산 오르고 그러지 않았다. 해변, 거기만 찾아갔다고. 보내주러. 우리, 재연일 보내주는 데만 집중하자고."

내가 이유를 들어 말하자 앤디는 고개를 숙였다. 뭔가 고심하는 표정이었다. 신호가 바뀌었는지 뒤에서 빵빵댔다. 앤디는 꿈쩍도 안 했다. 차들이 우리 차를 돌아가며 노려보는 게 느껴졌다. 오픈카라 더 후끈거렸다. 마침내 앤디가 고개를 들어 나를 돌아봤다.

"알았다. 친구니까 내가 양보한다."

"……."

"밥은 먹고 가자. 어쨌거나 밥은 먹어야 할 거 아냐."

"대신 밥만 먹고 바로 오름으로 가는 거다."

내가 다시 도장을 찍었고, 앤디가 고개를 끄덕이고는 액셀을 밟았다.

차는 어느새 한라산을 끼고 달리고 있었다. 왼편으로는 한라산의 늠름한 모습이 어른거렸고, 오른편으로는 멀리 바다가 햇살을 받아 빛나고 있었다. 바람은 오픈카를 강하게 스치며 머릿속을 맑게 해주었다. 앤디와의 실랑이도 이제 그만이고, 유골함 속 그녀의 뼈도, 이제 그녀가 좋아하던 곳에 보내줄 수 있게 되었다. 한결 마음이 가벼워진 나는 크게 숨을 들이쉬었다. 앤디에게 야박하게 말하긴 했지만 나 역시 그녀가 좋아했던 이 풍광과 햇살, 바람을 한 점이라도 더 느끼고 싶은 마음이었다.

한 시간 정도 달려 도착한 섬의 서쪽 끝 식당에서 갈치조림에 고등어구이를 먹었다. 갈치조림은 환상적이었고 그렇게 큰 고등어구이도 처음이었다. 바로 오름으로 가자고 했던 게 미안할 정도로 맛있었고, 재연이가 정말 맛있게 먹었을 거란 걸 인정하지 않을 수 없었다. 자취하면서도 손이 많이 가는 생선 요리를 곧잘 해먹던 그녀였다. 남이 차려준 이렇게 맛있는 생선 요리라면 그녀가 얼마나 좋아했을까?

그럼에도 앤디와 나는 별말 없이, 마치 제삿밥을 먹듯 먹었다. 어쩔 수 없이 그녀와의 기억을 음미하며 먹었기 때문일까? 둘 다 이제 그녀를 보내줘야 한다는 생각에 숙연함이 고조되기 시작했다.

문제는 식사를 마치고 나와 차에 올라 벌어졌다.

엄청나게 당황스럽고 믿을 수 없이 황당한 문제였다.

앤디 이 녀석을 갈아 먹어도 시원치 않을 사태였다.

내비를 켜고 오름 이름을 찍으려던 녀석이 갑자기 동상처럼 굳어버렸다.

앤디는 오름의 이름을 떠올리지 못했다.

그녀가 가장 좋아했다던,

그녀가 영영 머물고 싶다고 했던,

그녀를 마지막으로 보내주려던,

그 오름의 이름을 그놈 새끼가 까먹은 것이었다.

동상처럼 굳어 있던 녀석은 내게 고개를 돌리고 입술을 떨며 물었다.

"그, 그 오름 이름 기억 안 나냐?"

"뭘?"

"내가 말한 적 있지? 재연이가 좋아했다는 오름 말야. 지금 가려는……."

"그걸 내가 어떻게 알아?"

"…… 내가 어제 제주도 가야 한다 그럴 때 이름 말하지 않았나?"

"말 안 했거든. 진짜 까먹은 거냐?"

"……."

"머리를 굴려봐. 이 바보야!"

"그게 아우 진짜…… 많이 유명한 데가 아니라서……. 그래도 나름 사람들 많이 오던데……."

"야 이 멍청아! 그걸 지금 말이라고 해? 빨리 생각해내란 말야!!"

"가만 좀 있어봐! 좀!! 자꾸 그럼 더 생각 안 나거든."

"……."

나는 잠자코 앤디 녀석이 안 돌아가는 머리에 열을 내며 오름의 이름을 떠올리는 걸 바라봤다. 녀석은 이마에 땀이 송글송글 맺힌 채 숱 무성한 머리칼을 헝클어트리며 중얼댔다.

"섰다오름? 폈다오름? 새리오름? 새비오름? 사라리오름? 비다미오름? 비담오름?"

아우, 그 모습을 보고 있자니 더위와 짜증이 온몸을 감쌌다. 나는 참지 못하고 차에서 내려 담배를 빼 물었다.

놈은 운전석이 변기라도 되는 양 버티고 앉아 변비환자가 괴로워하듯 온몸을 쥐어짜며 생각이란 걸 했다. 생각이란 게 있다면 말이다. 담배를 세 대째 피우며 살펴봤지만 진전은 없어 보였다. 놈은 벌서듯 계속 거기 앉아서 미동이 없었다. 머리에 똥만 찬 놈임에도 똥 한 방울 나오지 않는 듯했다. 참다 못한 나는 담배를 비벼 끄고 다가갔다.

"스마트폰 놔두고 뭐해? 오름 검색해서 이름 찾아보면 되잖아!"

"그게 말야……. 이름이 전혀 기억이 안 나. 정말 한 글자도……."

"아우, 그럼 오름 중에 유명한 데 몇 군데 가보면 되잖아. 제주도 뭐 서울만 하지 않나? 지금부터 찾아보자고."

녀석이 나를 한심하다는 듯 쳐다보고는 한숨을 내쉬었다.

"제주에 오름이 200개 정도 있거든. 유명한 것만도 수십 개 되고. 일일이 찾아보려면 3박 4일은 걸릴 거다."

녀석이 백정의 처분을 기다리는 돼지처럼 나를 올려다보았다.

어쩌라고? 나는 놈에게 등을 보이고 여섯 번째 담배를 빼 물었다.

열불이 나는 데다 뙤약볕까지 내리쬐니 더 이상 참을 수가 없었다. 더위를 피할 방법은 녀석의 차로 가는 수밖에 없었다. 앤디는 오픈카의 뚜껑을 닫고 에어컨을 켠 채 운전석에 앉아 있었다. 문을 열고 들어가니 시원한 바람이 몸을 감쌌다. 처음 국도변에서 놈의 차를 얻어 탔을 때가 생각났다. 시간을 그때로 돌리고만 싶다. 그럴 수만 있다면 나는 탈진해 길바닥에 졸도하는 한이 있어도 놈의 차를 얻어 타지 않을 것이다. 그녀를 자유롭게 해주자고? 미친놈들이다. 우리는 다시 그녀를 가지고 싶었을 따름이었다.

앤디는 스마트폰으로 오름을 검색하며 입으로 음식 맛을 보듯 우물우물 오름의 이름을 되뇌고 있었다. 그런다고 놈이 기억해낼 것 같지가 않아 나는 나대로 검색하기로 했다.

검색창에 오름을 치니 기생화산이 떴다. 오름은 기생화산의 제주도 방언이며 화산의 옆쪽에 붙어서 생긴 작은 화산을 말한다는 설명이 뒤따랐다. 그리고 제주도에만 370여 개가 있다고 하니, 앤디 녀석이 말한 200개 있다는 것도 잘못된 정보였다. 역시 믿을 구석이 하나도 없는 놈이다.

주요 오름을 살피려 보니 '제주도 오름 정보 콘텐츠 검색'이란 게 보였고, 그 아래로 제주 시내, 서귀포 시내, 한림읍, 애월읍, 구좌읍, 조천읍 등 지역별 분류가 되어 있었다. 나는 말도 붙이기 싫었지만 참고 입을 열었다.

"대충 어디쯤 있었던 거 같아? 무슨 읍인지 아느냐고?"

"그게, 내가 제주도 사람도 아니고 읍면동을 어찌 알겠냐."

"그럼 동서남북으로 말해보든가. 아님 제주도를 시계라고 치고 몇 시 방향이야?"

그러자 녀석이 검색을 멈추고 허공에 가상의 시계를 그리곤 손가락을 짚어 보였다.

"이쯤? 한 다섯시 방향? 서귀포 지나 위로 갔거든."

좋았어. 단서를 찾았다. 역시 검색도 머리를 써야 한다. 나는 빠르게 제주도 지도를 검색해 열었다. 앤디가 보물지도라도 보듯 내 스마트폰을 넘겨보았다. 앤디가 말한 다섯시 방향은 남원읍에 해당했다. 나는 정신 차리고 들으라고 하고는 제주도 오름 정보 콘텐츠 검색에 들어가 남원읍에 뜬 주요 오름을 앤디에게 읊었다.

"걸세오름."

"아닌 거 같은데."

"확실해?"

"어. 그건 확실해. 이름은 들으면 딱 알 거 같아. 되게 특이했거든."

"그럼 물영아리오름."

"아닌데."

"보리오름."

"보리 같은 그런 단어면 확실히 기억하지 않았겠냐?"

과연 그럴까? 회의감을 누르고 다시 읊었다.

"망오름."

"한 글잔 확실히 아냐."

"자배봉오름."

"절대 아냐. 봉자 안 들어가."

"사라오름."

"그런 오름도 있어? 외국 여자 이름이네."

"맞느냐고?"

"아니라고."

"그럼 물오름."

"한 글잔 아니라니까."

"마체오름."

"그것도 아닌데……."

나는 스마트폰을 대시보드에 던져버렸다.

"됐다. 백날 말해봐야 기억할 리가 없지."

나는 담배를 빼 물고 불을 붙여 한 모금 깊게 빨았다. 앤디가 내 눈치를 살피며 대시보드 위 스마트폰을 집어 들었다. 나는 불만을 뿜듯 담배 연기를 뿜으며 녀석이 내 스마트폰으로 남은 오름을 살피든 말든 상관하지 않았다.

한참을 꼼지락대던 녀석이 순간 잠잠해졌다. 살펴보니 앤디는 검색창을 내린 채 스마트폰 초기화면을 바라보고 있었다. 내가 그 모습을 살피자 녀석이 뭐라도 발견했다는 듯 내게 스마트폰을 들어 보였다.

"이거."

녀석이 페이스북 아이콘을 가리켰다.

"페이스북은 왜?"

나는 스마트폰을 녀석에게서 낚아챘다.

"재연이 걸로 들어가봐."

그렇다. 재연은 페이스북에 여행 사진을 올렸다. 아니다. 재연의 페이스북은 비공개가 된 지 오래다. 그녀는 나와 헤어지고 바로 페이스북을 비공개로 돌렸다.

"이미 비공개거든."

그러자 앤디가 자기 스마트폰을 꺼내 메모장을 열고는 살피기 시작했다. 이번엔 또 무슨 꿍꿍이지? 창문을 열고 담배를 버리는데 녀석이 내 팔을 툭 쳤다.

돌아본 나에게 앤디가 메모장을 보여줬다. 그곳엔 이메일과 비밀번호가 적혀 있었다. 그게 뭘 의미하는지는 즉시 알 수 있었다.

나는 페이스북을 켜고 내 계정에서 로그아웃하고는, 앤디의 메모장에 적힌 그녀의 이메일을 입력했다. 그녀가 주로 쓰던 네이버 메일이었다. 그리고 비밀번호는 'w1o9d8u2s'. 몇 가지 알파벳과 재연의 태어난 해를 조합한 거였다. 비번을 입력하고 기다리니…… 재연의 페이스북에 로그인이 되었다! 나는 앤디를 돌아봤다.

"어떻게 안 거야?"

"그거야 기본이지. 애인 사생활에 그렇게 무관심해서야 되겠냐."

"뭐? 애인이라도 비번은 알면 안 되지. 프라이버시가 있는데……."

"아야, 우리가 양놈들도 아니고 애인끼리 프라이버시 그런 걸 따지는 게 웃긴 거지."

"좋아. 그럼 이 비번 재연이가 알려준 거 맞아?"

"그건 말야……."

"맞냐고?"

"마, 맞다. 왜?"

웃기고 있다. 재연은 그런 걸 알려줄 사람이 아니다. 훔쳐봤건 조합을 잘 했건 비번을 알아낸 게 분명하다. 사람들은 그런 행동을 해킹 혹은 사생활 침해라고 한다.

좌우지간 서둘러 재연의 페이스북을 살피기 시작했다. 마지막 포스팅은 지난해 4월이었다. 비공개로 해놓았지만 그때까지만 해도 글과 사진을 꾸준히 올려놓은 게 보였다. 익숙한 글투와 그녀다운 사진들이 보이자 어느새 가슴뼈부터 뻐근해지기 시작했다. 앤디가 자기도 보겠다고 고개를 디밀었다. 나는 함께 제주도에 갔을 때가 언제인지 물었다. 앤디가 대답한 시절은 얼추 4년 전. 그녀가 페이스북을 막 시작한 시점이었다.

스크롤을 내리며 우리는 눈이 빠져라 스마트폰을 살펴보았다. 그녀의 페이스북 페이지에서 제주도 곳곳의 풍광이 쏟아져 나오고 있었다. 방금 먹은 것 같은 갈치조림도 보였고, 꽃처럼 예쁘게 접시에 썰어놓은 방어회도 보였다. 성산일출봉도 보였고, 낮고 검은 돌담도 보였다. 아기자기한 카페와 어김없이 빨간 등대가 등장하는 사진도 보였다.

오직 오름에 대한 사진만 보이지 않았다. 대신 오름으로 짐작되는 곳에서 찍은 사진 한 장이 눈에 들어왔다. 넓게 펼쳐진 제주의 벌판을 지나 해변과 바다까지 조망한 사진이었다. 말이 없는 친구처럼 그 사진엔 아무 설명이 없었기에 그것만으로 어느 오름에서 찍은 것인지는 분간이 가지 않았다. 나는 안타까워하며 스크롤을 되돌렸다. 그때 앤디가 외쳤다.

"여기. 이 카페. 여기 들렀다가 오름에 갔거든!"

나는 스크롤을 멈추고 사진을 클릭했다. 노르스름한 색깔의

벽에 커다란 창 두 개가 뚫린 단층의 카페였다. 창과 창 사이에는 작은 철제 의자가 두 개 놓여 있었고, 연두색 프레임의 자전거가 소품처럼 가게 앞에 서 있었다. 하지만 이것만 가지고는 카페가 어디에 있는지 알 도리가 없었다.

"카페 이름이 뭐야?"

"……."

"하긴 오름 이름도 까먹었는데 카페 이름을 기억할 리가……."

"저기! 저기 간판 있잖아! 보이지?"

앤디가 산삼이라도 발견한 심마니처럼 외쳐댔다. 앤디의 손가락이 가리킨 카페 문 왼쪽으로 작고 하얀 정사각형 간판이 눈에 들어왔다. 나는 사진을 클릭한 뒤 화면을 확대해보았다. 동시에 하얀 간판이 확대되어갔다. 앤디와 나는 뚫어져라 스마트폰 액정 창 속 하얀 간판에 박힌 글씨를 살폈다. 글자는 하나였다. 숑.

흔하지 않은 이름이다. 승산이 있다!

나는 곧바로 '제주 숑'이라고 검색창에 쳤다. 그러자 '공천포 카페 숑'이라고 적은 블로그 포스팅들이 줄줄이 나오기 시작했다. 나는 블로그 하나를 클릭해 그 안에 뜬 '카페 숑'의 외부 전경 사진을 찾아냈다. 그 사진은 재연이 페이스북에 올려놓은 사진과 같은 곳을 찍은 것이었다. 빙고!

앤디를 돌아보니 이미 내비에 '카페 숑'을 찍고 있었다. 기특

해라. 행동만큼 머리도 빨랐으면 좋았을 텐데.

앤디는 좀이 쑤셨다는 듯 빠르게 차를 몰아갔다. 카페 송이 있는 공천포 해변은 다섯시 방향이었고 남원읍 소재였다. 앤디가 말한 바로 그 오름이 있는 지역이었다. 무언가 손에 잡혀가는 기분이 들었다.

내비를 보니 서쪽 해안의 식당에서 남동쪽의 카페 송까지 한 시간 십구 분이 걸릴 예정이었다. 앤디에게 그 카페에서 오름이 얼마나 가까웠냐고 물었다. 앤디는 자신 있다는 듯 카페에 가서 대략 부근의 유명한 오름을 몇 개 물어보면 찾을 수 있을 거라며 만면에 미소를 지어 보였다. 나는 웃음이 나오지 않았다. 앤디는 이 차가 스포츠카라는 걸 확인시켜주려는 듯 마구 속력을 올렸다.

사진 속에서 본 것처럼 카페 송은 창이 무척 넓어 바다를 바라보기에 매우 좋았다. 검은 모래가 인상적인 해변에서는 가족 단위 피서객들이 해수욕을 즐기고 있었다. 무엇보다 주변에 상점이나 시설이 거의 없고 인파도 붐비지 않아 좋았다.

공천포라는 이름의 이 해변은 근사했다.

마치 소요 해변의 옛 모습을 닮아 있었다. 모래의 색이 검고 좀 더 남쪽의 색을 띤 바다임에도 재연과 함께 감동했던 그 해변의 느낌을 지니고 있었다.

앤디는 아직도 카페 주인과 손님들을 붙잡고 오름을 수소문

하고 있었다. 나는 그게 부질없는 일이라는 걸 말하는 대신 그저 넓은 창 너머의 바다만 바라보았다.

그녀가 걸어가고 있었다. 피서객들 사이에서 날씨에 어울리지 않게 긴 원피스를 입은 재연이, 나를 살짝 돌아보고는 바다를 향해 들어가고 있었다. 마치 자각몽을 꾸듯 그 모습이 환상인 줄 알았기에 나는 움직임 없이 그녀의 뒷모습이 바다 속으로 사라지는 것을 끝까지 바라볼 수 있었다. 헤어진 여자의 뒷모습엔 언제나 그림자 같은 슬픔이 드리워져 있었다.

마지막 날, 우리는 삼청동 카페에서 서로를 향해 손을 들어 보이고 헤어졌다. 나는 인사동 쪽으로 그녀는 정독도서관 쪽으로 각자 갈 길을 갔다. 복받쳐오는 감정을 누르며 나는 뒤도 안 돌아보고 소격동 길을 내려왔다.

종로경찰서 맞은편에서 버스를 타고 경복궁 방향으로 가던 순간, 차창 밖으로 인도를 걸어가는 그녀의 뒷모습이 보였다. 왜지? 그녀는 분명 정독도서관에 간다고 했는데……. 그녀의 뒷모습은 곧 내가 탄 버스가 그녀를 앞질러 가면서 볼 수 없게 되었다. 버스가 그녀를 앞지르면서 나 역시 시선을 돌려 그녀의 얼굴을 피했다. 마지막 보았던 재연의 모습은 원래 가겠다던 길과 다른 길을 걷던 그녀의 뒷모습이었다.

내가 우연히 뒷모습을 보았던 것을 그녀는 알고 있었을까? 우리 집이 있는 연희동으로 가는 버스가 그녀의 앞을 지나쳤을 때 나를 떠올리진 않았을까? 차 안에서 본 재연의 모습은 이후로도 슬로비디오처럼 느리게 내 머릿속에서 재생되었다. 그리고 지금까지도 다른 장소에서, 다른 방식으로 재현되고 있었다.

앤디가 내 어깨에 두툼한 손을 얹는 게 느껴졌다. 입이 앞서는 녀석이 위로랍시고 손을 올리다니. 나는 일말의 희망을 접고 남은 차가운 커피를 마셔버렸다. 찡하고 씁쓸한 냉기가 머리를 두드리는 가운데 앤디가 심각한 표정으로 내 앞에 앉았다.

"안 되겠어. 아무래도 공항 가 관광안내소에 물어봐야 할 거 같은데…… 어때?"

관광안내소에 가서는 뭐라고 물어볼 건데? 답이 없다. 나는 자포자기의 심정이 담긴 표정으로 앤디를 바라보았다. 내 표정을 읽고는 그 역시 한숨을 길게 내쉬었다. 그때 전화가 울렸다.

대표였다. 올 게 왔다. 나는 카페를 나가 해변도로를 걸으며 호흡을 가다듬은 뒤 전화를 받았다.

"예. 대표님."

"잘 쉬고 있어?"

쾌활한 목소리 뒤에 비꼼이 담겨 있는, 대표의 평소 말투 그대로였다.

"죄송합니다."

"괜찮아. 여름휴가 간 거라고 생각해."

"내일 바로 출근하겠습니다."

"아니. 휴가 4박 5일이니까 내일까지 쉬어. 근데 김 팀장한테 심하게 굴었다며? 왜 그랬어?"

좋게 좋게 넘어가는 듯하다가 마지막에 한 방 후려치는 것도 그대로였다.

"돌아가서 정식으로 사과하도록 하겠습니다."

"그거야 둘이 알아서 하라고. 근데 김 팀장이 그러더라. 고 팀장 갑자기 자리 비워 회사 업무에 지장 있을 줄 알았는데, 아무런 차질이 없다고. 나는 딱히 그렇게 생각하진 않는데……. 암튼 자기 없어도 회사가 잘 돌아간다면 그건 분명 문제가 있는 거겠지? 안 그래?"

"죄송합니다."

"내가 원하는 건 사과가 아냐. 직장인이, 그것도 관리직이 돼서까지 사과나 일삼고 있으면 되겠나?"

"안 됩니다."

"돌아오면 조치가 없진 않을 거야. 사과는 잘못을 인정하는 거고 잘못에는 대가가 있는 법이니까."

"예. 알겠……."

대답하는데 전화가 끊겼다. 자기 할 말만 하고 전화를 끊는 버릇도 어김없다.

그래도 이 정도면 다행이다. 대표는 이제 쌍욕을 안 한다. 회사가 구멍가게 수준을 벗어나고부터 대표는 이미지 관리를 하는 편이다. 악역은 김 팀장이 도맡아 해주기 때문이기도 했다.

어쨌거나 덕분에 하루를 더 벌었다. 하지만 내일이라고 그녀를 보내줄 곳을 찾을 수 있을까? 고릴라의 몸과 아이큐를 지닌 녀석과 함께? 나는 담배를 빼 물었다.

담배를 피우며 해변을 걸었다. 주변에서 눈총을 주었지만 개의치 않았다. 나는 재연과 함께 이 해변에 왔어야 했다. 함께 담배를 피우며 길을 걷고 바람을 쐬고 가까운 식당에 들어가 아무 음식이나 시켜 술잔을 기울였어야 했다. 어딘지 모를 그 오름도 재연과 내가 올랐어야 했다. 그랬다면 오름의 이름 따위를 잊는 일은 없었을 것이다. 즐거움을 함께 나눌 수 없을 때, 그것을 절감할 때, 우리는 그 사람의 부재를 느낀다. 그것이 그녀가 좋아했던 것이라면 말할 것도 없다.

시원한 바닷바람을 맞으며 카페로 돌아오는데 공천포 식당이 보였다. 각종 물회를 파는 곳이었다. 시원한 자리물회에 소주를 한잔 들이켜면 그녀를 잊을 수 있을까? 오히려 더 기억이 나겠지. 나누지 못했던 소주 한잔을 건네고 싶겠지. 나는 담배를 끄고 카페로 들어갔다.

카페에 들어와 보니 앤디가 누군가와 마주 앉아 있었다. 내 자리에 앉은 그녀는 바가지 머리를 한 여자였다. 이제 대학이나 졸업했을까 여겨지는 그녀는 장난기 섞인 얼굴로 생글거리며 앤디와 얘기하고 있었다. 내가 다가가자 그녀는 '어 너 왔냐'라는 듯 자연스러운 눈짓과 함께 자리에서 일어났다. 내가 자리에 앉자, 여자애가 앤디의 옆자리에 앉았다.

"오름 찾고 있다고 그래서 제가 아는 것 좀 말해드리고 있었어요."

여자애가 상사에게 보고하듯 내게 말했다.

"뭐 좀 알아냈어?"

그녀를 무시하고 앤디에게 물었다.

"이 친구 말이 오름 말고도 좋은 곳 많으니까 꼭 거기만 고집할 거 없지 않냐고 하네. 생각해보니까 그런 거 같기도 해."

"제주도 분이세요?"

"서울 사람이고요, 입도한 지 2년 됐어요. 저 여기서 게스트하우스 해요. 그리고……."

"그리고 뭐요?"

"아까 두 분 들어왔을 때부터 좀 궁금했어요. 휴가철에 양복차림으로 이런 델 오다니……. 행동도 놀러 온 거 같지 않고 심각하고. 암튼 좀 웃겼어요."

"웃겨요?"

감정이 상한 나는 표정을 풀지 않고 물었다.

"예, 무슨 콤비 같았어요. 맨인블랙 같기도 하고 홀쭉이와 뚱뚱이 같기도 하고. 헤헤."

"우리가 무슨 상황인지 알기나 하고 웃는 거예요?"

내가 정색하고 말하는데도 여자애는 샐쭉한 표정만 지으며 자리를 안 뜬다. 뭐 하자는 거지? 그때 주인이 아이스 아메리카노와 아이스 초콜릿을 가져왔다. 기다렸다는 듯 그녀가 아이스 초콜릿을 집어 들고는 빨대를 쪽 빨며 만족한 미소를 드러냈다. 이건 뭐 빈댄가?

"사주신 건 먹고 가야죠."

여자애가 앤디를 향해 아이스초콜릿을 들어 보이며 웃었다. 어처구니가 없어진 내게 앤디가 뭐라도 마시라고 했다. 됐다. 나는 소주가 마시고 싶었다.

앤디가 빨대를 뺀 아이스아메리카노를 벌컥벌컥 비우고 말했다.

"그러니까 이 친구 말처럼 우리가 꼭 오름을 고집할 필요는 없다는 거지. 해변도 많고, 사방에 좋은 숲도 많이 있다고 하니까 그런 데를 알아보는 것도 방법이 아닐까 하는데 말야."

"너, 그게 진짜 재연이를 위한 거라고 생각해?"

"아니, 뭐. 생각이나 해보자는 거지. 아까 뭐라 그랬죠? 사라니 숲?"

앤디가 구원병을 요청하듯 여자에게 물었다.

"사려니숲이요. 사려니라는 말이 신성한 곳이라는 뜻이거든요. 아주 길고 웅장한 숲 사이로 멀고 아득한 길이 펼쳐져 있는 곳이에요."

여자애는 여전히 지나치게 밝게 말했다.

"당신 정말 우리가 뭐 하려는지 알기나 해요?"

"친구 보내주러 왔다면서요. 정말 멋지다고 생각해요."

"어떤 친구인지는 알아요?"

"두 사람한테 소중한 친구겠죠. 아마…… 아까 재연이라 그랬나? 가만…… 재연이면…… 여자?"

눈을 똥그랗게 뜨고 여자애가 관심을 보였다. 오지랖은 질색이다. 들이대고 보는 앤디와는 비슷한 스타일이라 잘 맞겠지만 나는 아니다.

나는 짜증을 참고 묵비권을 행사하려 바다를 돌아보았다. 여자애는 앤디를 돌아보았고, 앤디가 거짓말을 준비하느라 군침을 삼키는 게 느껴졌다.

"그러니까…… 재연이는…… 사실 친구가 아닙니다. 내 아내였어요. 그리고…… 이 친구 여동생입니다."

깜짝 놀라 혀가 튀어나오는 줄 알았다. 나는 죽일 듯이 앤디를 노려보았고 앤디는 애써 태연한 표정을 지으며 내 시선을 피했다.

"그…… 그럼, 마음이 무거우실 만도 하네요. 예."

여자애가 조금 조심스러워졌다.

"두 분 마음을 제가 이해한다고 말은 못 하겠지만……. 돌아가신 그분, 그분은 그래도 좋게 생각하실 거 같아요. 이렇게 남편분과 오빠께서 같이 자기를 위해 먼 길 오신 거잖아요."

"가족이라면 당연한 거 아닙니까."

앤디의 계속된 거짓말에 짜증이 났다. 그래서 인상이 찌푸려졌는데 여자애는 그게 슬픔에 젖은 표정으로 보였는지, 나에게 동정 어린 시선을 보냈다. 나는 더 기분이 나빠졌다.

그녀는 사려니숲에 대해 우리에게 더 이야기했다. 15킬로미터 정도의 산책길이 숲 사이로 뻗어 있으므로 우리만의 공간을 찾을 수도 있을 것이며, 제주도에만 있는 울창한 자연림이기에 그녀가 제주를 좋아했다면 아주 괜찮을 거라고 추천을 했다. 앤디는 마음이 가는 모양이었지만 여전히 나는 아니었다.

"재연인 제주에 두 번이나 여행을 왔어요. 그런데 그 숲길은 한 번도 안 간 걸로 알거든요. 그녀가 그곳을 좋아했다면 분명 갔을 겁니다."

내가 말했다.

"가보지 못한 곳이니 이제라도 보내줄 수 있는 거 아닐까요?"

여자애가 말했다.

"그러니까 일단 한번 가보고 결정하는 건 어때?"

앤디가 말했다.

다 필요 없는 말처럼 느껴졌다. 갈증이 났다. 나는 자리에서 일어나 밖으로 나갔다.

어느새 오후의 햇살이 저녁의 노을을 준비하고 있었다. 나는 공천포 식당으로 발걸음을 옮겼다. 어제도 그랬고, 엊그제도 그랬듯 술이 필요한 시간이 되었다. 이 불가해한 여정이 지속되는 한 계속 그럴 수밖에 없을 것이다. 카페를 나온 앤디와 여자애가 나를 따라오는 게 느껴졌다. 나는 뒤도 안 돌아보고 공천포 식당으로 들어갔다.

자리물회와 한치물회를 시켜놓고 소주부터 들이켰다. 앤디와 여자애는 내 눈치를 보며 자기들끼리 술을 따르고 잔을 기울였다. 처음 몇 잔은 내게 건배도 청하고 술도 따라주고 했지만, 내가 입을 다물고 술잔만 기울이자 둘은 자기들끼리 대화를 나누기 시작했다. 나는 잠자코 들으며 어두워지는 바다를 바라보았다.

물회가 나오자 앤디가 탄성을 질렀다. 여자애는 자기 동네가 이 정도라는 듯 우쭐한 표정을 지어 보였다. 나는 소주를 비우고 수저로 물회를 떠 마셨다. 시원한 된장 국물이 구수하면서 바다 내음을 품고 있었다. 정말 맛이 있었다. 그 맛에 답답했던 기분이 한 가닥 풀리는 게 느껴졌다.

여자애의 이름은 미수였다. 스스로를 '제주병자'라고 소개한 스물아홉 살의 그녀는 회사를 그만두고 이곳에 내려와 게스트하우스를 하며 지금은 네일아트를 배운다고 했다. 앤디는 헬스클럽 체인점 사업을 하며 스크린 승마 프랜차이즈를 구상 중인 사업가라고 자기를 소개했다. 미수가 앤디의 말을 잘 들어주자 놈은 짝꿍이라도 만난 양 그녀에게 이것저것 떠들기 시작했다. 앤디의 허세와 미수의 오지랖은 꽤나 궁합이 좋아 보였다.

허세 섞인 자기 사업 얘기부터 우리가 갑작스럽게 여기까지 온 이야기도 뻥쟁이 앤디는 잘도 떠들어댔다.

"그러니까…… 납골당에 갇힌 게 너무 답답한 거야. 그녀가 여행을 얼마나 좋아했는데? 얼마나 새로운 것에 관심이 많고 그랬는데…… 이렇게 갇혀서 말야……. 그래서 내가 이 친구에게 자유롭게 해주자고 말했지. 이 친구도 동의했고, 그 자리에서 우리가 유골함을 따고 그녀를 데리고 나온 거야."

"납골당에는 얘기 안 하고요? 부모님한테는요?"

"어이, 동생. 우리는 그런 거 일일이 얘기하고 그러지 않아. 우리가 원하면 그냥 하는 거지."

"와, 대박. 진짜 괜찮아요?"

"안 괜찮을 게 뭐 있어. 안 그래?"

녀석이 나를 향해 자신감 넘치는 표정으로 말했다. 나는 그를 향해 고개를 절레절레 저었다. 내 반응을 애써 무시하는 앤디의 얼굴을 보며 술잔을 비웠다. 새로 소주가 나왔고 미수라는 여자애가 내 잔에 술을 따라주었다. 어느새 밖은 어둠이 밀려왔고 밤바다의 고요는 파도 소리를 더욱 크게 들려주었다. 철썩이는 소리가 취기를 오르게 했다. 기분 좋은 취기 속에서 나는 재연을 생각했다. 남해의 해변과 닮은 이곳에 분명 그녀가 거했을 것이다. 비록 다른 시간이지만 나는 그녀와 함께 있다는 기분이 들었다.

미수가 건배를 청했다. 나는 혼자 비웠다. 그녀는 혀를 샐쭉 내놓더니 앤디와 건배하고는 잔을 비웠다. 중학생같이 생겨가지고 술은 곧잘 마신다. 한순간 그녀의 모습에서 재연이 떠올랐다. 있는 듯 없는 듯 차분하게 앉은 채로 술잔을 잘도 비워대던 그녀. 사람들의 말을 들어주는 게 일이라도 되는 양 늘 귀를 열고 살던 그녀. 자기가 관심 있는 사람에게는 먼저 말을 걸길 주저하지 않던 그녀. 지금 눈앞의 여자애와는 조금 다른 방식으로 사람들에게 스스럼없이 굴던 그녀. 그녀가 몹시 보고 싶어졌다.

어느 순간 조용해 고개를 들어 보니 미수가 앤디의 새끼손톱에 무언가를 그리고 있었다. 자세히 보니 네일아트다. 상당히 정교한 손놀림으로 손톱 위에 짱구를 그려주고 있었다. 앤디는 완성된 새끼손톱을 보며 흡족해하고는, 미수에게 먹고 싶은 걸 더 주문하라고 했다. 미수는 전복물회를 주문했다.

"그래서 때려치우고 나왔다고? 용성그룹을?"

"못 해먹겠더라고요."

"그래도 대기업인데?"

"대기업 직원은 노예 아닌가요, 뭐."

앤디가 박수를 연거푸 치고는 손을 들어 하이파이브를 청했고, 미수가 합을 맞췄다.

"그래서 난 한 번도 직장에 들어가본 적이 없지. 모름지기 사람은 자기 비즈니스를 해야 돼. 그 왜 용두사미라고 용의 꼬리가 되지 말고 뱀의 머리가 되라고. 응?"

"아놔, 이 오빠 진짜……."

"왜?"

"원래 이 오빠 이렇게 멍청해요?"

미수가 내게 물었다. 나는 고개를 끄덕여줬다.

"암튼 그래서 너도 게스트하우스 하며 뱀 머리가 된 거 아냐?"

"뱀 머리는 무슨, 그냥 여관 주인이죠. 제주도도 이제 전 같지 않아서……. 여기도 떠나야 할 거 같아요."

"제주도가 대한민국 최남단인데 어딜 또 가겠다고?"

"대한민국에만 사람 사나, 뭐."

"야. 너 그건 아니다. 오빠가 얘기하는데 그래도 대한민국만한 데가 없어. 열심히만 살면……."

"열심히 살았거든요. 피 토하며 공부해 고대 갔고, 대기업에 들어가 죽어라 일도 해봤고, 투표도 꼬박꼬박 하고, 종합소득세에 지방세에 다 내며 살았고, 남자였다면 군대 가 뺑이도 쳤을 거예요. 워낙 가진 거 없는 집안에서 태어나서 말이죠, 나 열심히 살기 싫어도 열심히 살았다고요."

"니가 이 나라 뜨면 니 부모님은 어떡하라고."

미수가 답답하다는 듯 앤디를 바라보았다.

"내가 제주 가 산다니까 부모님이 뭐라 그랬는지 알아요? 너나가 살면 걱정돼서 안 된다고……. 그게 아니고 내가 있어야 부모님이 편하니까 그런 거란 거 이미 다 알거든요. 그래서 내가 말했어요. 부모님도 독립하시라고. 자식한테 덕 볼 생각 말고. 덕 볼 생각으로 나 키운 거면 부모 자격 없다고."

취기가 올랐는지 미수의 목소리가 커졌다. 앤디는 제법 놀란 기색으로 그녀를 돌아보았다. 뭔가 훈계하고 싶긴 한데 딱히 말이 떠오르지 않는지 앤디가 나를 돌아보았다. 내가 딴전을 피우자 앤디가 목을 우두둑 꺾고는 술잔을 비웠다. 미수는 따질 테면 따져보라는 듯 앤디를 바라보고 있었다. 웃겼다. 콤비는 나와 앤디가 아니라 앤디와 이 여자애 같았다.

"미수야, 오빠가 충고 하나 할게. 너 그러다 나중에 후회해. 인생 길다. 지금은 젊으니까 너 혼자 살 거 같지? 몸이라도 아파봐. 가족 도움 필요하고, 살기 익숙한 우리나라가 그리울 거라고. 당장 현실도피 하려고 그럼 쓰나. 외국 가면 더 힘들다."

"외국 가면 더 힘들어요? 그러는 오빤 외국 어디 갔다 왔는데?"

"나야, 일본도 갔다 왔고…… 사이판이랑…… 또……."

"태국, 필리핀, 홍콩 뭐 이런 데죠?"

"우와. 어떻게 아냐? 써 있냐?"

"오빠 같은 스타일 뻔하지. 아니 대체 놀러나 다닌 외국을 얼마나 아신다고 힘들다 어떻다 그래요?"

"그래. 외국은 모른다고 쳐. 치자. 하지만 내가 사업도 해보고 너보다 나이도 많고 그렇잖아. 우리나라만큼 열심히 살면 보상받는 나라가 없……."

"보상? 오빠 지금 무슨 개풀 뜯어 먹는 소리예요. 국가가 나한테 해준 게 뭔데요? 경쟁으로 내몰고, 먹고살기 힘들게 만들고, 윗대가리들은 그 틈에 부정부패 저질러 잘 먹고 잘살고."

"와, 너 보기보다 과격하구나. 너 그러다 종북 소리 들어. 조심해야 해."

"오빠야말로 그렇게 살다가 종복 돼요. 종북이 아니라 종복. 노비!"

미수가 지지 않고 바락바락 대거리를 했다. 앤디가 답답하다는 듯 머리를 벅벅 긁어댔다. 꼰대질에 실패한 앤디의 모습이 은근 쌤통이었다. 앤디가 내 어깨를 툭 쳤다.

"똑똑한 니가 뭐라고 좀 타일러봐."

"맞는 말인데. 뭐."

"넌 또 왜 그래?"

미수가 그것 보라는 듯 웃고는, 앤디와 자기의 술잔에 술을 채웠다. 건배하는 앤디의 손에서 빨간색 짱구가 빛났다.

"미수 씨. 영주권 때문에 네일아트 배워요?"

"예. 일단 네일아트로 자리 잡게요."

"그다음엔요?"

"그리고 나선 그림을 그리고 싶어요. 손톱에 말고 커다란 캔버스에."

"좋은 생각이네요."

그렇게 말하고 나서 나는 알 수 없는 자괴감에 술잔을 비웠다.

"그냥 여기서 그려. 제주도에서 한라산도 그리고 성산일출봉도 그리고. 좋잖아."

앤디가 말했다.

"예술가라고 하면 걱정과 비웃음부터 사기 바쁜 나라에서 그림 그릴 생각 없어요."

미수가 대답처럼 시원하게 잔을 비웠다. 앤디는 얄밉다는 듯 그런 미수를 바라보며 잔을 채워줬다. 적당히 의자에 기댄 채 그런 두 사람의 모습을 보다가 갑자기 머릿속이 퓨즈가 끊기듯 깜짝하며 지끈거렸다. 편두통인가. 숙취인가. 아님 필름이 끊어지려나. 쥐가 난 머리를 마사지라도 하듯 나도 잔을 비웠다.

미수가 내게 다시 건배를 청했다. 방금 전까지 야무진 표정으로 세상을 질타하던 그녀가 생글생글 웃으며 내 앞에 잔을 들어 보였다. 닮았다. 큰 캔버스에 그림을 그리고 싶다는 이 아이. 영화를 생각할 때면 심장이 빠르게 뛴다던 재연의 말이 기억났다.

"그분은 무슨 일을 하셨어요?"

내게 새로 술을 따르며 미수가 물었다.

"알아서 뭐하게요."

내 목소리에 날이 선 걸 나조차 느낄 수 있었다. 미수가 다시 입을 내어놓았다.

"재연인 작가였어."

앤디가 말했다.

"와, 무슨 글 썼어요?"

"영화 시나리오도 쓰고 소설도 쓰고 그랬다고. 나름 유망했는데 일이 잘 안 돼서 스트레스를 많이 받았지."

"……."

"휴, 다 내 잘못이야. 내 잘못."

"그쪽 일도 많이 힘들다고 들었어요. 너무 자책 마세요."

울상이 된 앤디는 금방이라도 소주잔에 눈물을 떨굴 기세가 되었다. 미수가 분위기를 바꾸려는 듯 앤디에게 웃으며 물었다.

"근데 아내분과는 어떻게 만나셨던 거예요? 오빠는 그쪽과는 완전 딴판 같은데……."

"인정. 내가 어디 가서 재연이 같은 앨 만나겠냐. 사실 내가 운영하던 피트니스 센터에서 파트타임으로 일하는 요가 강사였어. 좀 연약해 보이긴 했는데 자격증 있고 인상도 좋아 일단 고용했지. 근데 강단 있게 잘하더라고. 나중에 센터 회식하며 본업을 물었더니, 작가라고 하는 거야. 작가라고 하면 서정주나 김동인이나 알던 난 완전 놀랐지. 뭐야? 이 사람……. 암튼 신기해서 더 관심이 가더라고."

"그래서 어떻게 사귀게 된 거예요? 들이대신 거?"

"물론이지. 내가 화끈하게 관심 있다고, 데이트하자고 했지. 그러니까 재연이가 나한테 뭐라고 그랬는지 알아?"

앤디는 미수에게 물으며 나를 돌아보았다. 나는 잠자코 놈이 하는 꼴을 바라보았다. 미수가 궁금하다는 표정으로 답했고, 앤디는 기분 좋은 표정으로 입을 열었다.

"'데이트 안 받아주면 저 자를 거예요? 그건 아니죠?'라는 거야. 하하, 그래서 내가 상관없다고, 쿨하게 답하라고 했지. 그러니까 재연이가 그러는 거야. 사실 자기도 나한테 한번 만나자고 하고 싶었다는 거야. 근데 혹시 거절당하면 일할 때 민망해서 그만둬야 할까 봐 못 했다고 하더라고."

"성공이군요."

"아니, 데이트는 안 하겠다고 하더라고."

"엥, 뭐야?"

"자기는 늘 자기가 먼저 대시해야 잘됐다고. 상대방이 먼저 대시하면 안 한다더라고. 이거 좀 당황스럽잖아, 그래서 내가 얼굴이 좀 빨개졌나 봐. 그러니까 대표님 쿨하게 말하라고 해놓고 표정이 그러면 어떡하느냐고 또 날 놀리더라고."

"좀 여우셨네요."

"아냐. 그냥 장난치는 거 좋아하는 아이였어."

어느새 앤디의 시선이 나를 응시하고 있었다. 동의를 구하는 눈빛이었다. 나는 애써 미소 지어보려 했지만, 술기운인지 피로인지 겨우 광대를 올릴 뿐이었다.

"장난 좋아하고 술 마시면 활기차지고, 사람들 취한 거 동영상 찍어서 나중에 보여주고, 그냥 작은 인형 같아서 호주머니에 넣고 다니고 싶은 그런 애가 재연이었다고…….."

앤디의 목소리가 줄어들고 있었다. 반면 내 마음속에서는 점점 그녀의 말투와 몸짓이 재현되고 있었다. 그녀의 모습과 행동을 앤디가 너무나 잘 묘사하고 있었다. 녀석이 그녀를 이렇게 잘 묘사하다니……. 마치 그녀를 빼앗기라도 한 것 같았다. 만감과 분노가 묘하게 일어나 내 속에서 새어 나오고 있었다.

잠시 감정을 추스르고 앤디가 고개를 들었다.

"내가 너무 물었죠? 미안해요. 난 그냥…….."

미수가 앤디를 다독였다.

"…… 아니, 조금만 더……. 그래서 난 그냥 포기하고, 왜냐

하면 나도 여자 꽁무니나 쫓아다니는 그런 캐릭터가 아니거
든……. 근데 다음 주에 불쑥 나한테 내일 저녁에 뭐 하냐는 거
야? 별일 없으면 데이트하자면서, 자기가 먼저 대시하는 거니
까 잘될 거래……. 일주일 동안 그 말을 하려고 준비했을 걸 생
각하니까 너무 귀엽더라고. 그래서 바로 오케이 하고, 데이트하
고, 애인이 됐지."

"그리고 결혼했으니 잘된 거 맞네요."

"그런……가……?"

"그럼요."

앤디가 다시 나를 응시하며 물었다.

"그래, 그런 거지?"

"거짓말 좀 그만해라."

앤디와 미수가 동시에 나를 돌아보았다.

나는 더 이상 참을 수가 없었다.

"재연인 내 동생이 아닙니다. 재랑 결혼한 적도 없고."

미수가 고개를 갸우뚱하며 나를 살피고는 다시 앤디를 쳐다
봤다. 앤디가 나를 책망하듯 바라보았다.

"…… 그럼 지금까지 나한테 뻥친 거예요? 그럼 그 여자는 누
구예요?"

"내 여자였어요. 재 여자기도 했고. 됐어요?"

내가 씹어뱉듯 말했다.

미수는 얼어붙은 듯 잠시 꿈쩍도 못했다. 앤디는 짜증 난다는

듯 나를 바라보았다.

"와. 존쿨이다."

미수가 묘한 미소를 지으며 말했다.

"존나 쿨해. 그럼 둘이 한 여자를 같이 묻어주러 제주도로 여행 온 거예요? 연적끼리?"

"쿨하다고?"

내 머릿속 퓨즈가 끊기는 게 느껴졌다.

"응. 완전 멋져요. 여자분이 알았다면 정말로 좋아했을 거……."

나도 모르게 탁자를 내리누르며 일어났다. 놀란 미수와 앤디를 번갈아 내려다보며 내가 말했다.

"존나 쿨하다고? 존나 씨발. 그래. 재연인 존나 쿨하지 못해지 작품 하나 못 챙기고 자취방에서 혼자 죽었다. 존나 외롭고 존나 쓸쓸하게. 응? 알아?"

버럭 소리를 지르자 미수는 아무 말도 못하고 고개를 숙였다.

앤디가 일어났다. 녀석이 빨간 신호등이 켜진 눈초리로 나를 바라보았다. 그럼에도 나는 꼼짝할 수 없었다. 탁자를 짚은 팔이 떨리고 심장박동이 귀에까지 들려왔다. 흥분한 나는 어찌할 바를 모른 채 식식대고 있었다.

식당 안 사람들이 우리를 살피고 있었다. 미수는 여전히 고개 숙인 채 미동이 없었고, 앤디가 일어나 내 팔을 잡았다. 녀석의 손길이 오히려 내게 불을 댕겼다. 술기운이 후욱 올라와 분노의 불길을 트고 있었다. 나는 고속도로라도 무단횡단 할 수 있을 것 같았다.

"너. 재연이가 왜 죽었는지 알아?"

앤디에게 물었다.

"아우. 알겠으니까 그만하라고."

앤디가 다시 내 팔을 꽉 붙잡았다.

"뭘 아는데."

나는 앤디를 똑바로 쳐다보고 다시 물었다. 앤디가 무슨 소리냐는 투로 나를 바라보았다.

"재연이 책 왜 안 내줬느냐고 니가 물었지?"

"그래."

"재연이 책 못 낸 거 다 한 사람 때문이야."

"그게 니잖아, 인마."

"헤어질 때 내가 물었어. 왜 책 안 내기로 한 거냐고."

"?"

"재연이가 말했어. 그 소설은 자기가 전에 썼던 시나리오를 소설로 고친 거라고. 근데 그 시나리오 계약이 복잡해져서 소설로 낼 수 없게 됐다고."

"뭐? 계약 때문이야?"

"재연이가 거기까지 얘기했을 때 나는 어느 정도 짐작을 했어."

앤디의 눈빛이 흔들리기 시작했다.

"너도 나도 재연이한텐 스쳐 지나간 남자였을지 몰라."

"그건 또 뭔 소리야?"

"우리 말고 다른 사람이 있어. 그 사람은 너 이전부터 재연일 알고 지냈고 나 이후로도 재연일 만났다고."

"지금 뭔 소리 하는 거야? 그게 누군데?"

앤디가 잡아먹을 듯이 나를 응시했다.

"둔한 녀석. 그런 놈이 있어. 그놈이 재연이가 책 내는 걸 막았을 거야."

"그러니까 누구냐고 새꺄!"

"알면 뭐하게? 복수라도 해주려고? 병신아. 재연인 이미 죽었고, 너는 오늘 만난 낯선 여자애한테 자길 재연이 남편이라고 개뻥이나 치고 있어. 알아?"

앤디의 표정이 굳어버렸다.

나는 탁자를 젖히고 식당을 나갔다.

밖으로 나서자 어둑한 밤바다에서 불어오는 바람이 내 얼굴을 때렸다. 바다를 향해 무작정 걸었다. 아스팔트를 지나 이제는 한산해진 모래사장을 구두에 모래가 서걱서걱 들어가는 걸 느끼며 걸었다. 뒤에서 앤디가 나를 불러대는 소리가 들렸다.

"야 이 새꺄 거기 안 서!"

무시하고 바다로 향했다. 잠시, 그저 잠시만이라도 바다에 몸을 담그고 싶었다. 하지만 발걸음은 모래사장이 늪인 양 점점 느려졌고, 그마저도 어려워 결국 주저앉고 말았다.

바다를 응시하며 필사적으로 다시 일어서는데 순간 내 몸이 붕 떠올랐다. 불덩이처럼 후끈한 앤디의 몸뚱이가 다가와 나를 들어 올린 것이다. 놈은 나를 일으켜 세운 뒤 멱살을 잡아채고는 장승처럼 서 있었다. 버둥거려보았지만 꼼짝도 할 수 없었다. 아무리 벗어나려 해도 놈의 통나무 같은 팔에 생채기만 낼 뿐이었다.

나는 안간힘을 써 놈을 노려보았다.

놈이 분개한 표정으로 나를 내려다보며 외쳤다.

"말해. 씨발놈아. 누구야? 누가 재연일 그렇게 만든 거야? 어?"

"됐다고. 다 끝난 일……."

순간 다시 한번 내 몸이 부웅 들리더니 하늘이 거꾸로 보였다. 유도 기술로 한판이라고 하나. 그대로 한 바퀴 돌아 모래바닥에 처박힌 내 몸 위로 녀석이 올라타 양팔을 제압했다.

"말해. 어떤 새끼지."

"얻다 대고 명령이야. 명령이."

녀석이 박치기로 내 머리를 찍었다. 둔중한 고통이 느껴졌다.

"마지막이다. 말하라고."

"……"

내가 고통에 얼굴을 찡그리며 동시에 고민하는 시늉을 하자 놈이 숨을 고르는 게 느껴졌다. 그 순간을 이용해 나는 놈을 배치기로 밀어냈고, 다리를 붙잡아 이빨로 물어뜯었다.

"끄아아악."

고통스러워하는 녀석을 뒤로하고 다시 바다를 향해 뛰어가 물에 몸을 담갔다. 스산한 한기가 느껴졌다. 나는 계속 걸어나 갔다. 그래봐야 무릎에나 올라오는 수심이었다. 나는 달렸다. 달리다가 중심을 잃고 바다에 엎어졌다. 엎어진 김에 그대로 바다에 누웠다. 그때 내 몸이 다시 부웅 들어 올려졌다.

앤디는 내 얼굴을 물에 박아 마치 물고문 하듯 누른 뒤 다시 들어 올렸다. 정신을 차릴 수 없는 와중에도 어떤 놈이냐는 말만이 귓전에 맴돌았다. 나는 놈의 팔에서 발버둥 쳤지만 물속이라 내 몸 하나 가누기 힘들었다. 반면 녀석은 금강불괴처럼 몸을 세운 채 나를 물 먹이고 있었다. 이대로는 죽을 것 같을 찰나, 녀석이 내 머리를 물 밖으로 들어 올렸다.

"말하라고! 어떤 새끼야?"

"씨발…… 있어……. 감독 새끼."

"감독? 누구?"

"재연이한테 시나리오 쓰게 한 감독 있다고. 그 새끼가 재연일 가지고 논 거라고! 다 그 새끼 때문이라고."

"근데 왜 난 몰랐지? 왜 몰랐냐고?"

"넌 둔해빠졌으니까. 아님 바람 피우느라 몰랐거나. 재연인 너 사귀기 전부터 그 새끼랑 엮여 있었고 나랑 사귈 때도, 헤어지고 나서도, 그 새끼한테 휘둘리고 있었다고. 알아!"

나는 당혹스러워하는 놈을 밀치고 물에서 걸어 나갔다. 뒤에서 놈이 달려와 내 뒤통수를 강타했다. 모래사장에 고꾸라진 내 등 뒤로 놈의 고함이 들려왔다.

"씨발놈아 그걸 왜 이제야 말해!! 너 이 의리 없는 새끼야. 내가 너 같은 줄 알아!! 내가 복수한다고. 복수 하나 못 하나 함 봐 이 새끼야!!"

간신히 몸을 일으킨 나는 혼신의 힘으로 놈을 향해 돌진했다. 온몸으로 놈을 밀치고 함께 쓰러져서 모래사장을 뒹굴었다. 우리는 쓰러져 뒤엉킨 채 서로를 향해 주먹과 발을 날렸다. 그때 경찰차 사이렌 소리가 들려왔다. 뒤이어 굵은 마이크 소리도 들려왔다.

"거기 두 사람! 그만! 멈춰요! 움직이지 않습니다."

어느새 코앞에 온 경찰들의 랜턴 불빛이 우리의 시야를 때렸다.

우리는 경찰서까지 끌려가야 했다. 신고가 들어왔으니 조서를 써야 한다고 했다. 신고는 미수가 했다. 이게 다 그녀가 오지랖을 떨어 벌어진 일이었다. 자기도 미안한 마음이 있는지 그녀는 파출소 구석에 앉아 우리를 기다렸다. 앤디는 얼굴에 긁힌 자국이 있었고 눈두덩이가 부어 있었다. 나는 코피가 난 콧구멍을 휴지로 막았고 깔린 채 당한 박치기에 아직도 골이 띵했다. 그럼에도 앤디에 대해 딱히 분한 마음은 없었다. 싸우는 동안 술도 깼고 오히려 홀가분했다. 그건 녀석도 마찬가지인 듯했다. 내가 경찰의 질문을 받는 동안 앤디는 졸음이 왔는지 연신 고개를 꾸벅댔다. 경찰은 앤디보다는 내가 말이 통한다고 보았는지 내게 경위를 묻고는 내 조서를 마무리했다. 뒤이어 앤디를 깨운 경찰이 물었다.

"이름."

"강병균."

"강병균 씨. 주민번호는?"

"팔육공칠일공일공오삼육이오."

뭐? 깜짝 놀라 앤디를 돌아보았다. 하품을 하던 앤디도 나를 보고 흠칫했다. 팔육공칠일공? 내가 노려보자 앤디는 경찰에게 시선을 돌려 질문을 경청했다. 나는 녀석의 볼따구니를 뚫어져라 노려보았다. 86? 네 살이나 어린 놈이 동갑 행세를 해? 경찰서를 나가는 대로 놈과 다시 한판 붙어야 할지도 모르겠다.

경찰서를 나오니 한판 붙기는커녕 피곤해 어쩔 줄 모를 지경이 됐다. 다리는 풀렸고 근육질의 앤디와 엎치락뒤치락하느라 온몸이 결리지 않는 곳이 없었다. 앤디가 터벅터벅 내 쪽으로 다가오더니 담배를 꺼냈다. 우리는 같이 한 대 피웠다.

우리 앞으로 모닝 한 대가 와 섰다. 창문이 열리자 미수의 얼굴이 보였다.

"타요."

미수의 차를 타고 그녀가 운영하는 게스트하우스로 갔다. 그녀는 우리를 4평 남짓한 방으로 안내했다. 다른 방들은 2층침대가 있는 도미토리식이었는데 이 방은 이불을 깔고 자는 곳이었다. 방은 미리 틀어놓은 에어컨에 서늘한 기운이 감돌고 있었다. 미수는 칫솔과 치약, 수건을 가져와 우리에게 건네며 말했다.

"괜히 나 땜에 일이 커져서 미안해요. 숙박비는 안 받을 테니까 잘들 주무시고요."

미수가 나가자 앤디는 칫솔과 치약, 수건을 방구석에 던져놓고는 깔아놓은 요에 몸을 던졌다. 녀석은 엎드린 채 그대로 잠들었는지 미동이 없었다. 나도 씻는 걸 뒤로하고 불을 끄고 누워 잠을 청했다.

막상 눕자 잠이 쉽게 오지 않았다. 몸은 피곤한데 눈은 말똥말똥한 상황이었다. 에어컨 바람이 센 건지 춥다고 느꼈고 밀쳐놓았던 이불을 당겨 왔다. 덮으려다 앤디 녀석에게도 이불을 걸쳐주었다. 녀석도 잠이 든 것 같지 않았다.

"야."

답이 없길래 녀석의 어깨를 툭 쳤다.

"…… 왜?"

"내일은 무조건 재연이 보내주는 거다."

"오케이."

"아까 여자애가 말한 그 숲, 거기로 가자. 보내주고 바로 제주도 뜬다. 각자 갈 길 가는 거라고."

"오케이……."

귀찮은지 졸린지 녀석의 목소리가 줄어들었다.

"그리고 너, 나이 속였지?"

"오케이……. 아니, 그게 말야, 민증상으론 그런데……."

"그만해라."

"어릴 때 말야 내가 몸이 좀 안 좋아서……. 부모님이 언제 죽을지 모르니까……."

"그만하라고!"

"끄응."

"됐다. 자라."

생각해보니 따질 일도 아니었다. 이제 와 놈에게 형 소리 듣는다고 마음이 풀릴 것도 아니고. 그래봐야 내일이면 녀석과도 안녕이다. 끝이다.

그렇게 생각하고 나니 마음도 한결 편안해지고 잠도 오기 시작했다. 오늘의 정신없던 여정도 그렇게 수마 속으로 사라져 들어갔다.

문을 쾅쾅 두드리는 소리에 잠이 깨 보니 햇살이 빛나는 오전이었다. "일어나요들. 어서"라고 여자애의 외침이 들려왔다. 나는 몸을 일으켜 앤디를 내려다보았다. 에어컨 바람이 추웠는지 이불을 말아 감고 몸을 웅크린 녀석의 모습이 왠지 안쓰럽게 느껴졌다. 나는 애정을 담아 녀석의 등을 발로 차주었다. 녀석이 뒤척였다.

씻고 부엌 겸 마루에 나오니 미수가 무언가를 끓이고 있었다. 나는 냉장고에서 물을 꺼내 마셨다. 그녀는 내게 식탁에 앉으라고 턱짓을 하고는, 방으로 가 앤디에게 빨리 나오라고 소리를 빽 질렀다. 그러고 나서 가스레인지 불을 끄고 냄비에서 뭔가를 한 사발 담아 내 앞에 내어놓았다.

맑은 장국엔 콩나물과 무 그리고 고둥 같은 검은 알갱이가 들어 있었다. 식탁에는 밥과 김치, 콩자반에 계란말이가 놓여 있었다. 나는 잘 먹겠다고 말한 뒤 국에 밥을 말아 한 술 폈다. 절로 탄성이 나오는 담백하고 시원한 맛이었다.

"속 좀 풀려요?"

"시원한데……. 여기 해장국이에요?"

"보말해장국."

"보말요?"

몰라도 너무 모른다는 듯 미수가 입을 내놓았다.

"제주도 고둥이에요."

나는 고개를 끄덕이고 수저질을 했다. 우리 대화를 들었는지 앤디도 기어 나와 미수가 퍼준 보말해장국에 밥을 말아 먹기 시작했다. 미수는 마치 누나라도 되는 것처럼 우리가 먹는 모습을 바라보며 물 잔을 비웠다.

"크아. 죽인다. 미수 넌 안 먹냐?"

해장국을 먹고 정신이 든 앤디가 다시 떠들어대기 시작했다.

"나야 이미 먹었지. 국물 더 있으니까 필요하면 말해요."

"근데 여름 성수기 게스트하우스에 이렇게 손님이 없어서 어째?"

"없긴. 다들 나갔거든요. 시간 좀 보시죠."

앤디와 나는 그제야 시계를 살폈다. 열한시 반이 지나고 있었다. 우리는 배고픈 개들이 밥그릇에 코를 박고 먹듯 해장국을 해치웠다. 맛도 있었지만, 서둘러야 했기 때문이었다.

다 먹고 일어나는데 미수가 물었다.

"짐은 어디 있어요?"

"짐? 차에 있지."

앤디가 휴지로 땀을 닦으며 말했다.

"그럼 유골함도 거기 있는 거예요?"

나와 앤디의 눈이 마주쳤다. 우리는 게스트하우스를 뛰쳐나갔다.

게스트하우스를 나와 공천포 해변 주차장까지 쉬지 않고 달려왔다.

금방 먹은 해장국이 올라올 것 같았다. 서둘러 뒷좌석을 살폈다. 가방은 그대로 거기에 있었다. 뒤따라온 앤디가 키를 눌렀고, 내가 뒷좌석 문을 열었다. 후욱 뜨거운 공기가 내 얼굴을 스쳤다. 어제 오후부터 지금까지 한증막 같은 차 안에 그녀를 방치해둔 것이었다.

나는 가방을 꺼내 열어보았다. 보충제 통을 조심스레 꺼내 들었다. 미안한 마음에 그것을 양손에 쥔 채 가슴에 가져갔다. 옆에서 앤디도 안도하는 표정을 지었다. 그때 슬리퍼를 끌며 미수가 다가왔다.

"아무리 술에 취해도 그렇지 그것도 안 챙겼단 말예요?"

"경찰서 다녀오고 그러다 보니까 뭐……."

앤디의 목소리가 쪼그라들었다.

"잘하는 짓들입니다. 가만, 근데 그거 유골함 맞아요?"

미수가 보충제 통을 유심히 보고는 내게 눈으로 다시 물었다.

"임시로 담아둔 겁니다. 유골함이 부서지는 바람에……."

어느새 내 목소리도 쪼그라들고 있었다. 미수가 어이없어하는 표정으로 나와 보충제 통을 번갈아 살폈다.

"머슬 파워(muscle power)? 대체 이게 뭐예요?"

"단백질보충제라고 헬스 할 때 먹는 거 있어. 몸에 중요한 거라 이 통이 아주 튼튼하고 직사광선도 막아준다고. 강화플라스틱이야."

"뭐? 단백질보충제? 어휴 이 덜떨어진 인간들아! 니들 이거 그대로 묻어주려고 한 거야? 니들 옷은 쫙 빼입고, 이분은, 이분은…… 그냥 이렇게 플라스틱 통에 담아 갈 거냐고!"

입이 열 개여도 할 말이 없었다. 앤디도 찍소리 못하고 고개를 숙였다. 우리는 참회하듯 고개를 숙이고 작열하는 정오의 햇살을 맞으며 미수 앞에서 꿈쩍을 못하고 있었다. 보충제 통을 쥔 나의 양손이 떨렸다. 그럴수록 손에 힘을 줘 그녀를 꼭 쥐었다. 미안해. 정말 미안해. 정말로 미안해.

"저기 큰길 나가 좌회전해요. 조금만 가면 목공소 있으니까."

"……."

"나무로 하나 잘 짜서 담아 가시라고. 예?"

그녀가 짜증스레 말했다.

"그, 그래야지."

앤디가 답했다. 대답을 들은 미수는 성난 기색으로 돌아서 가 버렸다. 앤디가 내게 담배를 건넸다. 나는 한 손으로 보충제 통을 든 채 담배를 받았다. 해변에는 살아 있다는 것을 만끽하듯 맨살을 내놓은 피서객들이 보였다. 나와 앤디는 나란히 서서 그쪽을 바라보며 담배를 피웠다. 그동안 앤디가 엉망인 놈이라고 생각하며 모든 것을 이놈 탓으로 돌리고 있었다. 이놈 때문에 모든 게 엉겼고 그녀를 신경 쓸 겨를이 없었다 치부했다. 하지만 엉망인 건 나도 마찬가지였다. 따가운 햇살이 내 따귀라도 때리는 것 같았다. 가능하면 더 맞고 싶었다. 앤디가 쭈그려 앉아 마저 담배를 빨고 바닥에 꽁초를 지졌다.

"진짜 내가 개새끼인가 봐. 다 내 잘못이야."

그가 금방이라도 울 것처럼 먹먹한 표정으로 먼바다를 바라보았다. 나는 할 말도, 해줄 말도 없었다. 담배를 끄고 차로 향했다. 보충제 통을 손에 든 채 보조석에 앉아 앤디를 기다렸다. 그는 담배를 한 대 더 피우고, 차에 올랐다.

목공소에서 우리는 사각의 나무 상자를 주문했다. 중년의 목수는 용도를 물었고 앤디가 고급 목재로 만들어달라고만 했다. 목수가 작업을 하는 동안 나는 스마트폰으로 사려니숲길을 검색했다. 교통경로를 검색하니 한 시간도 걸리지 않는 거리였다.

"좋아. 두시까지 숲에 가면 일 보는 데 한 시간 정도 걸릴 거고, 거기서 세시에 출발해 공항 가면 네시. 넉넉잡아 다섯시 비행기로 예약하면 되겠네."

앤디가 내게 동의를 구했다. 내가 고개를 끄덕이자 그가 서울행 비행기 표를 스마트폰으로 예약하기 시작했다.

목수가 나무 상자를 만들어 왔다. 목질은 매끈했고 맑은 향기가 났다. 나는 뚜껑에 경첩을 만들어달라고 요청했다. 뚜껑이 함부로 열려서는 곤란하다. 반면 앤디는 기분전환이라도 하려는지 오픈카의 뚜껑을 열었다. 녀석은 어서 사려니숲길로 가고 싶은 모양이었다. 나는 보조석에 올랐다.

잠시 뒤 목수가 경첩을 달아 마치 커다란 보석함처럼 보이는 나무 상자를 가지고 왔다. 만족스러웠다. 앤디가 현찰을 꺼내 지불했다.

"여기서 옮겨주자."

나는 나무 상자를 앤디에게 건네고 가방에서 보충제 통을 꺼냈다. 뚜껑을 열자 안에 담긴 그녀의 뼈가 눈에 들어왔다. 그간 더위에 노출되어 있어서인지 미세한 온기가 느껴졌다. 마치 그녀의 체온처럼 느껴졌다. 나는 조심스레 보충제 통을 나무 상자로 가져갔다. 앤디는 내 쪽으로 몸을 기울인 채 커다란 양손으로 나무 상자를 받치고 있었다.

나는, 그녀를, 나무 상자에, 천천히, 부었다.

마치 슬로비디오 장면처럼 그녀의 뼈들이 곱게 가라앉는 게 보였다. 그렇게 그녀가 나무 상자에 담겼다. 작고 매끈한 나무 관 안에 이제야 그녀를 눕혀주게 되었다. 앤디와 나는 그녀가 담긴 나무 상자를 고개를 숙인 채 묵념하듯 바라보았다.

앤디가 나무 상자의 뚜껑을 닫고 내게 건넸다. 나는 걸쇠를 걸고는 뒷좌석에 둔 가방 옆에 그것을 내려놓았다.

그때 모닝이 목공소 앞으로 와 섰다. 미수가 하얀 뭉치를 들고 내렸다. 꽃다발이었다.

"유골함은?"

우리 차로 다가온 미수가 물었다. 내가 뒷좌석에 둔 나무 상자를 가리키자, 미수가 그쪽으로 가 상자에 손을 살짝 갖다 댔다. 추모의 의미를 담은 손길이었다. 미수가 들고 온 꽃다발을 상자 옆에 내려놓았다. 하얀 국화 송이들이 탐스러워 보였다.

"고마워요."

내가 말했다.

"뭘 이런 것까지. 우리가 가다 준비할라 했는데……."

"뻥치시네. 유골함도 준비 안 했으면서 참 그랬겠다."

미수가 앤디에게 일침을 가하고 나무 상자 쪽으로 눈길을 보내며 말했다.

"그냥, 나도 추모하고 싶어서."

할 말이 남은 듯 미수가 입술을 달싹이다가 덧붙였다.

"잘 보내드려요."

그 말을 남기고 미수는 뒤도 안 돌아보고 자기 차로 향했다.

미수의 모닝이 떠나고, 우리도 차를 몰아 공천포를 떠났다.

지방도로를 내달려 사려니숲길로 향하는 푯말을 발견하고 좌회전했다. 삼나무 숲이 2차선을 온통 감싼, 완만한 오르막 도로였다. 울창한 숲길은 여름 한낮인데도 선선한 기운이 들었고 오픈카 안으로 바람이 불어와 서늘한 느낌까지 들었다.

사려니숲길 입구에 도착해 차를 주차하고 내렸다. 나는 나무 상자를 양손으로 안고 길을 나섰고, 앤디가 꽃다발을 들고 뒤를 따랐다.

숲길은 입구부터 소란스러웠다. 가족 단위의 관광객이 많아서 색색의 옷을 입은 아이들이 저마다 부모들의 손을 잡고 떠들며 나오고 있었다. 숲길 반대편에서 완주를 하고 온 사람들과, 이곳에서 트레킹을 시작하려는 사람들로 길의 초입은 붐비고 있었다.

발걸음을 멈추고 앤디를 돌아보았다. 앤디는 특유의 목을 꺾는 행동을 하고는 발걸음을 내딛었다.

"까짓것 가자고."

그가 앞장서 걸었다. 나는 좀처럼 떨어지지 않는 발을 뻗으며 뒤를 따랐다.

숲길은 시원한 기운이 차고 넘쳤고 길을 감싼 녹음의 원시림은 어떤 웅장함마저 느끼게 해주었다. 하지만 주말의 한강 마라톤대회를 연상케 하는 사람들의 행렬은 끊이지 않았다. 오는 사람들을 피하고, 가는 사람들에게 길을 비켜주며 불편한 걸음을 계속해야 했다. 트레킹화와 등산화 사이에서 앤디와 나의 구둣발은 어울리지 않는 걸음을 걷고 있었다.

"어떡하지?"

앤디가 내게 물었다.

"모르겠어."

나는 발걸음을 멈추었다.

"여기…… 좀 으스스하지 않냐?"

길 너머의 울창한 나무들을 살피며 앤디가 또 목을 꺾었다.

"조금."

그때 까악 소리를 내며 까마귀 하나가 우리 위를 지나 날아갔다. 까마귀는 저만치 앞에 있는 길 안내 표지판 위에 가 앉았다. 나는 계시라도 받은 듯 표지판을 향해 다가갔다. 까마귀가 기척을 느끼고 날아간 표지판을 살펴보았다. 표지판은 메인 코스 길이 아닌 숲으로 난 갓길을 안내하고 있었다. 뒤따라온 앤디에게 이곳으로 가보자고 했다. 그가 고개를 끄덕였다.

갓길을 통해 들어온 숲은 사람들이 없었다. 대신 하늘이 보이지 않을 정도로 짙은 녹음이 우리를 둘러싸고 있었다. 더 어둡고 더 칙칙했으며 음산한 기분까지 들었다. 앤디가 꽃다발을 휘

휘 저어 날벌레를 쫓았다.

나는 손에 안아 든 나무 상자를 내려다보았다. 마법의 램프를 닦듯 상자를 한 손으로 쓰다듬으며 그녀를 떠올려보았다. 함께 떠난 길에서 행복해하던 그녀의 모습을, 그녀가 진짜 좋아했던 곳들을 그려보았다. 남해 소요 해변, 금산 보리암, 속초 앞바다, 월출산 갈대밭, 강천산 구름다리, 태안 천리포 해변, 그리고 제주도 공천포 해변과 어딘가의 오름을.

어느새 앤디가 마른 한숨을 내쉬고 있었다.

"그거 알아? 재연이가 왜 바다와 산을 좋아했는지?"

내가 물었다.

앤디가 어깨를 으쓱해 보였다.

"뻥 뚫려서야. 탁 트여서고. 수평선 끝까지 뻥 뚫린 바다랑, 정상에서 살피는 탁 트인 전망. 재연이는 그게 좋아서 바다로 향했고, 산을 오른 거야."

"……."

"이곳에 재연일 가둘 순 없어."

앤디가 침을 꿀떡 삼키고 물었다.

"이제 어쩌지?"

나는 대답 대신 왔던 길을 향해 발걸음을 내딛었다. 앤디가 내 뒤를 따라왔다.

메인 숲길로 나와 걸으며 앤디가 다시 물었다.

"진짜 어쩔 거냐고?"

"가야지."

"어디로?"

"서울."

"뭔 소리야? 재연인 어떡하고?"

"보내줘야지."

"그러니까 어떡하냐고?"

"네가 보내줘. 집에 가져갔다가 좋은 곳을 찾아주든지. 아니면 여기 더 머물면서 그 오름을 찾든지."

앤디가 내 팔을 잡아 세웠다. 마주 본 내게 그가 타이르듯 말했다.

"뭐야. 지금까지 그 난리를 쳐놓고, 응? 같이 보내주기로 했잖아. 그래서 이 고생을 한 건데 뭐 하자는 거야."

"나는 그럴 자격이 처음부터 없었던 것 같아."

답답하다는 표정으로 앤디가 나를 쳐다보며 말했다.

"난 뭐 자격이 있냐? 우리 그래도 지금껏 같이 잘해왔다고. 안 그래? 물거품 만들 거야?"

"미안하다."

"너 내가 나이 속인 거 때문에 이러는 거야?"

짜증 난 표정으로 앤디가 물었다. 나는 헛웃음을 지으며 고개를 저었다.

"그럼 오름 까먹은 거 때문이냐? 그거 진짜 미안해. 너한테도, 재연이한테도. 그러니까……."

어느새 내 팔이 앤디의 어깨에 올라갔다. 나는 그의 탱탱볼 같은 어깨를 두 번 두드렸다.

"부탁할게."

"아이 진짜…… 썅……."

난감해하는 앤디를 뒤로하고 그녀를 담은 상자를 든 채 앞서 걸었다. 이제 이 상자를 내려놓아야 할 때가 됐다. 나는 끝을 볼 자격도 능력도 없다. 어느새 코가 시큰해왔다. 나는 숲길을 벗어나기 위해 빠르게 걸어 나갔다.

오픈카 뒷좌석에 그녀의 상자를 올려놓고 보조석에 올랐다. 뒤따라온 앤디도 뒷좌석에 꽃다발을 두고 운전석에 올랐다. 어디로 가느냐고 묻는 앤디에게 공항으로 가자고 했다. 앤디가 말없이 내비를 켰다.

내비는 처음에 왔던 삼나무 숲길을 다시 올라 한라산 중턱의 도로로 차를 안내했다. 커브길이 계속 이어지는 도로를 능숙하게 운전하며 앤디가 말했다. 이 길 지난 적이 있다고. 재연이와 여행할 때 몇 번 탄 도로라면서 드라이브하는 맛이 있다고 덧붙였다.

묵묵히 그의 말을 들었다. 말할 권리를 잃은 사람처럼.

앤디가 진짜 괜찮겠냐고 다시 물었다. 자기 혼자 그녀가 담긴 상자를 가지고 가도 되느냐는 물음이었다. 나는 괜찮다고, 정말로 괜찮다고 했다. 진심이었다. 나는 자격이 없었다. 사실 우리 둘 다 자격이 없었다. 하지만 나보다 앤디가 더 노력했다고 생각했다.

차는 계속 구불구불 내리막을 지나고 있었다. 오픈카라 바람이 머리카락을 거칠게 뒤로 넘겨주었다. 무기력감과 회한을 씻어버리기라도 하듯, 풍욕이라도 하는 기분으로 그 바람을 맞았다.

그때였다. 무언가 저쪽 차선에서 치고 나와 우리 차 앞으로 달려왔다.

노루였다.

앤디가 급하게 오른쪽으로 핸들을 꺾으며 브레이크를 밟았다. 가슴을 해머로 내리치듯 안전벨트가 강하게 걸렸다. 숨이 턱 하고 막혔다.

차는 길을 벗어나 갓길과 나무숲 사이에 가까스로 멈췄다. 타이어 탄내가 코끝을 스쳤다. 백미러로 스키드마크가 난 도로를 성큼성큼 건너 숲 속으로 들어가는 노루의 모습이 보였다. 순식간에 일어난 일이라 앤디와 나는 끽소리도 내지 못하고 굳어 있었다.

한숨 돌리자 땀이 술술 흘러내렸고, 차들이 우리를 살피며 지나가는 게 느껴졌다. 우리는 한동안 멍하니 차 안에서 심호흡을 하며 시간을 보냈다.

"괜찮나?"

앤디가 물었다.

"그쪽은?"

내가 물었다.

"나 운전 잘하지? 사슴 저거 나 아니었음 죽었다."

능청스레 웃으며 앤디가 말했다.

"노루였어."

내가 정정했다.

"꼭 딴지를 걸어요. 사슴이나 노루나 다 그게 그거지. 암튼 나 잘했지?"

"그래. 까딱하면 큰일 날 뻔했는데, 덕분에 살았다."

"이 정도야 기본이지."

앤디가 웃으며 차를 뒤로 뺐다.

차는 다시 도로에 진입했다. 바람이 우리를 감쌌고, 위험했던 순간도 뒤로 사라졌다.

어느 순간 목장이 나타나며 길 양쪽으로 훤하게 시야가 트였다. 나는 방금 전 아찔했던 순간을 지우고자 고개를 돌려 전망을 살폈다. 커다란 왕릉 같아 보이는 오름과 성냥갑만 한 집들, 마을들, 논밭, 그리고 하얀 기둥의 풍력발전소가 거인들의 바람개비처럼 작고 오붓해 보였다. 그리고 그 너머로 펼쳐진 바다는 이 아름다운 섬을 어떠한 제약도 없이 감싸고 있었다. 마치 재연의 사진 속 오름에서 바라본 풍경 같았다.

순간 백미러로 하얗게 소용돌이치며 무언가가 상승하는 게 눈에 들어왔다. 놀라 돌아보니 그녀의 뼛가루가 바람에 실려 오픈카 위로 솟구쳐 날아가고 있었다. 나는 날아가는 그녀의 하얀 조각들에 시선을 빼앗긴 채 아무 말도 할 수 없었다. 그것은 무리 지어 이동하는 하얀 새 떼처럼 제주의 하늘로 순식간에 사라지고 있었다. 그녀는 스스로 날아가고 있었다. 어리석은 두 명의 남자에게 안녕을 고하고 자기 갈 길을 가고 있었다. 나는 더 이상 잡을 수 없는 그녀의 마지막 모습을 바라보기만 할 뿐이었다.

"악. 뭐야!"

그제야 목격한 앤디가 고함을 지르며 차를 급정거했다.

멈춰선 차에서 뒷좌석을 살폈다. 나무 상자는 뚜껑이 열린 채 뒷좌석 바닥에 떨어져 있었다. 우리는 그 모습을 바라보며 아무 말도 할 수 없었다.

노루를 피하느라 급정거했을 때 나무 상자는 바닥으로 떨어졌을 것이다. 떨어지며 걸쇠가 풀리고 뚜껑이 열렸을 것이다. 상자에서 흩뿌려진 그녀의 뼛가루는 바람에 날려 제주 하늘로 사라져버렸다. 그 현실을 머릿속으로 다시 확인하느라 나는 꼼짝할 수 없었다.

갑자기 앤디가 울기 시작했다. 녀석은 운전석에 고개를 묻은 채 어깨를 들썩이며 울음을 터트렸다.

나는 차에서 내려 뒷좌석 문을 열었다. 나무 상자를 집어 들어보니 뼛가루는 거의 다 날아가고 상자의 가장자리에 일부가 남아 있었다. 나는 그것을 마저 털어 손바닥에 모았다.

오른쪽으로는 아까 본 전망이 그대로 펼쳐져 있었다. 전망은 변함이 없었다. 그녀도 하늘에 올라 저 전망을 보았겠지? 그녀가 다시 보았길. 다시 그곳에 거했길.

나는 재연의 작은 조각들을 탁 트인 전망을 향해 뿌려주었다.

그리고 뒷좌석 바닥에 떨어져 있는 꽃다발을 들어 그녀를 뿌려준 곳을 향해 힘껏 던졌다. 하얀 꽃다발은 하늘을 가로질러 녹음 속으로 사라졌다.

뒤에서는 여전히 앤디의 울음소리가 들려왔다.

나는 울지 않았다.

서울

서울로 돌아오자 모든 것이 예상대로 진행되었다.

대표는 페널티라며 내 보직을 바꿨다. 3년간 편집 1팀장으로 소설과 에세이 출간을 담당했던 내가 하루아침에 관리팀장이란 직함을 받아들게 되었다. 직원 관리와 저작권 관리, 복리 후생과 회계를 담당하란다. 관리팀장이란 새로운 직함은 사실상 유배지와 같았다.

부하직원은 경리 담당 성 주임뿐이다. 평소에도 내게 무뚝뚝했던 그녀는 내가 직속상사가 되자 매우 짜증이 나는 모양이었다. 업무에서도 자기가 노하우가 있으니 대놓고 나를 무시했다. 하긴 내가 회계를 뭘 알겠는가? 인터넷뱅킹도 못하는 내가.

반면 내가 근무하던 편집 1팀은 해체되었고, 자기계발과 실용서를 담당하던 편집 2팀 김 팀장이 편집장이 되었다. 그리하여

내 밑에서 일하던 편집 1팀 오 대리는 김 팀장 밑으로 들어가게 되었다. 김 팀장 아니 편집장은 기존의 자기가 데려온 이 대리와 인턴에 오 대리까지 세 명의 편집부원을 거느리게 되었다.

사무실에서 나는 사실상 왕따가 되었다. 무단결근의 대가는 컸다. 회사를 그만두라는 것이 아닌가 의심될 지경이었다. 그럼에도 나는 크게 신경 쓰지 않았다.

편집장을 위시한 여직원들이 자기들끼리 점심을 먹으러 가도, 대표가 나를 본보기로 지적해 직원들에게 경각심을 심어줘도, 손에 안 잡히는 새 업무가 쌓여도, 신경 쓰지 않았다. 전 같았으면 눈치를 보며 마음을 졸이며 소심하게 굴었을 내가 눈 하나 깜짝 않고 빈둥대자 오히려 그들이 나를 흔들 엄두를 내지 못했다.

제주도에서 돌아온 이후로 내게 무언가 생긴 게 분명했다. 정리하자면 무심함과 열망이 아닐까 한다. 내가 처한 현재에 대한 무심함이 도드라졌고, 그녀에 대해 불완전연소 된 열망이 나를 지배하고 있었다.

앤디가 알려준 그녀의 비밀번호는 만능열쇠였다. 페이스북뿐 아니라 이메일, 미니홈피 모두 같은 번호로 들어갈 수 있었다. 대표와 편집장이 외근을 나가자 나는 컴퓨터를 켜고 재연의 미니홈피에 접속했다.

낡은 다세대주택처럼 오래된 그곳에 그녀의 게시물이 켜켜이 쌓여 있었다. 때로는 벽돌 같은 단문으로, 때로는 성벽 같은 문

단으로 남겨진 그녀의 게시물은 모두 그녀의 이야기일 따름이었다. SNS 시대엔 한물간 걸로 여겨지는 이 플랫폼을 그녀는 사용하고 있었다. 누구도 찾지 않기에, 아무도 모르게.

인간이라면 누구나 단체 사진에서 본능적으로 자기 얼굴을 먼저 찾듯, 그녀의 미니홈피에 들어가자마자 3년 전 게시물부터 살펴보기 시작했다. 나와 사귀던 시절의 기록들. 그곳에 남은 그녀의 흔적을 숨죽이고 읽어나갔다.

그녀의 게시글은 일상을 적어나간 기록과 책, 영화에 대한 감상이 전부였다. 일기는 오늘 얼마만큼 글 작업을 했는지, 낮에 누구를 만났는지부터 그날그날의 감정 상태와 장을 본 내역까지 두서없이 정리되어 있었다. 독후감은 읽은 것에 대한 간단한 감상과 밑줄 그을 만한 문장을 받아 적어놓은 정도로 책의 맥락을 잘 짚은 예리한 글들이었다. 거기엔 우리 출판사에서 나온 책들도 있었으나 나에 대한 언급은 없었다.

한편으로 영화에 대한 이야기를 보니 대부분 그 시절 나와 함께 본 개봉영화들에 대한 언급이었다. 시나리오작가였던 그녀는 주요 개봉영화를 보아야 했고, 그래서 나는 관심이 없는 할리우드 블록버스터나 뻔한 국내 스릴러 영화들도 함께 섭렵해야 했다.

몇몇 감상평 중 그녀가 유독 좋아했던 음악영화에 대한 글을 읽다 보니 그때의 공기가 떠올랐다. 타협 없는 감독의 태도가 상업영화를 쓰며 지친 그녀를 자극했었다. 흥행공식에 맞춰 시나리오를 써나가던 답답함이 경쾌한 음악들과 함께 가시는 것 같다고 그때 그녀는 말했고, 이곳에도 그렇게 적혀 있었다. 함께한 기억이 적혀 있는 걸 보니 반가운 마음이 들었다.

독후감과 감상기 사이사이에는 글쓰기의 어려움에 대한 단상도 자리하고 있었다. 그것은 마치 그녀의 글밭에 자리한 잡초처럼 보였다. 불편하고 쓸모없고 지친 기색이 담긴 글에서는 애잔함이 느껴졌다.

글쓰기는 강박이자 중독이다. 이제 그 긴장을 즐길 때도 됐건만, 매순간 싱숭생숭에 일희일비다. 무엇보다 사람들은 이 일을 직업으로 보지 않는다. 언제쯤이면 나는 이 일을 일로 할 수 있을까. 견딜 수 있을까. 즐길 수 있을까.

그녀는 확실히 중독적으로 일하고 있었다. 그녀의 작업 진도에 따라 데이트 분위기도 결정되었고, 마감에 시달릴 때는 잠수가 기본이었다. 나는 그녀를 이해한다고 생각했지만, 그것은 그리 쉬운 일이 아니었다. 문득 그런 생각이 들었다. 내가 그녀의 이 글들을 그때 읽었더라면 그녀를 조금이나마 더 이해할 수 있지 않았을까?

요즘의 내 글쓰기는 마시멜로 이야기 같다. 아끼다 아끼다 마지막에 먹는 거. 그렇게 아껴서 하루 종일 안 쓰고 이제야 쓰려고 그러냐? 바보 같다.

이 글 역시 하루를 마감하며 질책을 담은 글이다. 작업 진도는 못 나가고 미니홈피에 자괴감을 농담으로 적어보려 했지만, 스스로를 바보 같다 느끼고 있었다.

자기를 괴롭혀서 글을 쓰는 것보다
나는 누군가의 사랑을 받고 싶다.

나와 헤어지고 나서 얼마 되지 않아 쓴 게시글이었다. 그 정도밖에 안 되었구나, 라는 생각에 다시 한번 마음이 쓰려왔다.

이후로 삼십 분 정도 더 게시글을 훑어보았지만 나와 관련된 이야기를 더는 발견할 수 없었다. 그것이 다행이기도 하고 아쉽기도 했다. 묘한 기분이 들었다.

그럼에도 한 장의 사진을 발견하고는 나도 모르게 입가에 미소가 번지는 걸 참을 수 없었다. 빽빽한 글만 쌓인 그녀의 포스팅 중에 몇 안 되는 사진 중 하나인 그것은, 매우 평화롭고 정적인 한 해변의 풍경이었다. 남해, 변하기 전에 우리가 함께 갔던 그곳이었다.

사진의 아래로 이런 글귀가 남아 있었다.

소요 해변, 언젠가 돌아올 우리들의 바다.

그렇게 다시 그녀와 나의 해변을 볼 수 있었다. 나는 신경을 집중해 소요 해변을 바라보고 또 바라보았다. 에어컨 바람에 머리가 서늘한 도시의 사무실에서, 그녀와 함께했던 우리들의 바다에 잠시 거해보았다.

사무실 문이 열리고 인쇄소 최수철 부장이 25권 묶음 신간을 양손에 하나씩 들고 들어왔다. 그는 응접 테이블에 신간을 올려놓고는 손수건으로 땀을 닦으며 탕비실로 향했다. 잠시 뒤 자기 집인 양 느긋하게 주스 한 잔을 마시며 응접 테이블로 돌아온 그가 묶음 줄을 뜯었다.

"따끈따끈한 신간 왔습니다."

직원들이 그쪽으로 몰려가 신간을 확인하기 시작했다. 책이 예쁘게 나왔다고 다들 호들갑을 떨었다. 지난달에 내가 편집한 영미권 소설이었다. 내 마지막 편집작이었지만, 딱히 살펴보고 싶지 않았다. 나는 모니터로 시선을 옮겼다.

"고 팀장님. 때깔 죽이지 않습니까? 여기 에폭시도 주고, 이번에 신경 많이 썼습니다."

어느새 다가온 최 부장이 내 책상 위에 책을 올려놓았다. 나는 책 표지를 손으로 슥 훑어보았다. 갓 입고된 책에는 아직도 온기가 남아 있는 듯했다. 최 부장네 인쇄소는 빵 가게가 아님에도 따뜻하고 고소한 무언가가 책에 묻어 오곤 했다.

"수고했어."

"기대작인가 봐요. 소설을 3천 부나 찍게."

"내 마지막 편집작인데, 3천 부도 못 찍으면 되겠어?"

"에이, 마지막이라뇨. 왜 그러셔."

최 부장이 덩치에 안 맞게 손가락으로 내 어깨를 쿡 찔렀다.

"한 대 피우러 가시죠."

사무실이 입주한 건물 옥상에는 어디에서 주워 왔는지 모르는 하얀 편의점 파라솔 의자가 두 개 놓여 있었다. 우리는 각각의 의자에 앉았다. 최 부장은 발주를 받을 때나 입고를 하러 올 때면 반드시 나와 이곳에 올라와 담배 한 대 피우고 가는 게 일이었다. 그는 요샌 어디나 금연지대고 편집자들도 담배 피우는 사람이 없다며 투덜댔다. 물론 우리 건물도 금연건물이지만, 옥상은 어느 정도 치외법권이었다. 파라솔 의자 앞에 놓인 황도캔에는 이미 많은 담배꽁초가 박혀 있었고, 신기하게도 깡통이 꽉 찰 즈음이면 새로운 깡통으로 교체되곤 했다. 사실상 이 건물 흡연자들 간 무언의 연대인 셈이었다.

"진짜 이제 편집 안 하시는 거예요?"

내가 고개를 끄떡이자 최 부장이 입맛을 다셨다.

"그 새로 온 여자 편집장 까다롭죠? 기가 장난이 아니던데. 아무래도 껄끄러워. 고 팀장님이 발주만 계속 담당해주면 좋을 거 같은데……."

"내가 왜?"

"관리팀장이라면서요. 인쇄소 관리도 하면 되지 않습니까? 예?"

"관리야 하겠지. 다른 인쇄소 견적도 받고 그런 거."

"진짜 왜 그러셔? 나는 팀장님 믿고 여기랑 거래하는데."

"농담이야. 암튼 나는 이제 힘없으니 편집장 비위 잘 맞춰해."

최 부장이 한숨 같은 담배 연기를 뿜고는, 새 담배를 꺼내며 물었다.

"고 팀장님. 탁 까놓고 물어볼게요. 왜 밀린 겁니까?"

"……."

"아니. 그렇게 충성을 다했는데 낙하산 탄 여자 하나 들어와 이렇게 된다는 게 말이 돼요? 나는 팀장님처럼 일했으면 지금쯤 우리 회사 이사 됐습니다."

"제발 열심히 해 이사 좀 돼봐. 그래서 나 좀 고용해줘."

"하는 거 봐서요."

내가 한 대 때리는 시늉을 하자 최 부장이 몸을 뒤로 빼며 히죽였다. 그때 전화가 울렸다. 그놈이었다. 나는 최 부장에게 먼저 내려가라 손짓을 하고는 전화를 받았다.

"점심은 잘 먹었고?"

"왜?"

"왜긴. 보고 싶으니까 걸었지."

"안 받으려다 옥상이라 받은 거야. 업무 시간이니 용건만 말해."

"그냥. 쓸쓸해서. 근데 회사 그거 언제까지 다닐 건데?"

"왜? 내 퇴직금 니 사업에 넣으라고? 그만둬도 그럴 일은 없으니까 작작 좀 물어라."

"형씨. 나를 꼭 그렇게 양아치로만 보지 마. 나 사람 이용 안 해. 당하면 당했지 누구한테 폐 안 끼치고 살았다고."

"알겠다고. 이제 끊는다."

"아니, 잠깐만. 하나만."

"……."

"그 재연이 괴롭힌 새끼, 좀 알아봤어?"

"…… 알아보긴. 뭘."

"뻥치신다. 왜 뜸 들이는데? 말해라."

"니가 알면 뭐하게."

"그냥 알려만 주라고. 아, 안되겠다. 한번 만나자. 친구."

"친구는 무슨. 아깐 형씨라면서."

"친구건 뭐건 한번 만나자고. 제발. 좀."

"나 당신 더 볼 일 없거든. 이제 진짜 끊는다."

"아니. 이 사람이 참……."

전화를 끊었다. 그럼에도 환청처럼 녀석이 떠들어대는 소리가 귀에 울렸다. 동행하는 동안 녀석의 괄괄한 목청과 느끼한 말투에 너무 적응되었던 탓일까? 군대 동기처럼 함께 고생해서 그런 걸까? 유독 놈의 느낌이 몸에서 떨어지지 않는다. 참으로 징그러운 앤디 놈이다.

사무실에 내려와보니 대표와 편집장이 외근을 마치고 돌아와 있었다. 밝게 웃으며 대표와 편집장이 대화를 나누고 있었고, 직원들은 그들 주위에 모여들어 무용담을 듣고 있었다.

"거기서 김 팀장이 한마디 했지. 교수님, 30만 부 갈 수 있습니다."

직원들이 무용담에 반응했다.

"내가 얘기했으면 백 교수가 안 넘어갔을 거야. 그런데 편집장이 옆에서 조용히 듣다가 그 타이밍에 탁 치고 들어오니까 반응하더라고."

"제가 타이밍에 좀 강하잖아요."

대표가 편집장을 흐뭇하게 돌아보았다. 그녀가 자신 있는 미소로 답했다. 다들 화기애애하게 오늘의 외근 성과를 나누고 있었다. 나는 그들을 피해 내 자리로 돌아왔다.

"백 교수 섭외 기념으로 오늘 회식입니다. 다들 핑계 대고 빠지기 없기."

승전보라도 울리듯 편집장이 외쳤다. 직원들은 애써 반기는 표정을 지어 보였다. 편집장이 대표와 함께 대표 방으로 들어가고 나자 사무실 유일의 남자 동료인 디자이너 정 실장이 다가와 투덜댔다.

"오늘도 야근인데…… 회식이 나을 수도 있겠네요."

"진짜 그렇게 생각해?"

"그렇게 생각하려고요. 팀장님은 별 상관 없으시죠?"

"왜?"

"아뇨. 요새 뭘 해도 초연하신 거 같아서."

"그래도 회식은 싫어."

"편집장 잘난 척하는 꼴도 싫지 않아요?"

정 실장이 나직이 말했다. 나는 쓴웃음을 지어 보였다. 정 실장이 똑같은 표정을 짓고는 자리로 돌아갔다. 나는 그녀를 살피던 인터넷 창을 닫았다. 회식 전까지 밀린 업무를 마쳐야 했다.

회식 장소는 횟집이었다. 대표는 동물사육 관련 다큐를 보고 나서부터 육고기를 피하게 되었다. 이후 회식은 횟집으로 한정이 되었다. 작은 회사의 특징은 대표의 취향을 따르게 되곤 한다. 그래도 대표의 취미가 등산이어서 새해 시무식을 북한산에서 한다는 회사나, 사장의 종교가 기독교라서 매일 아침 예배를 드리고 일과를 시작한다는 회사보단 나은 편이었다.

좌식 단체 테이블의 제일 안쪽에는 대표와 편집장 그리고 대표의 또 다른 충복인 영업부장이 앉았다. 그 옆으로 편집부 여직원들과 성 주임, 영업부 권 대리가 자리해 있었다. 말석에는 나와 정 실장, 그리고 얼마 전까지 내 팀원이었다가 김 팀장 밑으로 가게 된 오 대리가 앉았다.

"자기 왜 이쪽에 왔어. 앞으론 저쪽 가서 앉도록 해."

나는 한때 내 밑의 직원이었던 오 대리에게 상석을 가리켰다.

"오늘은 좀 편하게 먹고 싶어요."

오 대리가 받은 잔을 비웠다.

"아까 점심 먹고 돌아올 때 보니까 편집장이랑 아주 죽이 잘

맞던데 뭘."

정 실장이 덧붙였다. 오 대리가 정 실장에게 눈을 흘기곤 마시던 잔을 내려놓았다.

상석에서는 편집장이 백 교수에게 책 계약을 따낸 과정을 다시 장황하게 설명하고 있었다. 여직원들은 그녀의 말에 코러스하듯 웃음과 리액션을 터트려주었고, 대표는 만족스러운 표정을 지으며 그녀들과 건배했다.

회가 나왔다. 말석에 앉은 나와 정 실장, 오 대리는 군량미라도 축내 적진을 약화시키라는 포로들의 전략을 수행하듯 부지런히 회를 집어 먹었다. 회를 씹고 소주를 들이켜자 앤디와 사천 포구에서 가진 술자리가 생각났다. 남해에서 멘탈이 붕괴되고 손과 무릎을 다친 나를 챙겨주며 녀석이 말했었다. 한잔 비우고 잊으라고. 실제로 한잔하고 그날 기억을 잊었다.

그래봤자 그날 밤 기억일 뿐이다. 얼마나 많이 마시면 통으로 기억을 삭제할 수 있을까? 나는 술잔을 앞에 둔 채 제주의 하늘로 날아가버린 그녀를 떠올렸다. 여행 내내 보충제 통에 갇혀 우리와 동행한 걸 책망하기라도 하듯 그녀는 그렇게 사라져버렸다. 하지만 내 마음속엔 영원히 사라지지 않을 조각으로 남아 있었다.

골똘한 나를 향해 정 실장이 잔을 들어 보였다. 나는 잔을 비웠다. 그때 스마트폰이 울려댔다. 액정을 보니, 놈이었다. 미칠 노릇이다. 그녀를 떠올릴 때면 질투라도 하듯 꼭 녀석이 끼어든다. 나는 리셋 버튼을 눌렀다.

"프로란 뭐라고? 먼저 프로는 타인의 시간을 낭비하지 않는 사람이야. 그러려면 어떡해야 하겠어? 논점을 파악할 줄 알아야 해. 뭔 말인지 바로 알아듣고, 상대방이 원하는 걸 바로 캐치해야 하는 거라고. 그래서 결론적으로 뭐라고? 프로는 상대방이 요청한 걸 제때 적절한 형식으로 내놓을 줄 아는 사람이야. 알겠어?"

불쾌해진 대표가 프로의 덕목을 얘기하며 직원들 하나하나와 눈을 마주쳤다. 대표의 아이컨택에 닿지 않으면 큰일 나는 걸 아는 직원들은 부릅뜬 눈으로 대표와 시선을 맞추며 고개를 끄덕이고 있었다. 나는 눈으로는 대표를 바라보며 손으로는 앤디의 두 번째 전화 발신을 리셋 하고 있었다.

"왜 출판사 다니면 연봉 적을 거라 생각하고, 출판사는 무슨 가내수공업 하는 것처럼 사람들이 생각하게 만드느냐 이 말이야. 난 말야, 우리 출판사 다니는 게 대기업 다니는 거 못지않게 부러운 날이 오게 만들려고 한다고. 연봉도, 인센티브도, 대기업 못지않게 가면 되는 거지. 안 그래?"

"진짜 대표님, 생각 앞서 나가신다."

편집장의 추임새.

"그러려면 어떡해야 해? 기틀을 만들 때까지 공격적으로 나가야 하는 거야. 오늘 백주형 교수, 30만 부 저자야. 편집장이 섭외해 왔어. 어떡해야 해? 영업부?"

"예상 출간일 맞춰 매대 최대로 확보해놓겠습니다."

"관리부는?"

나는 앤디에게서 온 세 번째 전화 발신을 확인하다가 급히 대표를 돌아봤다. 대표는 독이 오른 두꺼비처럼 붉은 얼굴로 나를 쏘아보았다.

"…… 잘 관리해 베스트셀러 가겠습니다."

"어떻게 잘 관리한다는 거지?"

"그야…… 저자가 일단 확보됐으니 원고 잘 쓸 수 있게 자주 자주 체크해주고요, 또 시장 상황도 엿보고 그에 맞춰 어떻게 마케팅 할지도……."

탕. 대표가 탁자를 손바닥으로 때렸다.

"그건 영업부 몫이고, 자네 아직 관리팀 감 못 잡았지?"

"예. 아직은 업무파악 중이라……."

"야, 고민중. 너 지금까지 내가 무슨 말 했어? 내가 여기 꼬맹이들 들으라고 프로가 어쩌고 그런 줄 알아 인마! 다 너 들으라고 하는 소리야. 이 피드백 안 되는 녀석아!"

이럴 땐 고개를 숙이고 있는 수밖에 없다. 천둥번개와 폭우가 칠 때는 피해야 할 뿐이다.

"너 무단결근하고 나서부터 나사가 하나 빠져서 해롱대고 있어. 보직 바꾸고 책임감 줬으면 정신 차릴 때도 되지 않았나? 어? 말해봐. 그래서 어디 프로답게 하겠어?"

"죄송합니다."

연신 머리를 조아렸다. 앞자리의 인턴이 민망한지 고개를 돌렸다. 다른 사람들도 모두 불편해하는 것 같았다. 하지만 속으로는 내 망신을 맛있는 후식처럼 즐기고 있을 것이다.

대표의 잔소리가 몇 번 더 계속되었고 나는 '죄송합니다'를 반복했다. 취하면 늘 나오는 대표의 '타깃 갈굼'이었고, 나로서는 익숙한 일이었다. 다만 이번에는 고개를 조아릴 때마다 발 앞에 놓인 스마트폰에 뜨는 앤디의 메시지 폭탄이 짜증을 가속시킬 따름이었다.

횟집을 나와 2차 호프집으로 향하며 대표는 갈 사람들은 먼저 가라고 했다. 하지만 모두 괜찮다는 표정으로 대표와 편집장의 뒤를 따랐다. 물론이다. 자리를 비우는 순간 뒷담화가 시작된다. 결국은 진짜 자리가 비워지게 될지도 모를 일이다. 그런 면에서 지난주에 무단으로 나흘이나 자리를 비운 내가 받은 타격은 당장 잘려도 이상할 게 없는 것이었다.

다시 스마트폰이 울렸다. 액정을 보니 부재중 통화 3통, 문자 7통이었다. 도저히 안 되겠기에 나는 호프집에 들어가기를 미루고 전화를 받았다.

"대체 왜 그러는데?"

"형씨. 진짜 바쁜가 봐."

제법 취기가 오른 앤디의 목소리가 귀를 긁었다.

"그래. 먹고사느라 바쁘다. 접대 중이야. 왜?"

"출판사도 접대를 해?"

"내부 접대다. 회식. 왜?"

"열심히 사시네. 진짜 안 그만두는 거야?"

"솔직히 나 지금 잘릴 처지거든. 무단결근한 거 만회하기 바쁘다고. 그러니 그만 귀찮게 할래?"

"만회가 되긴 되나 보지? 이야. 나는 망했는데."

"……."

"쫄딱 망해서 안 먹던 술에 다 취해서 이렇게……."

"니가 술을 안 먹긴 뭘 안 먹어?"

"그때만 마신 거야. 담배도. 어? 근데 그때 이후로 계속 술 마시고 담배 피우기 바쁘다. 지금 나 근육도 다 무너지고 추진하던 사업도 좆 됐다고. 알아?"

"내 책임이라도 된다는 거냐?"

"내가 남 탓이나 하는 놈 같아 보이냐?"

"응."

"아니거든."

"아님 뭐?"

"알려줘. 그놈."

"누구?"

"알잖아. 그 새끼!"

"됐다. 정신 차려라."

"이름만 알려주고 넌 빠지면 돼. 복수는 내가 한다."

"영화 찍냐? 복수는 무슨……. 헛소리 말고, 전화하지 말고."

"씨발…… 알려달라고. 으으."

"……."

"아님 돈이라도 좀 부쳐. 지금 나 좀 힘들다."

"……."

"돈이라도 부치라고! 너는 회사도 다니고 그대로잖아!"

"계좌 찍어. 여수랑 제주에서 쓴 돈 부쳐줄게."

"오케이. 그런데…… 이거 다 복수 땜에 필요한 거야……. 그러니 그 새끼 정보도 같이 보내."

"야! 계좌나 찍어 보내. 헛지랄 그만 떨고!"

나는 전화를 끊고 2차 장소로 들어갔다. 그곳에서 생맥주를 있는 힘껏 들이켰다.

술자리가 끝나도록 앤디로부터 계좌를 찍은 문자는 오지 않았다.

숙취로 빠개질 듯한 머리를 흔들며 잠에서 깼다. 침대에 누운 채 어제를 복기했다. 2차 호프집에서 이미 많이 마신 나는 취한 걸 핑계로 3차 노래방으로 가는 사람들을 뒤로하고 집으로 가는 택시를 탈 수 있었다.

택시에서 앤디에게 계좌번호 찍으라고 문자로 독촉을 보냈으나 놈에게선 답이 없었다. 돈도 돈이지만 대체 녀석은 왜 내게 그런 부탁을 해대는 걸까? 제정러시아도 아니고 무슨 연적에게 결투라도 신청하려는 걸까? 그렇다고 그놈이 생판 모르는 앤디를 상대해주기나 할까? 결론은 앤디 혼자만의 집착일 뿐이다. 그녀와 나와 얽이고 싶어 무슨 또라이 짓이라도 하려는 거다. 지 딴에는 그녀와 나와 함께 다녀온 그 여정이 만족스러워야 했는데, 아쉬운 거다. 그래서 무어라도 더 지속시키고 싶어 빌미를 찾는 거다.

앤디를 생각하니 가뜩이나 숙취로 아픈 머리에 파도가 치는 것 같았다. 나는 녀석의 생각을 지우려고 스마트폰을 켜고 어제의 프로야구 하이라이트를 보았다. 그때 문이 열렸고 나는 다급히 몸을 뒤척였다. 어머니는 다 알고 있다는 듯 내게 말했다.

"민주랑 김 서방 왔다. 같이 점심 먹어야지."

어머니가 문을 닫고 나갔고, 나는 일어나지 않으면 안 됨을 깨달았다. 내 집에 있는 한 밥때 자리를 비우는 건 금기다. 그것이 가훈처럼 아버지가 자식들을 모이게 하는 근거였다. 어서 이 집을 나가야지. 한숨을 쉬며 침대에서 몸을 일으켰다.

여동생은 조카를 맡기러 왔다. 이제 두 돌인 조카를 어머니가 봐주는 동안 동생은 남편과 밀린 일을 처리하는 게 두 주에 한 번은 있는 일이었다.

아버지는 이미 김 서방과 식탁에서 반주로 막걸리를 마시고 있었다. 나는 아버지의 시선을 피하며 목례를 했다. 여동생은 어머니와 함께 밥상을 마저 차리고 있었다. 다행히 조카는 자나 보다. 깨어나면 애타게 삼촌을 찾을 조카를 피해 사무실에 나가기로 마음먹었다.

"오빠 요즘도 술 많이 마시는 거야?"

"마시고 싶어 마시냐. 회식."

"형님. 해장술 한잔 하시죠."

김 서방이 넉살 좋게 막걸리를 들어 보였다. 나는 손을 저으며 식탁에 앉았다.

"니네 오빠 사람 좀 소개해봐. 장가를 가야 사람 구실을 하지 원."

어머니가 또 시작이다.

"출판사에 여직원 많잖아?"

나는 대답 대신 하품을 했다.

"출판사 말고 니네 학교 선생들 말야. 너랑 비슷한 또래로. 응?"

그럼. 선생이 최고지. 암.

"우리 학굔 다 유부녀들이야. 시집들 빨리 가거든."

그럼 그렇지. 민주 니가 날 소개해줄 리가 없지.

거기서 끝나길 바랐다. 하지만 식탁에 모두가 모여 앉아 밥을 먹으면서도 이야기는 이어졌다.

"김 서방은 주변에 없나? 자네 학교도 남녀공학이니 여선생들 있을 거 아냐?"

어머니는 역시 집요했다.

"장모님. 그게 말입니다. 요새 일등 신붓감이 선생이라 다들 임자가 있고, 없는 애들도 눈이 높아서요……."

"자네 말이 좀 서운하네. 우리 민중이가 어디가 어때서?"

김 서방이 당황해했다.

"어떻긴. 평균 미달이지. 요즘 여선생들이 구멍가게 같은 출판사 직원 눈에나 들어오겠어?"

아버지가 뚝배기 같은 목소리로 나를 비꼬았다.

"당신은 왜 맨날 애 기를 죽이고 그래요? 학원에는 젊은 여선생 없어요?"

"없어. 있어도……."

"있으면, 소개를 해야 할 거 아녜요."

"소개는 무슨. 지가 알아서 가야지. 민중이 저놈은 아직 독립할 자격이 안 돼."

선고라도 하듯 그렇게 말하고 아버지가 막걸리를 비웠다. 못난 아들 윽박지르기야 하루 이틀이 아니기에 나는 신경을 끄고 남은 계란말이를 모두 먹어 치우기로 했다.

"아빠. 그래도 우리 오빠같이 한 직장 오래 다니는 사람도 요새 별로 없대요."

"이제는 성실한 걸로 평생 먹고살 수 있는 세상이 아니다. 그러니까 니들처럼 학교로 들어갔어야지. 내가 그렇게 교직 이수하라고 했는데도 말을 안 듣더니 말야."

아버지가 자꾸 속을 긁었다. 김 서방이 눈치를 보며 아버지에게 막걸리를 따라줬다. 어머니가 내 변호를 하는 것 같은데 귀가 아플 뿐이다. 아무래도 이 집에서 빨리 나가는 게 상책이다.

나는 남은 콩나물국을 단숨에 들이켜고 일어섰다.

"너랑 김 서방은 좋겠다. 방학도 있고. 주말에도 쉬고. 나는 오늘도 일하러 가야 해. 어른들 말씀 안 들으면 이렇게 되는 거다."

한마디 던지고 방으로 향하는데 아버지의 목소리가 들렸다.

"지금이라도 말 잘 들으면 내가 학원에 자리 하나 못 내줄까. 정 학원이 싫다고 하면 북카페라도 하나 차려줄 수 있다고. 근데 뭔 말을 들어 처먹어야……."

이어지는 아버지의 목소리를 뒤로하고 방으로 들어갔다. 세수도 안 하고 곧바로 옷을 갈아입고 가방을 챙겨 집을 나섰다. 가족들의 눈총이 느껴졌지만 집을 나서자 마음이 홀가분해졌다. 지하철을 향해 걸으니 몸에서는 땀이 났고, 그것이 술을 깨는 데 확실히 도움을 주었다. 머리가 맑아지며 온갖 상념이 땀처럼 솟아났다.

어느 순간부터 나는 하숙생이 된 것 같았다. 말이 안 통하는 아버지와 결혼 얘기만 하시는 어머니 사이에서 나는 공짜로 밥을 얻어먹고 잠을 자는 하숙생 생활을 하고 있었다. 생활비에 보태라고 월급에서 30만 원씩 집에 드리던 것도 이제 생략하고 있다. 2년 전 아버지가 구입한 학원 건물의 가치가 오르면서 내가 생활비를 보태는 것 자체가 우스운 일이 되어버렸다.

청년 시절 박정희 독재 정권과 싸우며 자식들의 이름도 민중, 민주라 지으셨던 분이 이제 부동산 전문가가 되어서 땅값을 올려줄 정권을 지지하는 노인이 되어가고 있었다. 아버지의 인생은 뭐랄까, 이쪽저쪽을 잘도 오가며 잘 흘러왔다고 할 수 있겠다. 학생운동으로 복역하는 바람에 군대는 안 가도 되었고, 출소 후엔 결혼을 해야 해서 취업한 곳이 학원 업계였다. 명문대 간판을 앞세운 아버지는 학생운동으로 다져진 말발과 지도력으로 학생들을 명문대로 이끌었고, 제법 큰 학원의 대표 강사로 자리 잡게 되었다.

30년 학원 강사 경력이 완성된 결과물이 서초동의 5층 건물이었고, 아버지가 차린 학원이 이곳에서 성업하게 되었다. 그럼에도 아버지는 늘 제도교육에 대한 열등감이 있었는지 나와 여동생에게 교직을 이수할 것을 강조했고, 야무진 여동생은 아버지 뜻대로 교사가 되었다. 반면 나는 교직을 이수하지도 않았고 대기업에 원서도 안 넣어봤고 그냥저냥 국문과를 졸업해 형편에 맞게 취직한 출판사를 5년째 다니고 있을 뿐이었다. 어머니의 결혼타령과 아버지의 교직타령은 사실 한뿌리에 불과하다. 결혼을 하려면 출판사에서 책이나 만들어 가능하겠냐, 아버지 밑에 와 학원 경영을 맡아라. 결론은 그것이겠지만 나는 학원을 경영할 생각도 없고 아버지의 후광을 받을 생각도 없다. 나는 무엇을 결정하는 게 매우 어려운 사람이지만 무엇을 하지 않아야 하는지는 잘 아는 사람이다. 내가 그렇게 혐오하는 속물인 아버지의 뒤를 따라 일을 하며 살고 싶지 않다는 것만큼은 분명하다. 가장 하고 싶은 것은 못하고 살더라도 가장 하기 싫은 것은 안 하며 살려고 노력해왔다.

그래서 악착같이 돈을 모으며 독립을 꿈꿔왔다. 부모님의 타령이 없는 곳, 나만의 공간에서 컵라면을 먹고 살아도 마음이 편한 곳을 가지고 싶었다. 그러기 위한 최소의 조건은 전세였다. 저연봉 직장인으로 살면서 월세 생활을 하면 월급의 3분의 1이 날아간다. 그 돈을 지키고 싶었기에 사회생활을 시작하면서 잡은 목표가 3천만 원이었다. 그때는 3천만 원이면 작은 원룸 전세는 구할 수 있었다. 하지만 지난 해 3천만 원을 모으고 보니, 웬만한 원룸 전세는 이미 5천만 원은 있어야 가능한 사정이었다. 내 월급으로는 가파르게 상승하는 전셋값을 따라갈 수가 없었다. 그래도 호기롭게 나와 반전세라도 구해야 했던 걸까? 나는 용기를 내지 못했다. 재연이 월세로 힘겹게 사는 모습을 보며 걱정이 앞서기도 했다. 나는 그녀를 챙겨줄 생각을 하기는 커녕 그녀처럼 사는 게 두렵고 자신이 없었던 것이다.

사무실은 어제 회식의 여파로 아무도 없었다. 주말에도 제집처럼 사무실에 나오는 대표도 어제는 무리했는지 방에 없었다. 한적하고 좋았다. 에어컨을 켜고 봉지 커피를 타서 자리로 왔다. 컴퓨터를 켜고 포털 사이트에 접속했다.

오늘은 그녀의 메일 계정을 살피기로 했다. 페이스북과 미니홈피를 보느라 미뤄왔던 곳이다. 어쩌면 살피기 가장 두려워서 그랬을 수도 있다. 이곳엔 초기에 나와 소설 출간을 준비하며 나눈 메일이 있을 것이고, 그녀를 쥐고 흔들었던 감독과 나눈 메일이 있을 것이다. 그동안 나는 의식적으로 그의 존재를 피해

왔다. 직면하기를 미루고 있었다. 하지만 이제는 그녀가 오랫동안 매여 있어야 했던 놈의 실체를 목격하기로 했다.

익숙해진 아이디와 비밀번호를 눌러 그녀의 메일에 접속했다. 그녀가 죽은 뒤로 메일함은 엄청난 양의 스팸메일들이 쌓여 있었다. 나는 메일 검색창에 내 메일 계정을 쳤다. 나와 교환한 이메일들이 나왔다. 나는 그 즈음의 페이지로 가보았다. 나와 교환한 메일 전후로 분명 놈에게 보낸 메일이 있을 것이다.

아니나 다를까, 나와 출간 관련 메일을 나누던 즈음, 놈의 메일이 남아 있었다. 나는 마음을 가다듬고 녀석이 보낸 메일을 확인했다.

한 작가

「비 마이 고스트」가 소설로 어울린다고 생각해?

출판사에 놀아나지 말고 진득하게 영화로 만들 생각을 했으면 좋겠네.

그리고 그 작품은 시나리오로 먼저 만들어진 것이고

자기가 그걸 소설로 고쳐도 저작권은 시나리오에 있는 게 아닐까?

즉 시나리오를 노벨라이즈 한 거잖아.

그 시나리오는 자기가 썼지만 내가 기획하고 기여한 바가 있지.

지금 그걸 소설로 내겠다는 건, 자기 혼자 작품을 독점하겠다는 생각으로밖에 보이지 않는군.

그럴 테면 그래봐.

모르고 있었나 본데, 이미 시나리오 저작권 등록은 내가 공동으로 해놓았거든.^^

그리고 만에 하나, 소설을 빌미로 나에게 엉기는 거라면 잘못된 전략이라는 거, 알았으면 좋겠어.

부디 어리석게 굴지 말길…….

그 자리에서 세 번을 반복해 놈의 이메일을 읽었다. 이메일은 재연에 대한 조롱과 협박이었고 자기가 작품을 훔쳤다는 걸 웃으며 떠벌리고 있었다. 치가 떨렸다. 파렴치한 놈이었다. 2년간 재연의 시나리오를 코치해줬다는 것만으로 저작권 등록을 몰래 공동으로 해버리고 작품을 미끼로 그녀를 옥죄고 있었다. 그녀가 「비 마이 고스트」를 소설로 고쳐 내려고 했던 건 어쩌면 놈에게서 벗어나기 위한 최후의 발악이었다. 그러나 이 이메일에는 그녀가 책을 내는 걸 포기할 수밖에 없었던 이유가 정확히 담겨 있었다.

이별을 통보받던 날 나는 물었다.

"책 내는 거 갑자기 포기한 거, 그거 왜였는지 말해줄 수 있어?"

그녀는 엉뚱한 질문을 한 학생을 바라보는 선생의 표정을 지어 보였다.

"그것만큼은 꼭 알았으면 좋겠어. 그것 때문에 우리가 삐걱대기 시작한 거니까."

내 절실한 시선을 뒤로한 채 그녀가 식은 커피를 마시고 입을 열었다.

"「비 마이 고스트」는 내가 처음 쓴 시나리오를 소설로 바꾼 작품이었어."

"응."

"기억하는지 모르지만 그 시나리오는 함께 개발한 감독이 있었어."

"문 감독이라던 그 사람 말이지?"

"그리고 자기가 짐작하는 게 맞아. 나는 그 사람과 사귄 적이 있고, 자기를 사귀고 나서도 그 사람을 만난 적이 있어."

"……"

"집에서 나와 시나리오작가가 되기 위해 애쓸 때 그 감독을 만나 내 아이디어를 인정받아 기뻤어. 문 감독은 비록 흥행엔 성공 못했지만 마니아들이 생길 정도로 인상적인 데뷔작을 만든 감독이었고, 나로서는 그 세계에 진입할 수 있는 유일한 인맥이었으니까."

"사귄 게 먼저야? 같이 일한 게 먼저야?"

"딱히 구별이 되진 않아. 그 사람은 두 번째 영화가 투자가 안 돼 힘들 때였고, 그때 내 작품 아이디어를 듣고 마음에 든다고 같이 개발해보자고 했어."

"계약도 안 하고?"

"이 판에서 신인에게 계약은 배부른 소리일 뿐이야. 나는 그 사람이 시키는 대로 시나리오를 쓰고 또 고쳤어. 한 2년 정도 계속 편의점 알바와 요가 강사 생활을 하며 그 작품에 매진했지."

"그런데 작품은 엎어지고, 자기는 그걸 소설로 고친 거구나."

"소설로 고친 건 한참 뒤의 일이지. 웃긴 게 뭐냐 하면 그 사람이 내게 헤어지자고 한 때랑 함께 시나리오를 개발하다 접은 때가 비슷한 시기였어. 나는 좀 충격이 있었어. 그렇지만 이후로도 그 사람이 다른 작품을 좀 봐달라고 하면 바보같이 달려가 모니터도 해주고 수정 작업도 해주고 했어."

"매사에 당당한 네가…… 왜 그랬던 거야?"

"모르겠어. 마치 고양이 앞의 쥐처럼 그 사람 전화만 오면 가슴이 벌렁거리고 두려우면서도 전화를 받게 돼. 그리고 그의 말을 따르게 돼. 약점을 잡힌 것도 아니었고 무슨 노예계약을 한 것도 아니었지만 말야……. 그냥 그렇게 그 사람 말에 따르며 어정쩡한 관계를 유지하게 된 거야."

"그 헬스클럽 대표랑 사귈 때도 그런 거야?"

"그 사람이랑 사귄 것도 문 감독에게서 벗어날 계기가 필요해서였어. 앤디는 좋은 사람이야. 다만 나는 문 감독의 그늘을 그때도 벗어나지 못했어. 그는 잊을 만하면 찾아와 「비 마이 고스트」가 이번 투자자들에게 반응이 있으니 조금만 더 고쳐보라고 말했어. 분명 그가 다른 작품에 더 집중하고 있다는 걸 알면서도 그의 말에 흔들리는 내가 정말 어리석고 짜증이 났지."

"그럼 다시 시나리오를 고친 거야?"

"아니, 그래서 결국 나만의 소설로 고친 거야. 온전한 내 작품으로 만들기 위해. 그리고 당신 출판사에서 그걸 좋게 봐줘서 책을 내기로 한 거고. 「비 마이 고스트」가 책으로 나와 문 감독에게서 벗어나고 싶었어. 보란 듯이 그 사람과 상관없는 작가가 되고 싶었어."

"그런데…… 그 사람이 다시 태클을 건 거로구나."

"……"

"맞지? 그 새끼가 널 협박한 거지? 아님 다시 당근을 들먹이며 꼬신 거야?"

"그만하자. 더 말하면 내가 너무 비참해져."

"말해봐. 그래야 내가 무슨 행동이라도 취할 거 아냐?"

"네가 왜? 이건 내 문제야. 분명한 건 나도 소설로 만들지 못하지만 그 자식도 절대 영화로 만들 수 없을 거야. 왜냐하면 내가 절대 동의해주지 않을 거거든."

"그것 가지고 되겠어? 어?"

"그만. 그만 좀."

재연이 가슴이 답답한지 마른기침을 뱉었다. 나는 흥분한 감정을 억눌렀다.

"난 그저 소설이 출간되어 작가로서 스스로 설 수 있었으면 했어. 그런데 이제 많이 괜찮아졌어. 소설이 나오지 않아도, 더 이상 너랑 함께하지 않아도……."

"한재연…… 너……."

그녀의 눈에서 또르르, 눈물이 흘렀다. 그녀는 닦지 않고 나를 바라보며 마저 말했다.

"그러니 서로 원망하지 말자. 그동안…… 고마웠어."

들불이 번지듯 내 눈에도 눈물이 맺히기 시작했다.

"나는…… 억울해. 억울하다고. 왜 이렇게 헤어져야 하지?"

"너도 책이 나오지 못한 걸로 충격을 받았지만, 나 역시 그래서야. 어쩔 수 없이 너를 만나면 책으로 완성하지 못한 내 이야기가 떠오르고 그때마다 속이 쓰렸어. 마지막으로 제주 여행을 함께 떠나보려고 했지만 너 역시 힘들어한다는 걸 느꼈어. 결국 혼자 제주의 길을 걸으며 정리를 했어. 이제, 그만하자."

나도 울고 있었다. 휴지로 눈물을 닦아도 곧 또 젖어들었다. 코도 나와 풀어야 했다. 반면 그녀는 오래 준비된 변론을 마친 변호사처럼 침착하게 자리를 정리했다. 카페 구석에 앉은 우리 둘은 이별을 나누며 감정이 폭발한 연인의 클리셰였다.

그날 나는 그녀를 붙잡지 못했다.

그리고 아직까지 그녀를 잊어버리지 못했다.

그리고 이제 그녀를 갈아 먹은 그 뱀 같은 놈의 짓거리를 알아내고 말았다. 놈이 그녀에게 한 짓을 확실히 알고 나자, 막연한 적대감이 구체적인 분노로 치밀어 올라오는 게 느껴졌다. 내가 진즉에 알았어야 할 감정은 그녀에 대한 슬픔보다 어쩌면 이 분노였는지도 모르겠다.

놈의 면상이 보고 싶어졌다. 나는 포털 사이트에 놈의 이름을 입력했다. 문우겸. 세 글자를 적고 엔터를 누르자 흔치 않은 이름의 흔치 않은 직업을 가진 놈답게 영화감독이란 프로필과 함께 몇 가지 참여한 작품의 목록이 떴다. 남자치고는 조금 길게 자라 귀를 가린 머리는 감성적인 이미지를 주었고, 세련된 뿔테 안경은 지적인 인상을 더했다. 날렵한 턱선과 오뚝한 코는 예민한 예술가의 느낌이었고 안경 너머로 지그시 응시한 쌍꺼풀 없는 가는 눈은 냉철하게 빛나고 있었다.

한마디로 감성미 넘치고 세련되고 냉철하고 섬세한 미남이었다. 앤디가 가진 에너지와 박력도 없고 내게 있는 착한 인상은 없지만, 그 외의 것들을 다 갖춘 듯했다.

그 면상을 뭉개고 싶은 마음을 다지며 스크롤을 내리자, 그에 관한 최신 뉴스가 바로 아래 떠 있었다.

'문우겸 감독 신작 〈고스트라이터〉 베니스 영화제 경쟁부문 진출.'

이제 3일 지난 따끈따끈한 소식이었다. 나는 반사적으로 뉴스를 클릭했다. 불길한 예상은 바로 맞아떨어졌다. '〈고스트라이터〉는 대필 작가에 불과하던 주인공이 우연한 계기로 '초집필력'을 얻어 세상을 변화시키는 특이한 설정의 미스터리 스릴러로서, 현지 시사회에서 호평을 받으며 수상 가능성을 높이고 있는 중이다'라는 부분이 눈에 들어왔다. 동시에 내 입에선 탄식이 터져 나왔다.

탄식은 나도 모르게 신음과 한숨으로 이어졌다. 호흡이 가빠지는 가운데 기사를 계속 읽어나갔다. '데뷔작의 아쉬운 성과를 뒤로하고 문우겸 감독은 6년간 절치부심해 직접 쓴 시나리오로 작년 가을 촬영에 들어가 1년 만에 이 같은 성과를 내고 말았다.'

'직접 쓴 시나리오?'

나는 침을 뱉듯 신음을 내질렀다. 분노가 차오른 나는 자리에서 일어나 사무실을 거닐며 숨을 골랐다. 애써 마음을 진정시키고 자리로 돌아와 기사를 마저 읽었다. 제작사는 경쟁부문 진출에 힘입어 〈고스트라이터〉의 빠른 국내 개봉을 준비 중이라고 적혀 있었다.

화를 삭이려 화장실에 들어가 세수를 하고 거울을 바라보았다. 창에 비친 내 얼굴이 유령처럼 창백해 보였다. 한순간 깨달았다. 놈도 그녀의 죽음을 문자를 통해 확인했을 거다. 그러고 나서 머리가 돌아갔겠지. 이제 재연이 죽었으니 그녀의 작품을 마음껏 가져다 써도 아무 문제 될 것이 없겠다 생각했을 것이다.

나다. 내가 문제가 될 것이다.

곧바로 나는 재연의 아이디로 그녀가 회원인 시나리오작가 카페에 접속했다. 재연은 그곳에서 공유되는 최신 시나리오들을 다운 받아 본다고 했다. 아니나 다를까 그곳엔 〈고스트라이터〉의 시나리오도 있었다. 곧바로 다운을 받아 파일을 열었다. PDF 파일로 된 표지에는 이렇게 적혀 있었다.

고스트라이터
각본/감독 문우겸

역시 재연의 이름은 찾아볼 수 없었다. 이를 악물었다. 나는 범죄 현장을 조사하는 형사의 심정이 되어 시나리오를 읽어나갔다. 70페이지의 시나리오가 단숨에 읽혔다. 시나리오의 내용은 소설과 일치했다. 캐릭터도, 플롯도, 주요 배경과 소소한 에피소드까지 거의 같았다. 다만 결말이 달랐는데, 그 부분은 재연이 책을 준비하며 수정했기 때문이었다.

이것만으로도 문 감독의 시나리오는 재연의 소설에서 자유로울 수 없었다. 아니다. 문 감독의 시나리오가 아니다. 나는 즉시 재연의 이메일로 들어가 그녀가 문 감독에게 보낸 「비 마이 고스트」 시나리오 마지막 버전을 찾아보았다. 첨부파일에 있는 마지막 버전을 발견해 내려받은 뒤 빠르게 그것을 훑어나갔다.

복사본처럼 똑같았다. 자세히 볼 필요도 없었다. 재연이 보낸 「비 마이 고스트」의 마지막 버전이 문 감독의 〈고스트라이터〉 시나리오였다. 정말로 이렇게 파렴치하게 해먹을 수가 있다니……. 재연이 죽은 걸 알고 기다렸다는 듯 이런 짓을 저지르다니……. 도저히 이 자식을 용서할 수가 없었다.

사무실을 나와 무작정 걸었다. 아직은 후텁지근한 초가을의 날씨를 견디며 걷고 또 걸었다. 걷다 보니 어느새 홍대 거리였다. 침이 마르고 혀가 까끌까끌했다. 숨결에선 단내가 났다. 화를 삭인다는 게 걷다 보니 더 후끈해져서 견딜 수가 없었다.

주위를 살폈다. 마침 함께 일했던 일본어 번역자 K가 즐겨 가던 LP바가 눈에 들어왔다. 상가건물 2층에 자리한 '포춘 솔저'. 갈 때마다 사람이 없어서 어떻게 안 망하고 장사를 하고 있나 궁금했던 그곳으로 나는 발걸음을 옮겼다.

토요일 초저녁임에도 역시나 손님이 없었다. 주인도 안 보였다. 어쩌자는 건가. 원래 셀프인 건 알고 있기에 냉장고로 가 포탄처럼 큰 한국 맥주 두 병을 꺼냈다. 창가 자리에 가져다 놓는데 주인이 나타나 잔과 병따개, 새우깡을 담은 안주 그릇을 가져다주었다. 나는 급히 맥주를 따 콸콸 잔에 따랐다. 거품이 넘쳤지만 개의치 않고 다 따른 뒤 벌컥벌컥 들이켰다. 소화가 안 될 때 마시는 사이다 생각이 났다. 트림이 났고 속이 허했다. 새우깡을 우걱우걱 씹었다.

조금 진정이 되자 창밖 풍경이 눈에 들어왔다. 컬러풀한 주말

홍대 거리와 달리 나만이 어둑한 술집에 몸을 묻고 있었다. 주인이 영화 주제곡으로 리메이크되어 유명한 올드 팝을 틀었다. 그러자 마음이 진정되었고 머리가 다시 돌기 시작했다. 나는 놈의 파렴치함을 어떻게 폭로할지 생각했고, 금세 결론을 얻었다.

그것은 재연의 책을 출간하는 것이었다.

이미 편집과 표지까지 잡았던 책이다. 책 내는 일을 없었던 걸로 했지만 그녀는 계약금을 돌려주지 않았다. 나는 언젠가 다시 그녀에게 책 낼 것을 설득하려 했기에 계약금 반환을 독촉하지 않았었고, 그랬기에 대표도 계약서를 파기하지 않았다.

그녀의 책을 내는 데 흥미를 잃었던 대표도 이제는 수긍할 것이다. 누구보다 촉이 좋은 대표라면 저간의 사정을 듣고 이슈몰이로 책이 팔릴 거란 걸 알 것이다. 그녀의 책이 출간되고 두 작품 간의 유사성이 문제가 되면, 결국 문 감독의 작품이 표절작임이 만천하게 공개될 것이다. 그녀와 문 감독 사이에 오갔던 수많은 메일들과 시나리오도 증거가 될 것이다.

그녀의 책을 내줄 수 있고 놈도 응징할 수 있다고 생각하니 평정심이 돌아왔다. 나는 시원하게 맥주 한 잔을 들이켰다. 그리고 문 감독이 곤경에 빠질 모습을 상상했다. 그 잘난 면상을 일그러지게 만들겠다. 그녀의 작품을 표절한 것에 대해 반드시 사과하게 만들고 말겠다. 그렇게 마음먹으니 기분이 더욱 좋아졌다.

전화 진동이 울렸다. 앤디였다. 순식간에 기분이 잡쳤다. 전화를 받았다. 술김에, 놈과 시비라도 붙고 싶은 김에 전화를 받았다.

"형씨. 어젠 잘 들어갔고? 술 많이 마셨더만."

"그쪽이야말로, 계좌 찍는다며 취해서 까먹으셨나?"

"아, 그건 말야……. 말해놓고 보니 내가 계좌가 동결돼서 안 되겠더라고."

"그럼 못 부쳐주겠네. 어쩔 수 없지 뭐."

"지금 어디야? 밖이지?"

"왜?"

"지금 내가 갈게. 그쪽으로."

"그러니까 왜?"

"돈 받으러 가야지."

"미친……. 맡겨놨어? 아님 빚쟁이라도 돼?"

"그러지 말고 좀 도와라."

"안 돼. 지금 바빠."

"음악 소리 들리는 게 딱 술집인데 뭐. 바로 갈 테니까. 응?"

"술 다 먹었어. 집에 가야 해."

"사람 참 매정하다. 진짜."

"매정하긴……. 언제 정이나 있었어?"

"형씨. 같이 4박 5일을 개고생 했잖아. 남해도 가고 여수도 가고 제주도도 가고……. 안 그래?"

"……."

"나 진짜 형씨한테 고맙고, 같이 다녀줘서 정말 좋았다고."

"됐어. 그만해."

"형씨 아니었으면 나 확 남해 바다에 빠져죽었을지도 몰라…… 진짜로……. 응?"

"알았으니까 됐다고."

"그러니까 이번 한 번만 더 봐줘. 사람 하나 살린단 셈 치고. 부탁합니다. 고민중 씨. 예?"

사람은 때때로 쓸데없는 책임감으로 자신의 인생을 망친다. 녀석의 말을 믿지 않으면서도, 골치 아플 거라는 걸 알면서도, 어느새 테이블 맞은편에 앉은 앤디의 모습이 그려졌다. 놈의 느끼한 웃음이 환청처럼 들려왔다. 녀석에게 돈을 건네고 그 대가로 온갖 잔소리를 해대는 내 모습이 그려졌다. 나는 나를 망치고 싶어졌다.

"홍대 와서 전화해. 7번 출구 부근이야."

"오케이. 튀어 갈게."

전화를 끊고 맥주를 비웠다.

내가 무슨 짓을 한 거지?

젠장. 그리운 개새끼 같으니라고.

세 병째 맥주를 비웠을까, 어느새 총알같이 튀어 온 앤디가 내 앞에 와 앉았다. 군청색 아디다스 추리닝 바지는 지저분했고, 브라질 유니폼 색깔인 노란색과 녹색의 나이키 반팔 티는 놈의 근육을 감당하느라 찢어질 지경이었다. 거기에 머리와 수

염은 깎다 만 잡초밭처럼 무성해 할리우드 영화에 나오는 거구의 동유럽 악역 같아 보였다.

오자마자 맥주 한 잔을 훌쩍 비운 녀석은 저녁을 안 먹었다며 메뉴판을 살피고 소시지를 시켰다. 그러고 나서 자기 잔을 다시 맥주로 채우고, 들이켰다. 나는 가만히 녀석을 바라보며 내가 무슨 짓을 저질렀는지 생각해보았다.

"홍대 좋은 데 많다던데, 뭐 이런 곰팡이 피는 곳에 와 있냐?"

전화에서의 애원하던 말투는 온데간데없고, 앤디가 거드름을 피우며 가게를 살폈다.

"락 윌 네버 다이? 형씨 이런 거 좋아하는구나. 여자들 이런 거 질색하는데."

앤디가 벽에 래커로 써진 문구를 향해 손가락질을 했다.

"그래도 맥주는 시원하네. 장사가 안돼서 냉장고에 장기 보관해서 그런가. 흐흐."

주인이 들을까 민망한 나머지 짜증스러운 눈빛을 놈에게 보냈다. 녀석이 입맛을 다시며 맥주잔을 채웠고, 내가 물었다.

"전에 얘기한 사업이고 뭐고 다 뺑이지?"

"니가 사업을 알아? 틀어진 것뿐이야."

"이제 어떻게 하게?"

"재기해야지. 어차피 처음부터 맨손이었어."

"100만 원밖에 못 꿔준다."

"그거라도 줘."

"돈 찾아와야 돼."

앤디가 끄응 하고 콧김을 불고는 맥주를 비웠다.

"충고하는데, 뻘 짓 하지 말고 돈 아껴 쓰며 헬스장 같은 데 취직해."

"어이. 친구. 나 스물셋 이후로 남 돈 받아가며 일한 적 없거든. 다 내 팔 걷어붙여 돈 벌고 그걸로 애들 월급 줘가며, 어? 그렇게 살아왔다고."

"그래? 내 돈은 남 돈 아냐? 왜 지금 내 돈은 받는다는 건데?"

"또 왜 그러시나. 이건, 이건 우리가 같이 다니며 쓴 돈 n분의 1 하자는 거지."

"어제 분명 꿔달라고 한 걸로 아는데."

"씨바. 알았어. 갚으면 되잖아. 아저씨, 여기 안주 언제 나와요!"

녀석이 배가 고픈지 짜증을 내고는 맥주를 비웠다. 곧 안주가 나왔고 앤디가 포크로 소시지를 죽일 듯이 찔러 입에 가져갔다. 나는 화장실에 가 소변을 보고 밖으로 나갔다. 가게 맞은편 편의점의 ATM기에서 현찰로 100만 원을 뽑았다. 그 정도면 여행에서 쓴 내 몫의 금액은 될 것이었다.

자리로 돌아와 100만 원을 앤디에게 건넸다. 앤디는 봉투도 없는 100만 원 뭉치를 받아 추리닝 바지에 넣고 지퍼를 잠갔다.

"고맙다. 친구."

"친구 소리 좀 그만해라."

"알았다. 형씨."

"나이도 어린 게……."

"거, 진짜. 민증만 가지고 판단하지 말라니까."

"재연이가 너 나이 어린 거 알고 있었냐?"

"몰랐지."

"과연 몰랐을까? 알고도 모른 척하지 않았을까?"

"…… 걔라면 충분히 그럴 수 있지."

앤디가 잔을 들었다. 나도 들었다. 건배를 하고 각자의 잔을 비웠다. 오르간 선율이 강렬한 노래가 흘러나오고 있었다. 앤디가 귀로 냄새를 맡듯 고개를 갸웃거리고는 눈짓을 했다.

"나 이 노래 아는데……. 빠바바바 빠바바바 빠 빠빠 바바바."

프로콜 하럼의 〈A Whiter Shade Of Pale〉이었다. 재연이 좋아하던 노래였다. 취기에 들으니 더 좋았다. 앤디가 전주를 따라 하는 게 짜증 났다. 설마 가사를 아는 건 아니겠지?

"빠빠빠 빠 빠빠……."

미친……. '빠빠빠'로 멜로디를 따라 부른다. 나는 놈의 입을 막으려고 건배를 청했다. 건배를 하고는 녀석이 입을 닫았다. 다행이다.

재연과 함께 영화를 보며 처음 이 노래를 들었다. 마틴 스코세이지 감독의 옛날 영화였는데 제목은 기억이 안 나고, 신경질적인 화가와 그의 여제자 간의 멜로였는지 애증이었는지, 뭐 그런 영화였다. 재연은 그 영화의 모든 것을 좋아했다. 감독도, 실제로도 성격 더러울 것 같은 중년 남자배우도, 입이 큰 여제자 역의 배우도. 그리고 영화 중간에 짠하게 울려 퍼지던 이 노래도.

"빠 빠 빠 빠 빠바바바 빠바바바 빠 빠바 바바바."

젠장. 앤디가 다시 입을 놀리기 시작했다. 가사를 따라 하기 힘드니 간주를 따라 한다. 놈은 눈을 지그시 감은 채 감정을 한껏 섞어 빠빠빠를 되풀이하며, 손으로는 기타 치는 시늉을 한다.

바보야 이건 기타가 아니고 오르간이다. 카운터에서는 주인이 썩소를 짓고 있었다.

"재연이가 이거 많이 들었는데. 알지?"

"누군가에게 자기를 잊지 못하게 하려면 두 가지 방법이 있거든."

"뭐라고?"

"죽이는 음악을 같이 듣거나, 변태 짓을 하거나."

"그래서…… 재연이가 나한테 이 음악을 들려준 건가. 휴."

"그리고 넌 변태 짓을 했겠지."

"뭐야. 나 완전 건전해. 사장님! 방금 노래 앵콜, 오케이?"

"노래 나오면 따라 하지 좀 마라. 변태 같으니까."

"까칠하게 굴지 좀 말고…… 노래 들으며 생각이나 하자. 응?"

"네가 따라 부르지 말아야 생각을 하건 음미를 하건. 응?"

"끙."

노래가 다시 흘러나왔다. 앤디도 가만히 노래를 들었다. 이번엔 제대로 노래를 음미했다. 밖에는 어둠이 짙게 깔렸다. 그 어둠을 뚫고 이제는 바깥보다 환해진 가게 안으로 재연이 들어와 우리 옆에 앉을 것만 같았다. 눈을 반쯤 감고 노래를 듣는 그녀의 얼굴이 영화 속 입 큰 여배우를 떠올리게 했다.

노래가 끝나고 앤디와 나는 여덟 병째 맥주를 비웠다. 노래에 취한 건지 술에 취한 건지 흰자위가 촉촉한 눈으로 앤디가 내게 말했다.

"제주도 그 산길에서 재연이 그렇게 날려 보낼 때 말야, 하늘로 하얗게 날아가버렸을 때, 내가 펑펑 울며 다짐했다. 잊지 않겠다고. 영원히. 그리고…… 재연이 괴롭힌 놈, 그놈 반드시 내가 가만두지 않겠다고."

녀석의 말을 듣고 있자니 문 감독에 대한 이야기가 끓어올라 목구멍이 간질간질했다. 나는 사실을 말해버리고 싶은 욕구를 간신히 내리눌렀다. 그놈에 대한 복수는 네가 할 수 없다고, 내가 할 거라고 자랑하고 싶은 마음을 애써 참았다.

"누구냐고? 너 알고 있는 거 맞지?"

나는 대답 대신 술을 비웠다. 페이스북 비밀번호를 안다면 이메일도 확인할 수 있었을 텐데, 녀석은 생각이 거기까지 미치지 못한 모양이다. 역시 단순하다. 제풀에 지친 앤디는 어느새 고개를 묻고 졸기 시작했다. 누군가 그랬지. 복수는 차가울 때 먹어야 맛있다고. 나는 복수가 주요 성분이라도 된다는 듯 차가운 맥주를 마시고 또 마셨다.

한기를 느끼며 깨어나 보니 낯선 곳이었다. 눈을 뜨고 주위를 돌아보니 원룸이었다. 옆에는 등근육이 발달된 사내가 웅크린 채 잠들어 있었다. 에어컨을 어찌나 빵빵하게 틀었는지 손발이 다 차가웠다. 나는 몸을 일으키고 앤디를 발로 찼다.

트렁크 팬티 차림으로 아일랜드 식탁에 앉아 놈이 내온 물을 마셨다. 정신이 좀 들었다.

"분당까지 날 끌고 오다니……."

"네 발로 따라왔거든."

"뻥치시네."

"어디까지 기억나? 어제 집에 가려 그러니까 니가 집에 가기 싫다면서 따라왔거든!"

"그걸 믿으라는 거냐?"

그러자 앤디가 냉장고를 열고 편의점 봉투를 꺼내 아일랜드 식탁에 올려놓았다. 봉투 안에는 캔맥주 네 개와 편의점 샌드위치, 핫바가 담겨 있었다. 모두 내 취향이었다. 앤디가 캔맥주를 하나 따더니 내게 건넸다. 나는 오기로 맥주를 들이켰다. 앤디도 하나 따 마셨다.

"여기 얼마나 살았냐?"

"5년쯤? 보증금 다 까여서 곧 빼야 돼."

"그럼 재연이도 여기 왔었냐."

"물론이지."

"잘났다."

"너희 집엔? 참 넌 부모랑 산댔지? 흐흐."

"그럼 넌 재연이 집에 간 적 있냐?"

"아니."

"난 있다."

"잘나셨네."

앤디가 비운 맥주 캔을 악력운동 하듯 와그작 우그러트렸다. 녀석이 새 담배에 불을 붙였다. 내게도 달라고 하자 앤디가 담배와 라이터를 건넸다. 사천 포구에서 나를 제주도로 가게 만든, 녹음기가 내장된 그 라이터에는 이탤릭체로 'Top Secret'이란 상표가 박혀 있었다. 앤디가 했던 것처럼 라이터 바닥의 홈에 힘을 주자 딸깍 바닥이 뚜껑처럼 열렸다. 빨간색의 녹음 버튼과 재생/정지 버튼 등이 눈에 들어왔다. 재생/정지 버튼을 누르니, 잔뜩 취해 떠드는 내 목소리가 들렸다. 나는 급히 다시 버튼을 눌렀다.

"어디서 이런 건 구해가지고……."

"하나 줘?"

내 대답을 듣기도 전에 놈이 붙박이장을 열고 골판지 박스를 가지고 왔다. 박스 안에는 같은 종류의 라이터가 작은 벽돌처럼 빼곡히 채워져 있었다.

"이게 다 뭐냐?"

"탑 시크릿, 짜샤. 이거 이래봬도 특허품이야."

망해서 재고만 남은 라이터 녹음기 '탑 시크릿'을 녀석이 자랑스럽게 들어 보였다. 내가 뜨뜻미지근한 반응을 보이자, 앤디가 불을 켜 보였다. 화르르, 화력 하나는 좋았다.

"이게 때를 못 타서 그렇지…… 다시 시장에 깔 거니까 두고 보라고."

"스마트폰으로 녹음하면 되지 무슨 라이터에 녹음기까지. 공공칠이냐?"

"인마, 이제 이런 게 중요한 날이 왔어. 내가 너무 앞서갔던 거지."

"승마시대도 너무 앞서가 접은 거냐?"

"너 사람 놀릴 줄 안다. 들어봐. 요새 맨날 녹취록 녹취록 하는 세상 아냐. 스마트폰으로 녹음하면 티 나냐, 안 나냐? 그리고 너도 당했잖아. 안 그래?"

"나야 술 취해서 그랬고……."

"됐고, 너 담배 어디서 피워? 은밀한 자리에서 은밀한 얘기 나눌 때 빠지지 않는 게 뭐야? 담배다 이거야. 내가 이걸로 말 바꾸는 놈들 수십 명 조졌어. 알아?"

"그래. 다시 잘 팔아봐라. 잘해봐. 좋아. 대박 나겠어. 대박."

내가 비꼬아도 앤디는 자신의 사업 보고가 마음에 들었는지 흡족한 미소를 지었다. 그리고 라이터 하나를 내 앞에 내려놓았다.

"챙겨둬. 정가 2만 원짜리야."

선심 쓴다는 녀석의 표정에 썩소로 답하며 라이터를 집어 들었다. 나는 '탑 시크릿'이라고 금박으로 박힌 글자를 살펴보았다. 앤디가 간과한 게 있다. 이 라이터는 너무 튄다. 탑 시크릿이란 제목의 라이터는 팔리면 팔릴수록 비밀에서 멀어진다. 상표 자체가 녹음 기능이 있다는 것을 떠벌리는 꼴이니, 비밀 녹음이 어떻게 가능하겠는가. 그럼에도 굳이 앤디의 말에 반박하지 않은 건 그는 어떻게든 대안을 내거나 자기 합리화를 할 것이기 때문이었다. 앤디는 원래 그런 힘으로 사는 녀석이니까.

원룸을 나와 해장국을 먹으러 갔다. 가게 이름이 아구아구 콩나물해장국이더니, 진짜로 콩나물해장국 안에 아구 살이 들어 있었다. 수염이 덥수룩하고 후덕한 인상의 40대 아저씨가 앤디와 아는 척을 했다. 단골인 모양이다. 어쨌거나 맛도 있고 속도 시원했다. 다만 불길한 생각이 드는 찰나 놈이 입을 열었다.

"맞아. 재연이도 이 해장국……."

"됐어."

"어."

놈의 입을 막고 마저 해장에 집중했다. TV에서는 뉴스가 나오고 있었는데, 한순간 나는 수저를 멈추고 TV에 온 신경을 집중해야 했다. 그것은 베니스 영화제 경쟁부문에서 은사자상을 받고 귀국한 문우겸 감독의 기자회견 장면이었다.

공항은 기자들로 인산인해를 이루고 있었고, 캐주얼한 옷차림에 뉴욕 양키스 야구 모자를 쓴 문우겸 감독이 작품의 여주인공인 이유빈과 함께 나란히 서서 스포트라이트를 받고 있었다. 편안한 웃음기를 띤 문우겸 감독과 화려한 미소로 답하는 여배우 이유빈이 함께 있는 모습은 그림이 나왔다. 기자의 질문에 문 감독은 자신의 필모그래피는 이제 시작되었다면서, 곧 개봉할 〈고스트라이터〉 많이 와 관람해주시길 바란다는 말을 남겼다. 6년간의 공백을 깨고 어떻게 이런 훌륭한 작품으로 돌아오셨냐는 질문에, 그가 다시 입을 열었다.

"시나리오죠. 고치고 또 고치며 좋은 작품이 될 수 있게 다듬었습니다."

나는 치밀어 오르는 욕지기를 참으며 TV를 뚫어져라 바라보았다. 앤디가 그런 나를 보더니 TV로 시선을 옮겼다.

"와. 이유빈 저거, 가슴 봐라."

"……"

"저 감독 새끼, 이유빈 따먹었겠지? 왜 영화감독들은 배우들 막 따먹고 그런다며……"

앤디가 아무 생각 없이 떠들어댔다.

"저놈이야."

나도 아무 생각 없이 입을 놀렸다.

"응?"

"문우겸 감독. 저놈이라고."

앤디가 나와 TV를 번갈아 살폈다. 휘둥그레진 눈으로 내게 확인을 요구했다.

"저놈이 재연이랑 일했던 감독이야. 지금 외국에서 상 받은 저 영화 시나리오 재연이가 쓴 거고."

"뭐야? 진짜야?"

"저놈, 재연이 죽은 거 알고 지 맘대로 영화 만든 거야."

"확실해?"

"그래."

앤디가 TV를 뚫어져라 바라보았다. 문우겸 감독 프로필이 자막으로 나오고 있었다.

"문우겸? 날 잡아 한번 만나야 쓰겠구나."

마른 목소리로 앤디가 말했다.

"만나서 뭐하게?"

"조져야지."

내가 고개를 절레절레 젓자 녀석이 두고 보라는 듯 콧김을 뿜으며 어깨를 실룩댔다. 녀석의 허세를 모르는 바 아니었기에 나는 잠자코 해장국을 비웠다.

해장국집을 나와서 우리는 헤어졌다. 돈은 곧 갚겠다는 앤디의 말에 급할 거 없다고 답했다. 그는 싱긋 웃고는 한 손을 들어보이곤 자신의 원룸으로 슬리퍼를 끌며 사라졌다.

나는 지하철을 향해 발걸음을 옮겼다. 여전한 더위에 가로수 그늘을 따라 걸어야 했다.

월요일 아침. 나는 출근하자마자 자료를 정리했다.

점심이 지나 대표가 출근했다. 바로 대표의 방에 들어가 보고했다. 눈치 빠른 대표는 내가 정리한 자료를 다 읽기도 전에 감을 잡았다.

"그러니까 그 책을 내서 부딪쳐보자 이거지?"

양 주먹을 부딪치는 시늉을 하며 대표가 말했다.

"책이 나오면 부딪칠 수밖에 없겠죠. 화제가 되어 팔리는 것도 팔리는 거지만, 우리 작품을 지킨다는 점에서도 의미가 있는 일입니다."

"원작자는 동의했어? 그 키 작은 여자애, 이제 책 내겠대?"

"한재연 작가는…… 작년에 병을 얻어 죽었습니다."

"엥? 쯧쯧…….."

"하지만 계약이 파기된 건 아니니까 우리가 책을 내줄 수 있지 않습니까?"

대표가 고개를 까딱 꺾으며 나를 살폈다. 무언가 안다는 그 표정이 마음에 들지 않았다. 나는 잠자코 있었다.

"그래. 책이 나오면 한풀이도 되겠네. 아무튼 그건 그거고, 제대로 뽑아먹을 수 있을 거 같아. 당장 실행해. 영화 개봉 맞춰 나와야 하니까 제작 서둘러 진행하고, 보도자료도 치밀하게 준비하도록 해. 관리팀장 일 할 거 없어. 자넨 여기에 올인 하라고."

인사를 하고 대표의 방을 나섰다. 전적으로 밀어주는 대표가 약간은 고마웠다.

나는 정 실장에게 예전에 작업한「비 마이 고스트」의 표지를 다시 앉히라고 지시했다. 그리고 마지막으로 교정 보았던 소설 원고를 출력해 최종 교정을 보기 시작했다.

재연의 원고를 다시 읽자 그녀의 면면들이 내 안에서 꿈틀대기 시작했다. 밑줄 그은 문장들, 같이 고친 단어들, 함께 지은 조연 캐릭터의 이름들, 많은 것을 그녀와 같이 나누었음이 떠오르며 심장이 빠르게 뛰었다. 나는 행간에 집중했다. 원작자인 그녀가 확인할 수 없는 최종교이기에, 더욱 집중력을 발휘해 교정해야 했다.

그 와중에 영화 〈고스트라이터〉는 일사천리로 개봉일을 잡았다. 수상 효과에 뒤따라 문우겸 감독의 말끔한 외모도 화제가 되어 작품은 큰 관심을 불러일으키고 있었다. 메이저 배급사가 추석 시장에 긴급히 작품을 깔기로 결정했고, 그만큼 홍보도 대대적으로 펼치고 있었다.

'고생 끝에 두 번째 작품으로 세계적으로 인정받은'이라는 헤드카피하에 문우겸 감독은 새롭게 조명받았고, 나는 전의를 불태우며 놈의 인터뷰를 하나도 놓치지 않고 읽었다. 그 어디에도 시나리오작가에 대한 언급은 없었다. 영화 현장에서는 분명 문 감독의 작품에 시나리오작가가 따로 있었다는 걸 알 만한 사람들이 있을 텐데, 아무런 소리도 들리지 않았다. 어떤 매체에서도 언급되지 않는 게 사실을 모르는 건지 감추는 건지 의구심이 들었다. 마치 서로 담합이라도 하고 그녀를 왕따시키는 것 같아 서글픈 심정이 들었다.

결국 책이 나와야 이슈가 된다. 그래야 재연일 세상에 알리고 녀석의 비열한 민낯을 보여줄 수 있을 것이다. 나는 보도자료에 대놓고 소설 「비 마이 고스트」와 영화 〈고스트라이터〉가 왜 이렇게 닮아 있는지를 조목조목 지적했다. 그리고 소설의 원작자가 문 감독의 시나리오작가로 함께 일하며 자신의 원작을 빼앗긴 저간의 사정을 적어나갔다.

대표는 보도자료를 보고 크게 만족했다. 싸움닭인 대표로서는 훌륭한 무기가 생긴 것이나 다름없었다. 영화 개봉까지 앞으로 일주일. 대표는 보도자료를 가방에 넣고는 표지가 나오는 대로 어서 보여달라는 말을 하고 퇴근했다. 정 실장과 나는 표지 시안을 가지고 회의를 했다. 오랜만에 책 만드는 즐거움을 느끼고 있었다. 편집장이 그런 우리를 짜증 난다는 듯 바라보았지만 개의치 않았다.

야근을 하며 중국음식을 시켜 먹었다. 나와 정 실장, 오 대리와 인턴까지 네 명이었다.

"책 나오면 대박이겠다. 감독 완전 물 먹겠네."

사정을 들은 오 대리가 한마디 했다.

"하여간 도둑놈의 새끼들이 대놓고 판치니 이 나라가 이 모양이지."

정 실장이 서비스로 온 만두를 뜯으며 말했다.

"팀장님. 그 영화 제목이 〈고스트라이터〉 맞아요?"

인턴이 물었고 내가 고개를 끄덕였다. 인턴이 스마트폰으로 작품을 검색했다. 나는 젓가락을 내려놓고 오늘 안에는 표지 시안을 결정하자고 정 실장을 독려했다. 그때였다. 인턴이 소스라치게 놀라며 외쳤다.

"어머, 어머. 이거 봐요."

"뭔데?"

"그 영화 검색했는데 지금 막 이런 게 떠요. 〈고스트라이터〉 시사회 무대인사에서 누가 감독한테……."

우리들 모두 인턴을 돌아봤다. 나 또한 귀가 번쩍 뜨였다.

"감독한테…… 똥을 먹였대요."

"아. 더러워!"

"지금 잡혔다네요……. 우와 드라이아이스를 넣은 케이크 박스에 똥을 넣어 왔대요."

"원한인가?"

"미친놈인가 봐요. 횡설수설한다는데……."

어느새 내 손은 빠르게 스마트폰을 켜고 포털 사이트를 열고 있었다. 속보라며 포털 사이트 메인에 뜬 기사를 살폈다. '〈고스트라이터〉 문우겸 감독, 의문의 테러 당하다―무대인사 하던 중 난입한 괴한에 의해 얼굴에 인분 뒤집어써……'를 클릭했다. 기사와 사진이 계속 업데이트되고 있었다. 대대적인 VIP 시사회 현장, 기자들이 장사진을 이룬지라 사건은 제대로 포착되었다. 나는 정신없이 잇달아 사진을 클릭했다.

무대 위로 검정색 양복을 입은 보디가드가 선물인 듯한 케이크 상자를 들고 올라오는 사진이 먼저 보였다. 건장한 체구에 선글라스를 쓴 보디가드는, 덩치와 자세만으로도 앤디임을 한 눈에 알아볼 수 있었다.

다른 사진은 앤디가 놀란 문우겸 감독의 어깨를 잡아채고 꼼짝 못하게 하고 있는 사진이었다. 문우겸 감독은 안경이 벗겨진 채 당황한 표정을 짓고 있었다.

다른 사진은 문우겸 감독의 머리에 앤디가 케이크 상자를 덮어씌우는 장면이었다.

또 다음 사진이 압권이었다. 주저앉은 문우겸 감독의 얼굴과 머리엔 누런 똥이 범벅이 되어 있고, 마치 야수가 포효하는 듯한 자세로 앤디가 감독에게 고함을 지르고 있는 장면이었다. 똥이 튈까 두려워 도망치는 주변 사람들의 경악스러운 표정도 살아 있었다.

마지막 사진은 똥 범벅이 된 문우겸 감독의 뒤로 앤디가 다른 보디가드들에 의해 끌려 나가는 장면이었다. 벌건 얼굴로 소리치며 끌려가는 앤디의 모습을 보며 나는 뭐라 말할 수 없는 감정이 밀려왔다. 그건 기쁨도 통쾌함도 걱정도 안쓰러움도 아닌 기묘한 감정이었다.

정 실장이 사건의 동영상을 발견해 틀었다. 다들 동영상을 넋놓고 바라보았다.

"야 이 개새끼야! 니가 죽였어! 니가 재연일 죽였다고!!"

앤디의 목소리가 극장에 쩌렁쩌렁 울리는 동영상이었다.

나는 내 자리로 와 동영상을 열어 돌려 보고 또 돌려 보았다. 그제야 어렴풋이 내 감정의 실체를 알 수 있었다. 그건 슬픔이고 공감이었다. 재연에 대한 앤디의 슬픔이었고, 나의 슬픔이었고, 우리의 공감이었다.

'〈고스트라이터〉 영화 시사회 현장, 의문의 인분 테러 사건'이란 제목으로 계속된 보도에 의하면, 강병균 씨는 경찰 조사와 기자들의 질문에 별다른 답변을 하지 않고 있다고 했다. 그럴 리가? 앤디는 누구보다 떠버리였고, 누구보다 할 말이 많은 사람이 아닌가?

순식간에 인터넷으로 퍼진 동영상과 사진들은 네티즌들에 의해 수십 가지 추측과 조롱을 담은 짤방으로 이용되었다. 문우겸 감독이 보디가드였던 강병균 씨에게 무례하게 굴어서 벌어진 사건이란 해석도 나왔다.

어떤 기사는 '네가 자연을 죽였다'(앤디의 흥분된 발성 때문에 동영상에서는 '재연일'이 '자연을'로 들리고 있었다)는 말에 주목하며, 극단적 환경운동가인 강병균 씨가 영화에 등장하는 CG로 처리된 숲이 불타는 장면을 오해해 벌인 일이라 설명하고 있었다.

또 다른 기사는 앤디가 과거 엑스트라로 활동한 경력을 들어 을인 강병균 씨가 갑인 문우겸 감독에게 출연 확답을 받았지만 문 감독이 이를 무시해 벌어진 일이라는 기사를 냈고, 이것이 신빙성을 얻어가고 있었다.

앤디는 왜 해명을 하지 않는 거지? 집에 돌아와서도 동영상을 돌려 보고 또 돌려 보았다. 보면 볼수록 내 시선은 앤디의 분노에 찬 모습에서 문 감독의 굴욕적인 모습으로 옮겨가게 되었다. 통쾌하다고 느끼기에는 너무 우스꽝스럽고 기괴한 풍경이었다.

나는 불량식품에 중독된 사람처럼 계속 그 광경을 재생하고 있었고, 한순간 앤디가 '니가 재연일 죽였다고!!'라고 외칠 때 놈의 표정에 엿보이는 미묘한 변화를 발견할 수 있었다. 평소 차분한 이미지답게 똥 테러를 당하고 나서도 별다른 표정의 변화가 없던 놈이, 앤디가 재연에 대해 언급하는 부분에서만큼은 눈이 똥그래져 앤디를 쳐다보고 있었던 것이다.

놈은 분명히 그게 재연에 대한 보복임을 알아챘다. 그래서일까, 문 감독은 이 사건에 대해 노코멘트로 일관했다. 농담처럼 인터넷에선 미스터리 스릴러 〈고스트라이터〉의 진정한 미스터리는 똥 테러 사건이란 말이 돌았다.

사건 당일 아홉시 뉴스에 이 사건이 언급되었고, 좋건 나쁘건 말이 돌기 시작하면서 영화의 흥행에는 오히려 청신호가 켜졌다. 해외 영화제 수상에 똥 테러가 더해져 아홉시 뉴스에 언급되자 흥행은 따놓은 당상이 되었다. 멀티플렉스 극장체인을 보유한 배급사는 기존 500개 관에서 천 개 관으로 상영관을 파격 확장했다. 예매율도 1위를 고수했다. 앤디의 테러가 오히려 영화의 흥행에 기름을 붓는 격이 될 판이었다.

앤디는 연락이 되지 않았다. 재판을 받고 있는지, 구치소에 있는지 알 도리가 없었다. 나는 그가 걱정됐다. 내가 그에게 문 감독에 대해 말하지만 않았어도 이런 일은 벌어지지 않았을 텐데 하는 자책감이 들었다. 하지만 그럴수록 내 전의도 불탔다. 나는 밤을 새워 표1, 2, 3, 4와 띠지 카피를 완성했고, 최종 교정도 마감했다.

다음 날 표지와 함께 결과물을 대표에게 가져갔다. 대표는 응접 책상에 두고 가라고 턱짓으로 가리키고는 모니터로 시선을 돌렸다. 나는 답답한 마음에 대표에게 다가갔다.

"대표님. 이거 급한 겁니다. 바로 컨펌 주셔야겠습니다."

대표는 의자를 뒤로 젖히고 새삼스럽다는 듯 나를 바라봤다.

"편집장이 얘기 안 했나. 출간 보류야."

순간 뒤통수가 서늘해졌다. 편집장은 골탕을 먹이려 일부러 얘기를 안 했을 것이다. 그렇다면 대표는 왜? 왜 시치미를 떼고 출간을 접는 거지?

"대표님. 분명 저랑 이거 출간하기로 하셨잖아요. 그때 한 말은 다 뭡니까?"

"됐어. 골치 아픈 데 엮여봐야 좋을 거 없어."

대표는 뭐든 엮어내고 짜내고 부딪치는 사람이다. 저렇게 손바닥 뒤집듯 말을 바꾼다고 내가 모를 게 아님을 대표도 알고 있을 것이다. 그럼에도 저런 태도를 취하고 있다. 답은 금방 나왔다.

"그쪽이랑 먼저 만나보셨나요?"

"나가봐."

"제가 쓴 보도자료 가지고 영화사 아니 문 감독한테 가서 쇼부 친 거죠?

그러자 대표가 코웃음을 치며 나를 꼬나보았다.

"그래. 쇼부 좀 쳤다. 그래서 회사에 아주 좋은 건이 생길 거야."

"무슨 쇼부를 치셨는진 모르겠지만, 저 이 책 반드시 낼 겁니다."

"미친놈. 난 그 작품 계약한 적 없어. 계약서 영화사 쪽에 넘겼고, 그쪽에서 세절기에 이미 갈았을 거야. 여자애도 이미 죽었다며?"

"뭐라고요?"

"왜? 뭐가 이상해? 계약서도 없고, 저자도 죽었는데 어떻게 책을 내?"

대표가 대수롭지 않게 말했다. 말문이 막혔다. 내가 경솔했다. 대표와 함께할 일이 아니었다.

"넌 다시 관리팀장 일이나 집중해."

나는 안구가 터질 듯이 그를 노려봤다.

"그리고, 까불지 마."

대표가 덧붙이고는 모니터로 시선을 옮겼다. 고개를 숙이자 내 앞 응접 테이블에 놓인 그녀의 책 최종교와 표지가 눈에 들어왔다. 그녀의 책이 다시 또 저런 놈에게 무시당하고, 심지어 이용당하다니……. 심장과 허파가 하나로 뭉치기라도 한 듯 격한 호흡이 올라왔다.

"씨바알……."

대표가 눈이 돌아가 나를 쳐다보았다.

"뭐야?"

"야 이 천하의 씨발놈아."

"뭐야? 이 씹새끼가 미쳤나? 야! 너 말 다 했어?"

"아니. 남았다. 당신이 지금 무슨 짓을 한 줄 알아? 당신은 도둑놈 편을 들어 우리 작가를 두 번 죽인 거야. 알아?"

"근데 이 자식이……. 죽고 싶냐?"

대표는 책상에서 튀어나와 내게 다가오다가 응접 테이블 모서리에 정강이를 찧었다. 신음을 내지르며 대표가 몸을 숙였다. 나는 응접 테이블 위에 있는 최종교를 집어 들었다. 전화번호부 두 개를 붙인 크기의 최종교를 높이 쳐든 뒤 대표의 머리를 내리쳤다.

퍽석.

묵직한 타격음과 함께 대표가 그 자리에 뻗어버렸다. 뒤통수를 강타당한 대표는 자빠져 꼼짝하지 않았다. 그가 내 뒤통수를 쳤으니 나도 쳤을 뿐이다.

이건 나를 속인 대가다. 재연의 책을 이용한 죄는 다시 추궁할 거다. 속으로 그렇게 되뇌며 나는 방을 나섰다.

소란이 들렸는지 대표의 방을 나오자 직원들이 걱정스러운 눈빛으로 나를 바라보고 있었다. 나는 내 자리로 가 가방을 챙겨 들었다. 정 실장이 당혹스러운 표정으로 바라보고 있었다.

나는 그에게 눈인사를 하고 다른 직원들을 제치고 문으로 향했다. 그때 대표 방에 다녀왔는지 편집장이 나를 향해 고함을 질렀다.

"야 이 새끼야! 너 기다려! 경찰에 신고할 거야!!"

나는 그녀에게 가운뎃손가락을 올려 보인 뒤 사무실을 나섰다.

회사를 나와 오후의 망원동 거리를 걸어 지하철로 향했다. 어느덧 선선한 바람이 불어오기 시작했고, 살아 있다는 기분이 들었다. 살기 위해 회사를 다녔지만 살아 있다는 걸 느끼지 못하고 살아왔다는 생각이 들었다.

동시에 한재연 생각이 났다. 나는 그녀의 책을 내는 데 또 실패했다. 그것은 그녀를 두 번 죽게 하는 것이다. 그럴 수는 없다. 어떻게든 방법을 강구해야 했다. 그리고 그 방법은 문 감독을 직접 만나서 담판을 지어야 하는 것이라는 생각이 들었다. 나는 놈을 직접 만나기로 결정했다. 내 걸음이 빨라졌고 결정도 빨라졌다. 더 이상 결정곤란과 우유부단은 내 것이 아니었다.

대표는 병원에서 진단서를 떼 나를 고소했다. 뚜렷한 외상이 없었기에 진단서는 큰 역할을 하지 못했다. 합의하고 자시고 할 것도 없이 나는 경찰서에서 벌금을 내고 풀려났다. 대표는 얼굴을 붉히며 밤길 조심하라고 내게 경고했다. 나는 뒤통수나 또 맞지 않게 조심하라고 답했다.

그는 나를 향해 대시했지만 부릅뜬 눈으로 맞선 나를 어쩌지 못한 채 애써 이성을 찾고는 몸을 돌려 가버렸다. 나는 그가 더이상 두렵지 않았다. 그는 비겁하고 노회한 인간에 불과했다. 그런데 왜 그동안 그에게 주눅 들어 가슴 졸이며 살았을까? 내가 소심해서? 아니다. 그가 밥줄을 쥐고 있는 사람이었기 때문이었다. 밥줄을 쥐고 윽박지르고 그에 눌리면서 당하는 게 관성이 되었을 뿐이다. 회사를 그만둔 지금 그는 내게 길에서 부딪힌 배불뚝이 중년 아저씨일 뿐이었다.

다음 날 나는 정 실장에게 전화를 걸었다.

"고 팀장님 괜찮은 거예요?"

그가 진심 어린 말투로 걱정해주었다.

"홀가분하고 좋기만 한데."

"부럽습니다. 회사는 지금 분위기 최악이에요."

"나 때문에 미안해. 그나저나 부탁 하나 하려고."

"뭔데요?"

"「비 마이 고스트」 그거, 데이터 인쇄소에 보내주라."

"뭐라고요?"

"작업한 거 책 안 나오면 자기도 섭섭하잖아. 자기한테 절대 피해 안 줄 테니까."

수화기 너머에서 잠시 쉼표 같은 한숨이 들려왔다.

"알았어요. 발주는 직접 넣으실 거죠?"

나는 고맙다고 그에게 말하고, 다시 인쇄소 최 부장에게 전화를 걸었다.

"팀장님. 벌써 소문 다 났어. 다들 시원해하던데요. 근데 팀장님 없으면 나는 어떡하라고?"

특유의 밝은 목소리로 최 부장이 너스레를 떨었다.

"됐고, 나 발주 하나 넣을게. 책 좀 만들어줘."

"무슨 책? 그만두신 김에 작가 하시게?"

"아니. 한 권만 만들어주면 돼. 개인적으로 쓸 일이 있어서."

"한 권이라……. 어떤 건데요?"

"있어. 제판비랑 인쇄비 다 낼 테니까……."

"됐고요. 보내봐요. 나중에 술이나 사고."

이번에도 고맙다는 말로 전화를 끊었다. 나도 모르게 미소가 번졌다. 출판 일을 하며 이들을 알고 지낸 게 다행이라 여겨졌다.

결국 그녀의 책을 이렇게 만들게 될 줄이야.

한 권이면 된다. 그 책은 문 감독에게 경고장이 될 것이다.

뒤이어 나는 재연이 문 감독과 나눈 이메일과 그녀의 시나리오 원본, 소설 원고를 모두 출력했다. 꽤 많은 분량의 내용은 놈의 파렴치함을 보이기에 충분한 자료였다.

그렇게 일들을 처리하고 난 다음 날 아침. 무언가 한 매듭을 지은 것 같은 기분이었다. 나는 침대에서 나오지 않고 늘어지게 누워 있었다. 열한시 정도가 되어서 방에서 기어 나오자 마루 소파에 앉아 있던 어머니가 군대에서 탈영한 아들이라도 본 듯 놀라셨다. 회사에 안 갔느냐고 묻는 어머니에게 그만뒀다고 말했다. 조건반사처럼 어머니가 잔소리를 해대기 시작했다. 화장실에서 나온 아버지는 상황을 파악하고는 '니가 그럼 그렇지……'라는 표정을 지으며 소파에 가 앉아 신문을 펼쳤다. 어머니는 아버지가 아무 말도 안 하자 더욱 데시벨을 높였다.

"5년이나 잘 다닌 회사를 갑자기 왜 그만뒀다는 거야?"

"정확히 말하자면 그만둔 게 아니고 잘린 거예요."

냉장고에서 물을 꺼내 마셨다. 어머니의 잔소리와 아버지의 경멸에서 벗어나려면 독립을 해야 한다. 회사를 그만둘 때 집에서도 나올 작정은 했지만, 주저한 것도 사실이다. 당장 퇴사한 것 가지고도 이렇게 잔소린데 독립은 또 얼마나 반대하실까 하는 걱정도 있었다. 그러나 그런 걱정은 곧 해소되었다. 아버지가 잔소리하는 어머니에게 한마디 했다.

"됐어. 오래 다녀봐야 별것도 없는 출판사 같은 거."

아버지는 부채를 접듯 촤락 소리를 내며 신문을 접고 나를 돌아보았다.

"너 이제 학원 나와라. 상담 선생 하나 그렇잖아도 자르려고 했으니까, 와서 그거나 해."

"아뇨. 제 할 일은 제가 찾겠습니다."

"…… 잔말 말고 나와."

"제가 무슨 선생을 하겠습니까. 아시다시피 교직 이수도 안 했고요……."

"누가 너보고 가르치래? 상담 선생 하라고. 학부모 상담하면서 학원 일이 어떻게 돌아가는지 배우라고."

"제가 한다고 하면 기존 상담 선생은 잘릴 거 아닙니까. 원장 아들이 낙하산으로 내려와서 잘리면 그 사람은 얼마나 억울하겠어요. 못 합니다."

"미친놈……. 그걸 변명이라고 해대? 어?"

내가 대답이 없자 아버지가 담배를 꺼내 물었다. 어머니가 담배를 피우려는 아버지를 흘겨보고는 나를 돌아봤다.

"그러지 말고 아버지 말 들어. 아버지 학원 언젠간 네가 맡아서 해야 하는데, 잘됐다. 응!"

어머니가 간절한 말투로 나를 설득했다. 잠시 마음이 짠해졌다.

"미안하지만 제가 알아서 살아볼게요. 걱정 마시고요."

"민중아. 너 그럼 안……."

"됐어. 야 고민중. 너 말 안 들을 거면 내 집에서 나가."

아버지가 먼저 말해줘서 고마울 지경이었다.

"예. 짐 좀 챙기고요."

나는 꾸벅 인사하고 돌아섰다.

"이 사람이 미쳤나. 진짜!"

타박하는 어머니의 목소리와 아버지의 황당해하는 표정을 뒤로하고 나는 방으로 들어갔다.

점심이 조금 지나 집에서 나왔다. 아버지는 나가고 없고 어머니에게는 그렇잖아도 독립하려 했다고 설득의 말씀을 드렸다. 어머니도 회사를 그만둔 나와 아버지가 함께 집에 있으면 생길 일들이 걱정이 되긴 하셨던 듯하다. 어디로 갈 거냐는 말에 일단 친구 집에서 지내며 곧 집을 알아볼 거라 안심시켜드렸다.

집을 나와 익숙한 거리를 지나며 묘한 기분이 들었다. 홀가분함과는 다른 스산함이, 먼 길을 떠나는 느낌이었다. 서른셋, 어쩌면 너무 늦었는지 모른다. 〈동물의 왕국〉에서 보듯이 머리 큰 수컷 둘이 한집에서 살 수는 없는 법이다.

연희동에서만 30년 넘게 살아온 내게 유일하게 익숙한 동네가 있다면, 응암동일 것이다. 그녀와 함께 보낸 1년간 주말이면 신혼부부처럼 그녀의 집 부근을 쏘다니며 지냈다. 함께 장을 보고, 밥을 해 먹고, 〈무한도전〉을 보고, 늦은 일요일 아침에 감자탕집에서 야무지게 뼈를 발라 먹고 나와 불광천을 함께 산책했다.

내게 유일한 생활의 흔적이 남은 그 동네에 도착했다. 몇 군데 부동산을 다니자 곧바로 입주할 수 있는 집을 찾았다. 양옥 주인집 뒤꼍으로 난 철문을 지나 들어가면 나오는 마루 겸 부엌에 방 하나가 있는 집으로, 보증금 천에 월세 50이었다.

통장에서 돈을 찾아 방값을 치르고 텅 빈 방에 가방을 내려놓았다. 말 그대로 텅 빈 방이었다. 무어라도 채워야 했다. 필요한 목록을 적는데 땀이 흥건히 나고 있었다. 그때 문이 열리고 주인 할아버지가 이불과 요, 베개를 가져다주었다. 침구는 생각도 못 했던 나는 고마움보다 놀라움이 앞섰다. 보아하니 필요할 듯해 남는 걸 가져왔다며 쓰라는 말씀에 울컥함을 누르고 감사를 표했다.

동네를 걸어 나왔다. 선풍기와 세탁기, 냉장고를 사기 위해 중고가전센터를 찾아가는데 하모니마트가 눈에 들어왔다. 싼 맥주가 많은 그곳은 그녀와 자주 가던 곳이었다. 그러고 보니 같은 동네였다. 반대편 길 쪽으로 가면 그녀의 반지하 자취방이 있다는 걸 깨달았다.

이제 그곳엔 누가 살고 있을까? 나와 헤어지고 그녀는 더 싼 방을 찾아 안산으로 내려갔다. 하모니마트에 갈 때마다 그녀가 떠오를 것을 생각하니 마음이 심란해졌다. 청승맞게 왜 이 동네를 찾아온 걸까? 그렇게 생각하다가 코웃음이 났다. 이게 청승맞다면 그녀의 뼈를 훔쳐 그 난리를 치며 다닌 여행은 뭐고 그녀를 위해 복수하겠다고 설치고 있는 건 어떻단 말인가? 그래. 미련이다. 여자는 청승이고 남자는 미련이다. 나는 미련하게 살아보기로 했다.

중고 가전제품을 들이고 라면을 끓여 먹을 시스템을 갖추니 먹고 자고가 해결되는 집이 되었다. 그렇게 이틀을 보냈다. 아직은 어딘가로 놀러 온 것 같은 기분이 들던 즈음. 최 부장이 보낸 책이 퀵으로 왔다. 그녀의 동네로 돌아온 그녀의 책이다. 나는 봉투를 뜯어 책을 살폈다.

표지는 근사했다. 구식 타자기의 B, E, M, Y, G, H, O, S, T 활자가 도드라진 가운데 그 위로 유령의 손가락 같은 희미한 손의 형체가 금방이라도 타자를 치려 하는 그림이 얹혀 있었다. 그리고 그 위에 정 실장이 직접 캘리그래피로 쓴 제목 '비 마이 고스트'가 멋들어지게 박혀 있었다.

비 마이 고스트.

한재연 장편소설.

나는 그녀의 책을 내려놓고 포스트잇을 꺼내 메모를 적었다.

문우겸 감독님께

감독님의 영화 <고스트라이터> 잘 봤습니다.

동봉한 책은 한재연 작가의 장편소설 『비 마이 고스트』입니다.

한재연 작가와 저희가 계약한 작품으로 곧 서점에 배포될 예정입니다.

이에 대한 감독님의 대답을 듣고 싶습니다.

출판사 열린나무 소설팀장

고민중

PS. 계약서 사본을 첨부합니다. 원본이 저희에게 있음도 알려드립니다.

나는 메모와 명함, 책과 재연의 계약서 사본, 그리고 재연과 그가 나눈 이메일 출력본을 회사 봉투에 넣었다. 퀵을 불러 문 감독의 영화사로 그것을 보냈다. 그러고 나자 무슨 선전포고라도 한 기분이 들었다.

그것은 선전포고가 맞았다. 출판사 대표가 책을 내지 않겠다는 합의를 했음에도 독단적으로 날아온 책을 보고 그들도 어리둥절할 것이다. 대표는 그들에게 계약서를 보냈다고 했다. 그들은 계약서를 세절했을 것이다. 하지만 계약서는 내게도 있었고, 그것을 알리기 위해 사본을 첨부했다.

대표가 그쪽에 보낸 계약서는 회사 측 계약서였다. 나는 재연이 내게 돌려준 자신의 계약서를 회사에 제출하지 않았다. 언젠가 그녀를 다시 설득할 수 있으리란 생각에 내가 간직하고 있던 그 계약서는, 이제 문 감독과 대표 측에게 비수로 작용할 것이다. 나는 책과 계약서를 받아보고 놈이 연락을 해오는 대로 만나서 담판을 지을 것이다.

그렇게 놈과의 일전을 떠올리며 이틀을 보냈다. 독립생활에 적응하는 게 쉽진 않았다. 어머니가 찾아와 밑반찬과 옷가지를 주고 가셨지만, 여전히 휑한 방에서 혼자 먹고사는 일은 어려운 일이었다. 안 먹자니 배가 고프고 사 먹자니 돈이 아깝고 해 먹자니 번거로운 게, 밥 먹는 게 왜 민생고라는지 알 것 같았다.

한편으로 출판 인력들의 구인구직이 많이 뜨는 사이트에 들어가 매일 구인 게시글을 훑었지만 하나같이 마음에 들지 않았다. 구인 조건이 마음에 들지 않는 게 아니라 출판 일 자체에 흥미를 잃어서가 아닌가라는 생각이 들었다. 집도 나왔겠다, 업계도 나와 새로운 일에 도전해보고 싶은 마음이 스멀스멀 들었다.

하지만 당장 무얼 하겠다는 생각은 떠오르지 않았다. 우유부단이 아니라 무념무상이었다. 딱히 하고 싶은 게 없다니 대체 나는 무얼 하고 살아왔던 걸까? 그런 자괴감과 무기력감이 좁은 단칸방에 녹아들어 나를 괴롭혔다.

책을 보낸 지 일주일이 지났건만 문 감독에게서는 연락이 없었다. 먹히지 않은 것일까? 나는 초조해졌다. 영화 〈고스트라이터〉는 300만을 넘어 400만 고지를 향하고 있었다. 현실은 아이로니컬하게도 앤디의 복수로 인해 오히려 문 감독만 잘된 꼴이 되었다. 늘 상상을 능가한다는 점에서 현실은 이상이나 꿈보다 강하다. 재연은 종종 내게 영화보다 현실이 더 영화 같아서 시나리오 쓰기가 힘들다고 푸념하곤 했다. 사실이었다. 개연성 없는 현실이, 우연이 지배하는 세계는, 인간이 얼마나 작은 존재인지를 끊임없이 깨닫게 해준다.

그런 면에서 맥락을 심사숙고하기보다는 일단 들이대고 벌이고 보는 앤디가 나보다 더 현실에 잘 적응한 인간일지 모르겠다는 생각이 들었다. 앤디는 어떻게 된 걸까? 갑자기 그가 몹시 그리워졌다. 나는 다시 앤디에게 전화를 걸어보았지만 여전히 통화가 되지 않았다. 대신 나는 앤디처럼 적극적으로 들이대기로 했다.

나는 문 감독의 영화사 대표번호로 전화를 걸었다. 직원에게 일주일 전 출판사로 문 감독에게 퀵을 보낸 사람이라고 하자,

잠시 뒤 심하게 야무진 목소리의 여자가 전화를 받았다.

그녀는 자신을 문 감독과 함께 일하는 피디라고 소개하고는 보내주신 것들은 이미 열린나무 출판사 대표가 허위임을 확인해주었다고 말했다. 뒤이어 그녀는 내게 직함을 사칭하시고 문서를 위조하시는 건 범죄행위가 될 수 있다고 경고했다.

나는 보낸 모든 것들은 허위가 아니고 진짜라는 걸 증명할 수 있다고 했다. 그 소설은 한재연 작가의 작품이 맞고 계약서도 원본을 가지고 있다고 다시 힘주어 말했다. 여자는 더 이상 할 말이 없다며 전화를 끊으려 했다. 나는 당신 의견이 문 감독의 의견과 같은 거냐고 마지막으로 확인했다.

"물론입니다."

그녀가 코웃음을 치며 말했다.

"그럼 이 내용들, 온라인상에 공개해도 되겠습니까."

내가 물었다.

"온라인요? 무슨 말씀이시죠?"

"소셜네트워크서비스 말입니다. 페이스북도 있고 청와대 홈페이지도 있고 인터넷에 여러 여론집단이 모인 게시판 같은 것도 있고 그렇지 않습니까?"

"무슨 내용을 올리겠다는 건지, 아니 왜 올리시려는지 모르겠군요."

여자가 흥분을 눌러 말하는 걸 느낄 수 있었다.

"제 말은 말이죠. 그쪽은 할 말이 없지만 이쪽은 할 말이 많으니, 말을 들어주지 않는다면 온라인에다가 올려 그쪽이 볼 수밖에 없게 한다는 겁니다."

잠시 침묵이 흐른 뒤 여자가 말했다.

"감독님께 보고하고 다시 전화드리겠습니다."

"빨리 좀 연락 주세요. 기다리다 그냥 올릴 수도……"

전화가 끊겼다. 너희들이 날 만만하게 보는 건 여기까지일 거다.

다음 날 여자 피디에게 전화가 왔고 문 감독과의 약속이 잡혔다. 사흘 뒤 오후 세시. 장소는 감독의 삼성동 영화사 사무실. 주소가 문자로 찍혀 왔다. 이건 무슨 오디션도 아니고……. 어쨌거나 결전의 날이다. 나는 재연과 감독 사이에 오간 이메일들과 그녀의 미니홈피 게시판의 일기들을 다시 읽었다. 정황증거로 감독에게 들이대기 위한 자료를 머릿속에 넣어두기 위함이기도 했지만, 전의를 불태우는 효과도 있었다.

다음 날 낮에 모르는 번호로 전화가 왔다. 혹시 문 감독이 아닐까 나는 긴장했다. 약속보다 빨리 치고 들어와 내 허를 찌를 수도 있었다. 그렇다고 안 받을 수도 없었다. 나는 숨을 고르고 전화를 받았다.

"여보세요."

"여어, 형씨. 나 안 보고 싶었어?"

앤디였다.

회사로 찾아가려고 이미 마포 쪽으로 차를 몰고 넘어오던 중이었다던 녀석은, 삼십 분 만에 응암동으로 달려왔다. 앤디는 머리를 짧게 자른 것 말고는 달라진 것 하나 없었다. 비만 오면 만나는 술친구처럼 우리는 자연스레 감자탕집으로 가 소주를 땄다.

자초지종부터 물었다. 앤디는 집에서 보석금을 내 겨우 풀려났다고 했다. 대신 여수로 끌려가 어머니와 형의 갈굼을 당하며 시간을 보냈다는 것이었다. 핸드폰도 뺏기고 돈도 뺏기고(뺏길 돈이나 있었나?) 횟집 일을 도우며 감금되다시피 지냈다는 녀석의 말이 딱히 실감이 나지는 않았다.

어쨌거나 앤디는 놈에게 시원하게 복수했다고 생각했는데 언뜻 보니 그놈의 영화가 더 잘되고 있는 사실을 확인하고는 어떻게 다시 조져버릴까 하는 마음에 상경했다고 말했다. 3년 전처럼 집에서 돈을 들고 나와 중고차와 핸드폰을 구입하고 바로 서울로 올라왔다는 녀석의 말이 반갑기도 하고 걱정스럽기도 했다.

"나쁜 놈들 전성시대라고, 그 새끼 어떻게 그렇게 잘될 수 있지?"

"앤디."

"왜?"

"경찰들이랑 기자들한테는 어떻게 말한 거야?"

"소용없어. 내가 다 설명했는데도 아무도 믿지 않더라고."

"뭐라고 설명했는데?"

"그 감독 새끼가 내 죽은 여자친구 작품을 훔쳤다고 했지."

"그러니까 뭐래?"

"근거를 대라고 하더라고. 구체적인 정황이나 증거 같은 거 없느냐고 하더라고."

"네가 그걸 댈 수가 없었겠지. 그럼 왜 나한테 연락하지 않은 거야? 나한테 연락했으면 내가 기사화할 만한 자료를 줄 수 있었잖아."

"너까지 끌어들여 곤란하게 하기 싫었다. 어쨌거나 그놈 똥 먹였으면 된 거라고 생각했고…… 그런데 그놈의 영화가 오히려 더 잘되니 열이 뻗쳐 잠이 안 오잖아. 쌍."

"나한테 연락했어야지!"

"미안하다. 혼자 나대다 일이 그렇게 됐어. 내가 그렇지 뭐."

곧바로 수그러든 앤디가 소주잔을 비우고 자작을 했다. 녀석의 모습이 안쓰러웠다.

"나는 가만있었을 거 같아?"

앤디가 금세 활기를 되찾고 나를 살펴보았다.

"그 새끼 엿 먹일 방법 좀 고민해봤냐?"

"재연이 책을 내서 감독을 엿 먹이려고 했어."

"그렇지. 책이 나오면 그놈이 베낀 거 들통나지? 좋아!"

"그런데 출판사 대표 놈이 감독 측과 붙어먹어서, 책을 못 내게 막은 거야."

"뭐야?"

"그래서 대표랑 싸우고 회사 잘리고 집에서도 나와 이렇게 있는 거다."

"야 이 자식아, 너야말로 나한테 얘기했어야지. 그랬으면 내가 가서 니네 대표를 협박을 하든 고문을 하든 해서 책을 내게 만들었을 거 아냐?"

앤디가 눈을 부라리며 말했다.

"왜 또 똥을 먹이시지."

"아이 씨 정말이라니까. 지금이라도 그 책 내게 하자고."

"책은 늦었어. 대신 다른 방법을 떠올렸어."

"그게 뭔데? 나도 같이해."

덥석 손을 내밀듯 앤디가 말했다. 든든했다. 나는 고개를 끄덕이며 잔을 들었다. 우리는 건배했다. 참으로 어리석었던 한 달 전 여정 이후 우리는 다시 뭉쳤다. 그리고 그녀를 위해 우리는 더 어리석어질 자신이 있었다.

"그래서…… 어디서 잘 건데?"

건배를 하고 내가 물었다.

"형씨 독립했다며? 당분간 거기서 신세지면 되겠네."

"그러면 형씨에서 씨 좀 빼봐. 그럼 재워주지."

"아이 씨……."

"씨 빼라고."

"이게 수박이야 씨를 빼게."

"뺄 거야 말 거야."

"아이."

"바보야 '아이 씨'에서 말고 '형씨'에서."

"알았다. 그래. 니가 형 해라. 형!"

감자탕집을 나와 앤디와 함께 단칸방으로 돌아왔다. 앤디는 방이 너무 좁고 꿉꿉하다고 불평하더니 눕자마자 잠에 빠져버렸다. 하여간 어디서나 잘 자는 거 하나는 참 부럽다.

잠든 녀석의 얼굴을 가만히 내려다보며 안도감을 느꼈다. 이틀 뒤 문 감독과 대면하는 게 너무도 부담돼 어제는 제대로 잠도 못 잤는데 녀석이 같이 있으니 안심이 되었다.

"참, 따라비."

앤디가 잠꼬대를 했다.

"따라비라고."

"응?"

"따라비오름이라고."

"오름? 아⋯⋯."

그것은 잠꼬대가 아니었다. 앤디는 눈을 감은 채 말을 이어나갔다.

"구치소 있을 때 제주도 녀석을 만났거든. 구치소에서 할 일이 뭐가 있겠어. 놈을 붙잡아놓고 연구를 했지. 아니 놈을 괴롭혔지. 꾸준히, 치밀하게. 그러니까 결국 자식이 고향에 수소문해서 알아냈거든."

"대단하네."

"이름 딱 들으니까 기억나더라고. 재연이가 좋아했던 오름, 그거 따라비오름이야."

나는 스마트폰 메모 창을 열고 '따라비오름'이라 적었다.

"다시 보내주자."

앤디가 말했다.

"어떻게?"

내가 물었다.

"뭐든. 나 그날 하늘로 날아가버린 하얀 뼛가루가 매일 꿈에 보인다. 그때 유골함에 뼛가루 남지 않았어? 없으면 유골함이 라도 거기 묻어주자. 응?"

어느새 눈을 뜬 녀석이 간절한 표정으로 나를 올려다보고 있 었다. 내가 힘차게 고개를 끄덕였다. 그제야 놈은 눈을 감고 잠 이 들었다.

다음 날 나는 앤디에게 내일 있을 문 감독과의 담판에 대해 설명했다. 그리고 서로의 역할을 분담했다. 앤디는 자기만 믿으 라고 했다. 앤디를 포함한 계획을 짜고 나니 녀석이 없었으면 어쩔 뻔했을까 하는 생각이 들었다. 우리는 일찍 잠을 청했다.

결전의 날. 앤디의 차를 타고 삼성동으로 향했다.

내비에 찍힌 주소대로 도착한 영화사는 삼성동 고급 주택가 골목에 있는 세련된 검정색 4층 빌딩에 자리해 있었다. 앤디는 차를 몰아 빌딩 주변을 돌다가 가까이 자리한 식당 앞에 차를 세웠다. 식당 주인이 눈에 불을 켜고 나오다가 앤디가 어깨를 들썩이며 차에서 내리자 기세가 수그러들었다. 앤디가 그에게 5만 원권 한 장을 건네며 뭐라고 말했다.

식당 주인이 들어가고 내가 차에서 내리자 앤디가 나를 똑바로 쳐다봤다.

"쫄지 마. 뒤에는 내가 있다."

나는 짧게 고개를 끄덕이고는 영화사가 있는 빌딩으로 향했다.

빌딩은 입구에서부터 주눅이 들 정도로 빠닥빠닥했다. 로비를 지나 3층의 영화사 사무실 엘리베이터 버튼을 눌렀다.

재연이 문 감독을 처음 만났을 때 그는 데뷔작의 흥행 실패로 두 번째 영화를 만들지 못하고 허덕이던 감독에 지나지 않았다. 일산에서 부모님 집에 얹혀살던 그가 이제는 삼성동 고급 빌딩에 자신의 영화사를 두게 된 것이다. 〈고스트라이터〉의 흥행벼락이 그를 이렇게 만들어주었다. 과연 이것이 온전한 그의 몫일까? 분명한 건 영화는 혼자 만드는 게 아니다. 시나리오에 재연의 이름을 넣어주는 게 그렇게 힘든 거였을까? 그래. 싱어송라이터처럼 시나리오와 감독을 겸해야 더 실력이 있다 인정받을 테니 어떻게든 빼고 싶었을 거다. 더 가진 사람이 없는 사람의 마지막 하나까지 빼앗는 탐욕, 나는 그 독식을 막을 것이다.

사무실로 들어서니 야무진 목소리만큼이나 야무진 인상의 여자 피디가 나를 맞이했다. 적의를 감추기 위해 그녀는 질 나쁜

향수 같은 미소를 풍기며 나를 감독 방으로 안내했다.

문 감독은 매끄러운 화이트 톤 책상에 앉아 모니터를 보며 담배를 피우고 있었다. 애연가라고 인터뷰에서 밝힌 것처럼 금연 건물 따위는 무시하는 듯했다. 화이트 톤으로 세팅된 방의 디자인은 밝고 편안해 보였다.

그는 들어온 나를 보고 눈만 까딱이고는 다시 모니터를 살폈다. 간결한 시선 처리는 마치 업무보고를 하러 온 부하직원을 대하는 태도였다.

"잠시만요."

그가 테너 톤의 목소리로 내게 기다리라고 말했다. 여자 피디가 마실 걸 물었다. 그가 이번에도 단답형으로 '에스프레소'라고 말했다. 나는 물을 가져다 달라고 했다.

그녀가 나가고 나는 응접 소파에 앉았다. 그는 여전히 모니터에서 시선을 떼지 않았다. 나는 베이지색 매끈한 소파에 앉아 방 안을 둘러보았다. 시디와 디브이디, 책들이 벽 한쪽에 인테리어처럼 배치되어 있었다. 반대편 벽에는 그가 연출한 영화들의 포스터가 작은 액자에 담겨 다른 명작 포스터 액자와 같이 걸려 있었다. 〈고스트라이터〉의 베니스 영화제 포스터도 붙어 있었는데, 블랙 앤 화이트로 주인공 여자와 남자의 실루엣을 배치한 디자인이 무척이나 세련되어 보였다. 주인공들 얼굴이 대문짝만하게 찍혀 나온 국내판 포스터와는 비교도 할 수 없는 퀄리티였고, 그가 베니스에서 이룬 성과를 드러내 보이고 있었다.

고급 진공관 스피커에서 흘러나오는 베이스 리듬의 선율은 재즈인지 보사노바인지 잔잔한 느낌을 주었고, 무슨 담배를 피우는지 초콜릿 향이 방 안 곳곳에 배어 있었다. 그리고 녀석은 진짜 바쁜 건지 나를 초조하게 하려는지 여전히 모니터만 살폈다.

응접 테이블 앞에는 재떨이가 있었다. 거기 꽁초가 없었다면 재떨이인 줄 몰랐을, 예쁜 종지였다. 나는 담배를 꺼내 라이터로 불을 붙였다. 한 모금 빠니 긴장이 좀 해소되는 듯했다.

눈썹에 피어싱을 한 펑크로커 느낌의 젊은 남자가 쟁반을 가지고 들어와 물 잔과 에스프레소 잔을 테이블에 내려놓고 갔다. 그제야 그가 일어나 테이블 쪽으로 다가왔다. 직접 보니 세련된 인상은 그대로였지만 사진에서 본 것만큼 미남은 아니었다. 사진이 잘 받는 이유는 따로 있었다. 그는 얼굴이 주먹만큼 작았다. 얼굴이 작으니 비율이 좋아 옷발도 잘 받는 듯했다.

"미안합니다. 급히 보내야 할 메일이 있어서."

맞은편 소파에 앉으며 문 감독이 말했다. 동시에 테이블에 무언가를 내려놓았다. 살펴보니 내가 보낸 재연의 책과 이메일 자료들이었다. 뒤이어 그가 나를 응시했다. 얇은 테 안경 뒤로 보이는 그의 눈엔 적의도 호의도 보이지 않았다. 고양이의 나른함이 느껴지는 눈빛이었다.

"방금 내려놓으신 것들은 다 확인하셨나요?"

그러자 그가 책 사이에 있는 내 명함을 집어 들고는 자기 스마트폰으로 번호를 눌렀다. 내 스마트폰이 울렸고 내가 그것을 살피자 놈이 "본인 맞군요"라며 스마트폰을 닫았다. 나는 스마트폰을 테이블에 내려놓았다.

"당신을 알고 있습니다."

내 질문엔 대답하지 않고 그가 화제를 돌렸다. 나는 잠자코 들었다.

"당신의 마음을 내가 정확히 알지는 못하겠지요. 그렇죠? 하지만 당신의 의도는 내가 알 것 같아요."

"내 의도를 알아요?"

"세상 일이 일어나는 데 한 가지 이유는 없어요. 다 복합적으로 일어나고 서로 교류하면서 작용하는 겁니다. 작용이요."

녀석이 나를 자기 학생 다루듯 하고 있다. 무슨 소리를 하려는 건지 빨리 감을 잡아야 했지만, 가슴이 홧홧해 좀처럼 머리가 차가워지지 않았다.

"그래서요?"

"민중 씨는 그 친구의 어떤 점이 좋았나요?"

"대답하고 싶지 않습니다."

"그래요? 나는 그 친구의 재능을 좋아했어요. 이미지를 글로 묘사하는 힘이 있었죠. 작가랍시고 자의식을 내세우는 법도 없었고, 무엇보다 자기가 쓰려는 것에 대해 동료들과 감독인 나에게 정확히 설명할 줄 아는 커뮤니케이션 능력이 있는 것이야말로 그 친구의 진짜 재능이었어요."

"……"

"안타깝지만 그 친구의 소설은 문제가 있었어요. 그건 나와선 안 될 텍스트였습니다. 영화로만 구현될 수 있는 절대적인 컷이 있어요. 그걸 조잡한 문장으로 뭉개버렸어요. 그 친구가 그때 조급함을 부렸던 거예요. 그래서 결국 내가 다시 설득한 겁니다."

"대체 뭘 설득했다는 거죠?"

나는 점점 인내심을 잃어가기 시작했다.

"소설을 내지 말 것을요. 그리고 그녀는 내가 자기 작품을 다시 시나리오로 고쳐 쓰는 걸 허락했어요."

"둘 다 읽어봤습니다만, 거의 고친 게 없으시던데……."

"시나리오를 텍스트로만 보면 그럴 수도 있겠죠. 그런데 그걸 아셔야 합니다. 아까 말했듯이 일면만 보면 눈이 멀어요. 전체를 볼 줄 알아야 해요. 그 친구는 그걸 알고 있었어요."

그는 담배를 빼 물고 불을 붙였다. 마치 재연을 회상한다는 듯 담배를 피우며 무언가에 골몰한 표정을 지었다.

나도 담배를 한 대 피웠다. 그리고 잽을 던졌다.

"제가 보내드린 재연이와 당신 사이에 오간 이메일에서 당신은 책을 내지 말라고 협박을 하고 있었어요. 그건 어떻게 설명할 겁니까?"

"말했잖습니까. 재연이의 그 작품은 시나리오에 맞지 소설에 맞는 게 아니라고. 나는 내 방식으로 재연이가 잘못된 선택을 하지 못하게 한 거예요."

"자꾸 억지 논리로 물타기 하지 말아요. 그렇다면 시나리오에서 재연이 이름은 왜 뺀 거죠?"

"민중 씨는 제 영화를 보셨나요?"

"…… 봤습니다. 그래서요?"

"아뇨. 당신은 내 영화를 보지 않았어요."

나는 얼굴이 붉어지는 게 느껴졌다.

"솔직히 당신 영화가 상영되는 극장 주변에도 가기 싫은 게 나야. 됐어?"

목소리가 커지고 말이 짧아졌다. 진정해야 했다.

"그럼 만약 그 친구가 내 영화를 봤다면 어땠을까요? 그런 생각 해본 적 있어요?"

"아니. 난 그런 생각은 하지 않아."

"생각해봐요."

"아니. 재연인 죽었고 당신 영화를 볼 수 없어. 그게 사실이란 거야."

문 감독이 싱긋 미소를 지으며 내 진술을 비웃었다.

"재연인 사실의 영역에 살지 않았어요. 상상의 영역에 살던 친구예요. 그녀를 위해 상상을 해줍시다. 그녀는 말예요. 내 영화를 봤다면 분명 자기 이름이 빠진 걸 고마워할 겁니다."

"미친……."

"그 친구는 자기를 잘 알아요. 당신처럼 자기 자신조차 알지 못하면서 이렇게 무모하게 자기 논리를 펼치지는 않아요."

순간 발끈했지만, 꾹 참고 아까부터 하고 싶은 말을 꺼내 들었다.

"당신은 지금 말장난을 하고 있어."

"그럴까요? 민중 씨. 그럼 당신은 그 친구를 얼마나 알고 있죠? 그저 1년 사귄 거 가지고 그녀를 알 수 있었나요? 그에 비해 나는 그 친구를 많이 알아요. 당신이 만든 이 조악한 책을 그녀가 좋아했을 것 같아요?"

"……."

"아니면 내 영화를 좋아할 것 같나요. 자기 이름이 박혔다고 무작정 그 소설을 좋아할 사람일까요? 아니면 자기 이름은 없지만 하나의 완성된 세계로서의 내 작품을 좋아할까요?"

"자꾸 재연이 뒤에 숨지 마. 당신은 지금 그녈 핑계로 숨으려는 거야."

문 감독이 대답 대신 스마트폰을 꺼내 버튼을 누르기 시작했다. 곧 내 스마트폰에 이미지가 날아왔다. 나는 상황이 어떻게 돌아가는 건지도 모른 채 이미지를 열기에 급급했다.

이미지는 문 감독과 재연이 나눈 문자 창의 캡처였다. 재연이가 죽기 한 달 전의 것이었다.

—몸은 좀 괜찮아?

—병원에 갈 힘도 없어요.

—돈은?

─돈도 궁해요.

　─계좌로 일단 100 부쳐줄게.

　─고마워요.

　─글 쓰는 건 네 머리가 쓰는 게 아냐 네 팔이 쓰는 거지. 머리는 널 속여도 팔은 널 속이지 않아. 머리는 마음의 영역이지만 팔은 몸의 영역이야. 몸부터 챙겨야 다시 쓸 수 있을 거야.

　─알았어요.

　─회의 중이라, 다시 또 이야기하자.

　─그래요. 회의 잘 해요.

　문자 내용을 보고 무슨 말이라도 해보라는 듯 문 감독이 나를 바라보았다. 나는 예상치 못한 상황에 문자와 문 감독을 번갈아 바라보며 뭐라 말해야 할지 알 수가 없었다.

　"그녀는 내 작업을 응원하고 있었어요. 나는 그녀가 그렇게 되기 전까지 최선을 다해 도왔고요. 그런데 당신은 뭐가 문제란 거죠?"

　녀석이 부드러운 목소리로, 그러나 다그치듯 말했다.

　나는 아무 말도 할 수 없었다. 내겐 오직 그녀가 죽기 얼마 전까지 이 사람과 소통하고 있었다는 것, 심지어 돈을 꾸고 있었다는 것이 충격이었다. 그녀는 왜 내게 연락할 수 없었던 걸까? 치밀어 오르는 질투심과 서운함을 뒤로하고 그를 올려다보았다. 문 감독은 차분히 미소를 지어 보였다.

"당신은 그 친구와 소통이 안 되는 것 같더군요. 이메일 해킹이나 한 걸 보면."

"……."

"당신이 그 친구를 생각하듯, 그 친구도 당신을 생각한 건 맞나요? 혹시 혼자 지난 추억에 젖어 무리한 집착을 하고 있는 건 아닌가요? 아니면……. 이 시점에서 죽은 그 친구의 책을 내 한몫 챙기기라도 하려는 건가요?"

"뭐라고?"

"말해봐요. 당신이 그 친구와 특별하다는 사실을. 그 친구와 교감한다는 사실을."

혼란스러운 나머지 아무 말도 할 수가 없었다.

"모르겠으면 내가 말해줄까요? 그 친구가 한번 당신에 대해 말한 적이 있거든요. 뭐라 그랬더라……. 아, 고지식하다고. 고지식한데 소심하고 옹졸하기까지 해 받아주기가 너무 힘들다고."

어느새 입이 굳어버린 나는 숨조차 제대로 쉴 수 없었다.

"더 자세히 말할까요? 진실을 알고 싶어요?"

나는 저항하듯 힘겹게 그를 노려보았다. 그가 내 눈을 바라보며 말을 이어나갔다.

"그 친구는 내 반대에도 소설을 꼭 내고 싶어 했어요. 그런데 내가 말했듯이 그 소설은 당신 눈에는 좋아 보였지만 누가 봐도 아닌 거였거든. 그 작품은 모든 공모전과 출판사에서 퇴짜를 맞왔지. 내가 말했듯이. 그런데 오직 당신만 오케이를 했어요."

"아니. 그건 흔한 일이야! 공모전에 떨어지고 출판사에 퇴짜
맞고 하는 건 흔한 일이라고!"

내가 발악하듯 외쳤다.

"그럼 그 친구가 책을 최대한 빨리 내달라고 하지 않았나요?
왜 그랬을 거 같아요? 그 친구가 당신은 어떻게 했지만, 위에서
혹시 반대라도 하면 안 되니까 서두르자고 한 겁니다. 왜 내가
너무 많이 아나요?"

어느새 그가 말하는 대로 나와 그녀의 과거가 복기되고 있었다.

"그래서 진실은 말이에요. 그 친구가 소설을 내기 위해 당신
을 이용한 거예요."

"그만해."

나는 고갤 떨구고 나직이 말했다.

"소설을 내는 게 틀어지고 나서 그 친구랑 헤어지지 않았나
요? 자, 이제 스스로도 생각할 수 있겠죠?"

나는 생각했다. 이대로 고갤 떨구고 그의 말에 수긍하고 이곳
을 나갈 수는 없었다. 하지만 그녀가 진짜 그랬을 리가 없을 거
란 생각은 흔들리고 있었다. 그것이 그녀의 실체였는지, 그의
거짓말인지를 깨달아야 할 내 평정심은 고장 난 저울추처럼 오
락가락하고 있었다.

"생각해보니 어때요? 고민중 씨."

고민중 씨?

녀석이 처음으로 내 이름을 불렀다. 그게 마치 알람처럼 내 머리를 깨웠다. 그래, 나 고민중이야. 늘 고민만 하느라 소심하고 우유부단하고 우물쭈물했지. 하지만 난 더 이상 그러지 않아. 생각하라고? 뱀 같은 혀로 말한 니 생각을 나보고 생각하라고?

아냐. 나는 생각하지 않을 거야. 나는 앤디처럼 들이댈 거야.

"됐고, 문우겸. 네가 재연일 죽인 거야."

"설명을 해줘도 알아듣지 못하면 방법이 없어요."

"재연이가 날 이용한 거든 아니든 상관없어. 재연이가 날 이용했다고 걔가 죽지는 않아. 하지만 넌 재연이를 죽였어. 지금 내게 지껄이듯 말로 꾀어서 걔 작품을 뺏고 몸과 마음 모두 병들게 한 게 바로 너라고! 알아?"

내 일갈에도 그는 평정심을 잃지 않고 에스프레소를 비웠다.

"당신이 슬퍼하는 마음은 이해해요. 그 친구 죽음을 나 역시 누구보다 슬프게 생각하고 있어요."

"유체이탈 화법 하지 말고!! 죽여놓고 슬프냐? 너야말로 너를 아는 거냐? 네가 걜 괴롭혔다는 걸 모르겠냐고? 어?"

침이 튈 정도로 녀석에게 외쳐댔다. 그럴수록 녀석은 불쌍하다는 표정으로 나를 바라보았다. 나는 계속 들이댔다.

"그래. 나는 몰랐다. 그녀가 죽는 줄도 몰랐다. 근데 아까 문자 보니 넌 알았네. 아파하고 병원비가 필요하고 다 알았던 거 아냐? 심지어 너한테 기대기까지 했는데, 넌 100만 원 부쳐주고 입 씻은 거냐? 100만 원 부쳐준 건 맞아? 어?"

나는 미친놈처럼 따져 물었다. 여전히 녀석은 반응이 없었다.

"아니 까놓고 생각해봐. 죽을 정도로 아픈 재연이 사정을 알고도 방치한 니가 걜 죽인 놈 아냐? 사실 넌 개가 죽길 바랐지? 개가 죽어야 니가 혼자 쓴 시나리오가 되니까. 딴지 걸 사람이 없어지니까. 그렇지? 뭐라고 대답해봐 이 새끼야! 니가 재연이 시나리오 뺏은 거 맞잖아!"

소리를 질렀다. 가쁜 숨을 내쉬며 놈을 돌아보았다.

시종일관 무표정하던 녀석이 순간 코웃음을 쳤다. 그러고 나서 몸을 소파 뒤로 기대며 내게 말했다.

"어. 그렇게 따지면 내가 죽인 꼴이지. 뭐."

"너 이 새끼……."

"말 잘했어. 그렇게 말하면 들어줄 만하네. 내가 너무 친절하게 말해서 화난 거 같으니 이제 나도 그냥 말할게."

"말해 이 새끼야!"

"내가 훔친 거 맞아. 훔치기 좋게 하려고 계약 안 하고 쓰게 한 거고. 하긴, 그땐 나도 돈이 없어 계약 같은 거 해줄 수도 없었지."

"……."

"재연이 걔 지지리도 못 썼어. 그래서 내가 다 불러준 거 걘 받아 적기만 했어. 근데 걔한테 시나리오작가 크레딧을 주는 게 맞냐 안 맞냐?"

"뭐야? 애초에 작품 아이디어부터 재연이 거잖아! 안 그래?"

"그런 아이디어는 길거리에 돌멩이처럼 널렸어. 문제는 어떻게 풀어내냐지. 기껏 내가 풀어내주니까 소설로 고쳐서 혼자 먹겠다는데 그럼 내가 가만있겠냐? 너처럼 바보같이 끄덕끄덕하겠냐? 생각을 해봐요."

문 감독이 손가락으로 자기 관자놀이께를 두드렸다.

"그럼 이메일 내용은? 그건 뭔데? 몰래 저작권 등록 해버리고 막은 건 떳떳하냐? 어디 내가 인터넷에 올려서……."

"인터넷? 올려. 올리라고. 그 사람 전 남친이라고 하고 마음껏 뭐라도 올려봐."

느긋하게 비아냥대는 문 감독의 모습에 나는 잠시 말문이 막혔다.

"올리라니까. 인터넷에, 페이스북에, 갑질의 횡포라고 올려봐. 근데 당사자도 아닌 당신 말을 누가 믿어주기나 할까? 그리고 당신 출판사에서도 사람 때려 잘렸다며? 인터넷에나 찌질하게 올리는 당신이 보증해줄 수 있는 게 뭐가 있지?"

"……."

"어디 병신 같은 게 와서 깝치고 있어. 어차피 죽은 년만 불쌍한 거야. 너 재연이 그년이 나한테 뭐라 그랬는지 알아? 자기 작품이니까 자기 눈에 흙 들어가기 전엔 함부로 못 쓸 거라고 했어. 그런데 이제 죽었어. 눈에 흙 들어갔으니까 함부로 쓴다는데, 뭐? 됐냐?"

"……."

"아, 놀아주느라 힘들었네. 가봐."

녀석이 일어나 기지개를 켜고는 자기 책상으로 걸어갔다.

나는 숨을 고르고 나서 녀석이 테이블에 내려놓은 재연의 소설과 출력물들을 가방에 챙겨 넣었다. 그리고 일어나 새 담배를 꺼내 입에 물었다. 라이터를 꺼내 불을 붙였다.

담배를 피우며 놈의 책상 앞으로 갔다. 놈이 그런 나를 바라보며 무슨 짓을 더 할지 흥미롭다는 듯 빙긋 웃었다.

나는 라이터의 녹음 버튼을 끄고 리와인드 해 재생 버튼을 눌렀다.

"…… 어차피 죽은 년만 불쌍한 거야. 너 재연이 그년이 나한테 뭐라 그랬는지 알아? 자기 작품이니까 자기 눈에 흙 들어가기 전엔 함부로 못 쓸 거라고 했어. 그런데 이제 죽었어. 눈에 흙 들어갔으니까 함부로 쓴다는데, 뭐? 됐냐?"

문 감독의 표정이 심상치 않게 변했다.

"뭐지?"

놈의 눈동자가 흔들리는 게 보였다.

"스마트폰으로 녹음할 줄 알았지? 그래서 일부러 전화 걸고……. 너만 치밀하냐?"

"너 이 새끼……."

"인터넷에 올릴 거야. 니가 맘대로 올리라며? 그렇게 할게. 됐냐?"

내가 돌아서자 문 감독이 엉거주춤 자리에서 일어나는 게 느껴졌다. 놈의 다급한 목소리가 내 등을 때렸다.

"멈춰. 그거 녹음된 거 맞아? 그거 라이터 아니었어?"

돌아선 나는 라이터의 상표가 보이게 녀석의 코앞에 가져갔다. 굵은 이탤릭체 알파벳에 놈의 시선이 집중되었다.

"탑 시크릿이다. 씨발놈아!"

사색이 된 놈을 뒤로하고 방을 나섰다.

사무실을 가로질러 가는데 뒤에서 놈의 고함이 들려왔다.

"잡아! 저 새끼 잡으라고!!"

놈의 말에 직원들이 파티션에서 튀어나와 나를 쫓기 시작했다. 나는 있는 힘껏 달려 사무실 문을 박차고 나갔다.

엘리베이터는 1층에 있었다. 계단으로 달려 내려갔다. 문 감독과 그의 직원들이 우르르 나를 따라 내려왔다. 라이터를 뺏기면 모든 게 수포다. 나는 필사적으로 계단을 내려와 빌딩 로비를 달려 나갔다. 하지만 곧 뒤따라온 직원들이 나를 붙잡고 쓰러트렸다.

"라이터, 뺏어! 뺏으라고!"

뒤따라온 문 감독의 외침에 녀석들이 나를 일으켜 세워 몸을 뒤지기 시작했다. 빼앗기지 않기 위해 나는 필사적으로 몸을 웅크렸다. 그때 퍽 하는 소리와 함께 나를 붙잡고 있던 직원 하나가 떨어져 나갔다. 앤디였다. 앤디가 마치 아이스하키 보디체크하듯 녀석들을 불도저 같은 자신의 몸으로 밀쳐 넘어트리고 있었다.

순식간에 나를 따라온 직원 셋이 쓰러져버렸다. 이제 앤디 앞에는 문 감독이 있었다.

문 감독은 뒷걸음질 치며 앤디를 살피다가 소스라치게 놀랐다.

"왜, 똥 더 먹여줘?"

앤디가 솥뚜껑 같은 주먹을 들어올렸다.

"으악."

기겁하며 문 감독이 몸을 숙였다.

직원들도 앤디의 기세에 눌려 어쩌지 못하는 동안 나는 차에 올랐다. 앤디가 다시 한번 그들에게 으르렁거린 뒤 차에 올라 시동을 걸었다. 우리는 그곳을 빠져나갔다.

집에 돌아온 나는 인터넷에 '문우겸 감독은 함께 일했던 죽은 작가의 이야기를 훔쳤습니다'라는 제목으로 간단한 개요와 함께 그녀의 일기와 이메일을 올렸다.

문 감독이 큰소리쳤듯 수많은 댓글이 분분했지만 쉽게 수세에 몰리진 않았다. 한쪽 말만 들어선 안 된다느니, 문 감독이 그럴 사람이 아니라느니, 뜨니까 한몫 잡으려는 설레발이라느니, 못 믿겠으니 인증을 하라느니, 게시글의 신빙성이 의심된다는 의견이 주를 이루었다.

나는 인증하겠다는 글과 함께 문 감독과 내가 나눈 대화의 녹음 파일을 올렸다.

그러자 금세 반향이 일어났다.

언제든지 화낼 준비가 된 인터넷 세상 사람들의 집중포화가 문 감독에게 쏟아졌다. 몇몇 매체에서 내게 연락을 해왔고, 나와 앤디는 그중 공중파의 한 시사 프로 피디를 만나 모든 자료를 건네고 취재에 응했다.

두 주 후 앤디와 나는 중고로 산 TV로 단칸방에 나란히 앉아 시사 프로를 본방사수 했다.

프로의 간판인 중견 연기자 출신 사회자가 베니스 영화제에서 문 감독이 은사자상을 수상하는 장면부터 공항 귀국 후 화려한 스포트라이트를 받는 장면과 함께 문 감독과 〈고스트라이터〉를 소개했다.

"그런데 말입니다. 이런 문우겸 감독이 영화의 VIP 시사회가 있던 날 의문의 사나이로부터 테러를 당하게 되었습니다. 경호팀으로 위장하고 문 감독에게 접근한 이 사내는 아이스크림 박스 안에 담아둔 내용물을 문우겸 감독의 얼굴에 퍼붓는 테러를 저질렀습니다. 내용물은 인분, 사람의 똥이었습니다. 테러를 저지르고 나서 이 사내는 문우겸 감독에게 무어라 외쳐대고 있습니다만, 곧 경호팀에 제지당해 끌려가야 했습니다. 그는 도대체 왜 이런 일을 벌인 걸까요?"

앤디는 자신이 모자이크로 등장하는 장면을 보며 흐뭇한 표정으로 맥주를 비웠다. 나는 궁금해졌다.

"그런데 말야, 그 똥."

"응?"

"그거 어디서 난 거야?"

"내 거지."

"푸핫."

"한 이틀 참고 거하게 한 바가지 싸서 담아둔 거야."

"잘했다. 정말 잘했다."

사회자의 멘트가 이어지고 있었다.

"인분 테러 사건의 실체가 제대로 밝혀지지 않은 가운데 한 달이 채 지나지 않아 인터넷 게시판에 누군가 이런 글들을 올리기 시작했습니다."

앤디가 나를 향해 손을 들어 보였다. 우리는 하이파이브를 했다.

공중파 방송의 위력은 대단했다. 인터넷에서만 들끓던 여론은 이제는 각종 연예 프로와 신문에도 소개가 되면서 문 감독에 대한 구체적인 성토로 이어졌다.

문 감독 측은 조만간 입장을 표명하겠다는 공표를 냈고, 내게도 소송을 건다느니 하는 기사를 냈지만 실제로 이루어진 건 아무것도 없었다.

재연의 불우한 죽음도 재조명되었다. 안정된 공기업을 그만두고 시나리오작가라는 꿈을 찾아 5년간 활동했지만 제대로 된 계약도, 완성된 작품도 얻지 못한 그녀의 삶을 몇몇 매체가 기사화했다. 그녀는 생활고로 인한 건강악화로 홀로 죽어간 꿈 많던 젊은 작가로 객관화되었다. 하지만 이제 내겐 의미 없는 기사였고, 세상의 동정 역시 오래가지 못했다.

나는 생각했다. 문 감독의 말처럼 재연은 정말 나를 이용했을까? 문 감독과의 밀당을 위해 책을 내야 했고, 그러기 위해 나와 사귄 것일까? 정말 나를 고지식하고 소심하고 옹졸해 받아주기 힘든 사람이라고 생각했을까? 과연 그렇게만 생각했을까?

이미 세상에 없는 그녀에게 물어볼 수도 없는 노릇이었다. 아니 곁에 있다고 해서 물어볼 질문도 아닐 것이다. 그걸 묻는 것 자체가 그녀를 의심하는 것이고 그랬다면 나는 결코 애틋한 심정으로 그녀를 떠올릴 수 없었을 것이다. 서툴고 부족한 사랑이었다. 하지만 안간힘을 다해 그녀를 사랑했고, 그 사랑을 의심하지 않았다.

그녀도 그때는 그랬을 것이라, 나는 믿는다.

어느덧 가을이 한창이었다.

문 감독을 응징하고 나서 앤디와 나는 대부분의 날을 단칸방에 박혀 지냈다. 우리는 보람찬 하루 일과를 마치고 내무반 침상에 누운 병장들 같았다. 그는 그대로 사업 구상을 한다며 빈둥대고 있었고, 나는 나대로 새로운 일을 구한다며 아무것도 하지 않고 있었다.

물론 해야 할 일이 하나 남아 있었다.

준비를 마친 뒤 우리는 배낭을 메고 공항으로 향했다.

에필로그

•

다시 제주

그녀를 하늘로 날려 보낸 도로를 지나 따라비오름으로 향했다. 부근에 다다르자 내비는 따라비오름을 제대로 찾아주지 못했다. 앤디와 나는 스마트폰 지도를 켜고 티격태격해가며 길을 찾았다. 마침내 가시리 부근에서 따라비오름으로 향하는 좁은 시멘트 도로를 발견했다. 그 길로 한참을 가서야 작은 주차장이 나타났다.

차에서 내린 앤디가 턱짓으로 앞을 가리켰다. 널찍하고 풍만해 보이는 오름이 억새밭 사이로 우뚝 자리하고 있었다. 오름의 진입로로 향하는 길에는 붉은 화산석이 레드카펫처럼 깔려 있었다. 우리는 붉은 길을 지나 진입로를 통과해 오름을 올랐다.

그녀가 왜 이곳을 좋아했는지는 오름의 정상에 올라오자마자 바로 깨달을 수 있었다. 무성한 억새가 오름의 정상을 점령한

채 풀숲을 이루어 가을 정취가 물씬 풍겼고, 탁 트인 전망의 끝
으로 펼쳐진 제주 바다는 가슴속까지 시원함을 가져다주고 있
었다.

정상 안쪽으로 세 개의 능선이 유려하게 솟아 있었고 그곳 역
시 억새가 파도치고 있었다. 앤디와 나는 가장 위쪽 능선으로
올랐다. 평일 낮임에도 관광객 여럿이 능선에 서서 전망을 즐기
고 있었다. 우리는 능선을 따라 따라비오름을 온전히 한 바퀴
돌았다. 마치 성벽 길을 순찰하는 병사처럼, 그녀가 묻힐 이 성
의 벽을 다지고 또 다졌다.

능선에서 오름의 안쪽으로 향했다. 억새 사이에 난 좁고 고운
길을 따라 걷다 보니 내 팔을 스치는 억새와 향긋한 바람이 마
음을 차분하게 만들어주었다. 그녀도 분명 이 억새 사이를 걸으
며 행복한 기분을 느꼈을 것이다. 그것이 그녀를 이곳에 거하고
싶게 만들었기를, 탁 트인 전망을 눈에 담고, 보드라운 억새의
품에 안겨 조용히 잠들고 싶었기를. 그녀가 그랬기를 나는 희망
하고, 생각하며, 알고 있었다.

앞장선 앤디가 오름 안쪽의 중심에 다다라 발도장을 찍었다.
억새 사이에 누우면 보이지 않을 정도로 포근함이 느껴지는 곳
이었다. 앤디와 나는 배낭을 땅에 내려놓고, 배낭 옆에 결속한
부삽을 풀어 각각 손에 쥐었다. 우리는 땅을 파기 시작했다. 빨
간 화산석이 부서져 섞인 흙을 오목하게 파 내려가자 꽤나 고운
흙이 나와 기분이 좋아졌다. 부드러움 안에 그녀를 묻어줄 수

있다는 것에 신이 났다. 주변의 시선도 무시하고 땅을 파는 데 몰입한지라 흥건해진 땀을 닦는 일도 잊어버렸다.

마침내 여행용 트렁크가 들어갈 정도의 공간이 생겼다. 나는 삽을 내려놓고 수건으로 땀을 닦고는 앤디에게 건네주었다. 앤디가 땀을 닦는 동안 나는 지퍼를 열고 배낭 안에서 나무 상자를 꺼냈다.

연한 나무 향이 아직도 느껴지는 나무 상자의 뚜껑을 열었다. 바닥에는 불면 날아갈 정도의 하얀 가루가 있는 듯 없는 듯 깔려 있었다. 겨우 남은 그녀의 미세한 조각들이었다. 나도 모르게 나무 상자 속으로 고개가 숙여졌다. 나무 상자 안에 얼굴을 묻은 채 숨을 쉬어보았다. 우리가 함께 있었을 때 그랬던 것처럼 잠시 동안 그녀와 호흡을 나누었다. 이제 그녀를 보내줄 때였다.

앤디가 내게서 나무 상자를 받아 구덩이 안에 내려놓았다. 나는 배낭에서 책을 꺼냈다. 문 감독의 방에서 나와 함께 돌아온, 그녀의 책이었다.

표지를 살피며 혼잣말로 발음해보았다. 비. 마이. 고스트.

앤디가 내게서 『비 마이 고스트』를 받아 나무 상자 안에 내려놓았다. 침대에 누운 아이처럼 알맞게 들어간 그 책은 아무에게도 읽히지 않을 것이다. 그녀의 이야기는 그녀와 함께 이곳에 봉인될 것이다. 그리고 나와 앤디에게만 기억될 것이다. 언제까지나.

마지막으로 나는 호주머니에서 화산송이를 꺼냈다. 그녀가 제주에 다녀와 내게 건넨 선물이었다. 화산송이가 다시 그녀와 함께 여행하길 바라며, 나는 그것을 그녀의 책 위에 올려주었다.

앤디가 나무 상자의 뚜껑을 닫았다. 잠시 서로를 돌아본 우리는, 동시에 고개를 숙이고 눈을 감았다.

그녀를 묻고 따라비오름을 내려왔다.

시원한 바람이 아래에서부터 올라와 앤디와 나의 가슴을 식혀주었다.

작가의 말

누구보다 자유롭고 한곳에 머무는 적 없던 사람이 있었다. 그의 유골함 앞에서 나는 그가 다시 자유롭기를 바랐다. 하지만 나는 유골함을 들고 튈 정도로 배짱이 있는 인간이 아니라서 대신 나서줄 사람이 필요했고, 상상했다. 그가 앤디다.

현실에 대한 불만족에서 상상이 시작되고 상상을 활자화하다 보면 그게 내게 새로운 현실이 된다. 그 현실을 다른 사람들에게도 들려주고 싶어 나는 쓴다. 그게 이야기다.

대부분의 영화감독이나 출판사 대표가 이 작품에 나오는 것처럼 탐욕스럽고 파렴치한 것은 절대 아니다. 그러나 없는 이야기도 아니다. 문화예술계의 진입장벽은 너무 쉽고 또 너무 어렵다. 누구나 드나들 수 있는 것 같지만 어느 단계에 오르기까지는 많은 희생을 요구한다. 그 과정에서 지망생들의 의지와 열정이 착취되는 과정을 보아왔고 나 역시 일부 겪었다.

재연처럼 좋아하는 일에 자신을 던진 사람들이, 쉽게 꺾이지 않고 격려 받을 수 있는 세상이 되길 바라는 마음이 이 이야기를 쓰게 된 또 다른 계기이기도 하다.

첫 소설 『망원동 브라더스』가 과분한 사랑을 받았다. 트위터의 한 줄 평부터 장문의 리뷰까지 감상을 남겨주신 여러 독자분들의 반응에 바보처럼 혼자 웃음 짓는 일이 많아졌다. 평소 존경하던 영화제작자분이 손을 잡아주셔서 현재 영화화가 진행 중이고, 연극으로도 완성되어 따뜻한 무대가 이어지고 또 이어졌다. 실로 고마운 일이었다.

그럼에도 작가의 생활은 별로 달라진 게 없다. 소설가로 데뷔는 했지만 작품 의뢰는 거의 없었고 주 업무인 시나리오 작업이 이어졌다. 그럼에도 소설을 써야 한다는 마음은 계속 있었다. 첫 소설을 좋아해주신 독자분들을 실망시켜드리지 않을 만한 이야기이자 나만이 쓸 수 있는 이야기를 떠올리는 건, 쉽지 않았다.

그러다 앤디를 만났다. 앤디의 연적이자 동무인 민중도 만났다. 그리고 그들이 지켜야 할 재연과, 싸워야 할 사람들도 순식간에 떠올랐다. 쓸 준비가 되었고 그때부터는 그들이 걸어간 여정처럼 부지런히 손가락을 놀려 자판 위를 걷고 또 걸었다.

사람들이 다음 소설은 어떤 이야기냐고 물으면 남자 둘과 여자 하나가 함께 여행을 다니는 얘기라고만 말했다. 틀린 말은 아니다. 어떤 면에서 여행에 대한 이야기이기도 하고 영민한 독자라면 알 수 있겠지만 차기작으로 예정했던 '대리 여행자'의 변주이기도 하다. 민중과 앤디가 재연을 위해 대신 떠나준 길을 여행이라고 부를 수 있다면 말이다. 독자들에게도 이 이야기가 따뜻하고 뭉클한 한때의 여행처럼 기억되길 희망해본다.

이 작품은 충북 증평의 '21세기문학관'에서 집필을 시작해 서귀포시 남원읍 하례리의 '서울프린스호텔 제주집필실'에서 마무리했다. 작가에게 이야기를 지을 수 있는 집을 지어주시고, 지내게 해주신 21세기문학관의 김상철 대표님과 관계자 여러분, 서울프린스호텔의 남상만 회장님과 관계자 여러분께 깊이 감사드린다.

또한 첫 소설에 이어 이번 소설도 출간을 맡아주신 나무옆의자 이수철 대표님과 직원 여러분께도 감사드린다. 한국소설의 힘을 믿는 뚝심 있는 문학전문 브랜드로 나아가는 길에 이 소설이 작은 보탬이 되었으면 한다.

차마 읽기 힘든 초고를 묵묵히 읽고 평해준 김정대, 정현철, 송민경, 김현준, 유정완, 김성일 님에게 고마움을 전한다. 그들의 응원과 조언은 훌륭한 나침반이 되어 이야기가 길을 잃지 않게 도와주었다.

제주 여행과 자료 조사에 큰 도움을 준 김주미 님에게 감사한다. 그녀가 없었으면 이 이야기는 완성되지 못했을 것이다. 또한 여수 사투리 감수를 맡아준 김민재 님에게도 감사를 전한다. 그 밖에 수많은 분들의 도움이 이 이야기를 이야기답게 만들었음을 잊지 않겠다.

마지막으로 한 번도 제대로 고마움을 전해드리지 못했던 나의 부모님 김옥현 님과 최명자 님에게 이 책을 바친다. 두 분은 소설 속 부모들과는 달리 언제나 아들의 길을 지지해주었고 따뜻한 격려를 아끼지 않으셨다. 문학청년이셨던 두 분에게 부끄럽지 않은 작품을 쓰는 작가가 되겠다고 다시 한번 다짐해본다.

루마니아 출신 프랑스 조각가 콘스탄틴 브랑쿠시는 창작과 관련해 이런 말을 남겼다.

"신처럼 창조하고, 왕처럼 명령하고, 노예처럼 일하라."

신처럼 왕처럼 해내기란 여전히 막막하지만 노예처럼 일할 자신은 있다. 나 자신의 노예로, 내 이야기를 좋아하는 독자분들의 노예로, 쓰고 또 쓰겠다.

2015년 가을
김호연

연적

초판 1쇄 발행 2015년 10월 8일
초판 9쇄 발행 2024년 7월 1일

지은이 김호연
펴낸이 이수철
주 간 하지순
디자인 최효정
마케팅 오세미, 전강산
영상콘텐츠기획 김남규
관 리 전수연

펴낸곳 나무옆의자
출판등록 제396-2013-000037호
주소 (10449) 경기도 고양시 일산동구 호수로 358-39 동문타워1차 703호
전화 02) 790-6630 팩스 02) 718-5752
전자우편 namubench9@naver.com
인스타그램 @namu_bench

ISBN 979-11-86748-13-8 03810